講談社文庫

埋れた牙

堂場瞬一

講談社

埋れた牙　目次

埋れた牙

第1章　我が街

これだから酔っ払いは……と顔をしかめた瞬間、瀧靖春《たきやすはる》は、相手が誰か気づいた。焼き鳥屋の看板を蹴り倒し、店員に摑《つか》みかかった男——悪いことにこの店の客ではなく、通りかかっただけだ。中学校の同級生の小林《こばやし》ではないか。数年前の同窓会で会っていなかったら分からなかったかもしれないが。昔、小柄で、整列するといつも一番前か二番目になっていた子どもは、縦横ともサイズが同じ肥満体になっていた。髪もすっかり薄くなり、アルコールのせいで赤くなった地肌が覗《のぞ》いている。

参ったな……瀧は顔を一撫《ひとな》でした。当直で、暴れている人間がいると一一〇番通報があって駆けつけてきたら、このザマである。小林は電柱に背中を預けるようにして座りこみ、うなだれていたが、罵声《ばせい》を挙げるのはやめなかった。

「ふざけんな！　俺が何したって言うんだ！」傍《かたわ》らでは、額を濡れタオルで押さえた焼き鳥屋の店員が、多少同情の籠《こも》った視線を小林に向けている。オッサン、ストレス溜まってるんだろうな……とでも言いたげな。

瀧は、一緒に当直していた若い刑事、小熊《おぐま》と顔を見合わせ、小林に近づいた。完全に泥酔《でいすい》しているのに、小林は素早く瀧に気づいた。

「お、靖春、助けてくれよ」助けを求めるような口調ではなかった。

瀧は、ひっくり返って破片をまき散らしている看板を見た。弁済しても大した値段にはならないだろう。しかし、店員に暴力を振るったのは見逃せない。店員が告訴する気があるかどうかは別にして、今晩は署に泊まってもらうことになるだろう。

小熊が、小林の腕を摑んで、強引に引っ張り上げた。ようやく立ち上がったものの、小林の足取りは怪しく、今にもまた倒れてしまいそうだ。瀧は彼の正面に立ち、「吞《の》み過ぎだな」と軽く非難した。

「しょうがねえだろう」また背中を電柱に預け、ずり落ちそうになる。

「この辺は、そんなに安全な場所じゃないからな」瀧は忠告した。「とにかく、署へ来てもらおう」

「署って……」

途端に、小林の顔が蒼褪《あおざ》める。それまでの泥酔した様子が演技のようだった。

「人を殴っちゃいけないな。その辺の話を聴くから」

「いや、勘弁してくれよ」小林が顔の前で両手を合わせた。「会社と……嫁にも……」

「こういうことをすれば、警察が飛んで来るぐらいは分かりそうだけど」瀧は溜息をついた。

「冗談じゃない、見逃してくれよ」

「俺はこの街を守らなくちゃいけないんでね」そのために、警視庁本部の捜査一課から所轄の武蔵野《むさしの》中央署に異動してきた。

「俺だって、この街の人間なんだぜ」小林が懇願する。

「お前はルールを破ったんだ。今はむしろ、吉祥寺《きちじょうじ》に迷惑をかけているだけなんだぞ」


友人をトラ箱にぶちこんだ三日後、瀧は、ゆっくりと自転車を流していた。気分は良くない。焼き鳥屋の店員は告訴しないことにして——目立った傷はなかった——小林は翌朝釈放されたのだが……同級生の身柄を一時的とは言え拘束したのだから、色々考えることもある。一番不快だったのは、小林の落ちぶれぶりだった。年を取り、仕事では重要なラインから外され、家族とも上手くいっていない。泥酔して暴れるのもさもありなん、と一時的にだが身柄を拘束するのをやめようかと思ったぐらいだった。そういうわけにもいかないが。街の守護者として、治安を乱す人間には厳しく対処しなければならない。

吉祥寺にある自宅から三鷹《みたか》にある武蔵野中央署までは、焦らずペダルをこいでも十分からない。実際には軽量でスピードが乗るロードバイクなので、どんなにゆっくり走っているつもりでも、あっという間に署についてしまう。これならむしろ、歩いた方が健康にいいかもしれない。もっとも通勤ルート——自宅から五日市《いつかいち》街道に出て、成蹊《せいけい》学園の前を通り、武蔵野中央の交差点で三鷹通りに入る——は基本的に住宅街で、散歩が楽しい道でもないのだが。何より、見飽きていた。生まれた街……数年を除いてはずっとここで暮らしているので、目新しい物は何もない。子どもの頃に見た家が、別の家に建て替わっている、と気づくぐらいだ。

もちろん、通勤に楽しみを求めても仕方がない。

取り敢《あ》えず今の季節は、自転車通勤には最高だ。暖かくも寒くもなく、頬《ほお》をくすぐる風の感触や、豊かな緑——武蔵野市は昔から緑化を進めている街だ——を見ながら自転車に乗るのは悪くない。特に今、吉祥寺駅は大規模改良工事が進んでいるので、電車通勤の時は何となく落ち着かない気分だった。

武蔵野中央署の庁舎は二十一世紀になって新築された、まだ真新しい建物である。他の警察庁舎と同じく素っ気ない造りだが、六階から上がスケルトン構造のようになっているのが目を引く。異動してきて二か月も経つと、さすがに見慣れて、最初の感動はなくなっていたが。

自転車を置いて、正面入り口から署に入った。正面はちょうど交差点の角に面している。何かに似ていると思ったら、警視庁の本部だ。あそこも正面入り口は、桜田通りと内堀通りの角に面している。

当直明けの連中に挨拶して、階段で二階へ上がろうとした瞬間、見慣れた顔に気づいた。交通課のカウンターのところでうろうろしているのは、大学時代の同級生、長《なが》崎《さき》稔《みのる》ではないか。顔を見るのは久しぶりだった。もしかしたら八年以上、会っていない？　そうかもしれない。四十二歳の時、卒業二十年で開かれた同窓会では顔を合わせたのだが、それ以来ご無沙汰だった。

警察に何の用だろう。駐車違反でもして、呼び出されたか……交通課の前にいるのだから、その可能性が高いだろう。普通の人間が警察にかかわるとすれば、交通課ぐらいしかないのだ。

いずれにせよ、迷っている。目の前に「交通課」の看板がかかっているのだから、そこに用事があるなら見逃すはずがないのだが、何故か踏ん切りがつかない様子で行ったり来たりを繰り返している。署員たちがちらちらと長崎を見ていた。おいおい……瀧は思わず舌打ちした。迷っている人がいるなら、声ぐらいかけてやれよ。

結局、瀧は長崎に歩み寄った。

「長崎！」

声をかけると、長崎がびくりと体を震わせ、こちらを見た。一瞬、瀧が誰だか分からない様子で怪訝《けげん》そうな表情を浮かべる——自分の外見は、八年前とそんなに変わってしまったのだろうか、と瀧は嫌な気分になった。確かにここ二、三年で急に白髪《しらが》が増えたのだが……体形は、さほど変わっていないはずだ。顔に皺《しわ》が増えたり、たるんだりしたわけでもないし。

「瀧……」ようやく瀧の存在を認識したようだが、その口調は弱々しかった。しかし同時に、ひどくほっとした内心も窺《うかが》える。地獄に仏、という感じだ。

長崎も、外観はそれほど変わっていなかった。八年前に比べて少しだけ太ったようだが、でっぷり、という感じではない。元々背が高いせいもあって——百八十センチあるはずだ——「体が大きくなった」ようにしか見えなかった。普通に背広を着てネクタイを締《し》めているのは、出勤途中だからだろうか。手には、いかにも仕事用らしい黒のブリーフケースを提げている。

「どうした」顔色が悪いのが気になる。瀧はわざと明るく軽い調子で言った。

「いや、ちょっと用事が」

「駐車違反でもやらかしたか」

「そうじゃないんだ」長崎の表情は深刻だった。

「ええと……案件によって担当部署が違うから、案内するよ」

「お前、ここにいるのか？」

「ああ、三月の異動で来たんだ」もっとも、その前から武蔵野市は自分が住む「地元」だったのだが。

「そうか……ちょっと言いにくい話なんだが」

「警察に話をする時は、どんな話でも言いにくいよな」あるいは自分だからか？　知り合いには話しにくい、ということもある。

「いや、でも……話さないと。心配なんだ」

「家族に何かあったのか？」確か長崎は、妻と二人暮らしである。元々出身は群馬《ぐんま》県なのだが、大学入学で上京して住んだ吉祥寺が気に入り、ずっとこの街で暮らしているはずだ。同窓会で会った時には、とうとうマンションを買った、と言っていた。「吉祥寺って名前がついていても、実際の住所は三鷹市だけどな」と自嘲《じちょう》気味に語っていたのを、やけに鮮明に覚えている。実際、吉祥寺周辺にはそういうマンションが多い。長崎のマンションは、井《い》の頭《かしら》公園の西側、中央線の駅で言えば吉祥寺と三鷹の中間あたりのはずである。彼にすれば、吉祥寺に住むのが何よりの目標だったのだろう。学生時代も、親しくなった瀧の実家に何度も遊びに来ては――瀧は吉祥寺を離れていた時期なのだが――「羨《うらや》ましい」と零《こぼ》したものだ。自分の故郷を褒《ほ》められると、何だか嬉しくなったのを覚えている。

「いや、家族じゃないんだ」

「ちょっと……俺が話を聴こうか？」ちょうど出勤、そして当直が交代する時間なので、一階は混み合っている。立ち話ができそうな雰囲気でも内容でもなさそうだった。

「いいのか？」

「いいよ」武蔵野中央署の刑事課は、それほど忙しくない。実際、瀧が異動してきてから、緊急出動は一度もなかった。いかに時間を作るために地元の署に異動希望を出したとはいえ、これでは腕も鈍《にぶ》る。もちろん、友だちの相談が「仕事」につながるのは、決してよいことではないのだが。外でお茶でも飲みながらにするか、と一瞬考えたが、その考えはすぐに消した。隣の吉祥寺と違い、三鷹の場合は駅前まで行かないと、手軽にお茶を飲める店もないのだ。となると、署内で話を聴かなければならない。何となく気が進まないが、長崎はもっと嫌だろう。普通の人は、取調室になど一生縁がないものだから。せめて、緊張させないように会議室を使おう、と決めた。

もっとも、だだっ広い会議室に二人だけというのは、これはこれで気まずいものである。せめてお茶でもと勧《すす》めたが、長崎は断った。

テーブルの角で斜めに向き合う形で座る。よく見ると、長崎の額には汗が浮かんでいた。目の下に隈もできていて、疲労の色が濃い。これは相当深刻な問題だな、と瀧は心配になった。手帳を広げ、いつもの癖で、新しいページに「2013・5・20」

と書きつける。

「で、どうした」顔を上げて、できるだけ気楽な調子で訊《たず》ねる。

「実は、姪《めい》が行方不明なんだ」

まさか、という言葉を瀧は呑みこんだ。こんなことは想像してもいなかった。しかし「まさか」と言えば、長崎はさらに大袈裟《おおげさ》に考えてしまうかもしれない。

「姪御さん？　名前は」

「恵《めぐみ》。長崎恵」

「どういう縁戚関係？」

「兄貴の娘だ。兄貴は群馬に住んでるんだが……」

「恵さんは？」

「今、こっちに出てきてる。大学の三年生なんだ」

「二十一歳？」

「まだ二十歳」

「一人暮らしか」

「そう」

「住所は？」

「緑町《みどりちょう》。中央公園の近くだ」

詳しく住所を聞き出した。ちょっと北へ向かえば練馬《ねりま》区、西へ歩くと西東京《にしとうきょう》市に入る場所である。大学へは、自宅マンションからバスで通っていたらしい。瀧は、基本的なデータを全て手帳に書きつけた。時折答えがあやふやになるのは、長崎の精神状態が悪化しているせいかもしれない、と心配になる。

「いなくなった時の状況は？」

「昨日……一昨日の夜に連絡が取れなくなったんだ。電話にもメールにも返事がなくて。そういうこと、普段は絶対にないんだよ」

「そうか？　電話ぐらい出なくてもおかしくないと思うけど」

「いや、あの娘《こ》は基本的に真面目なんだ」長崎が力をこめて反論した。

「分かった。それでどうした？」

「昨日の夕方、マンションを見に行った」

「何か異状でもあったか」

「二、三日帰っていない様子だった。新聞も郵便も溜まっていたし」

「今時、新聞を取ってる大学生は珍しいな」

「そうかもしれないけど、恵は真面目だから」長崎は「真面目」をやけに強調した。

「家にはいないんだな？」

「ああ。大家さんに鍵を開けてもらって確認したんだ」

「おいおい」それはやり過ぎ――心配し過ぎだと思ったが、あまりにも真剣な長崎の表情を見てしまって、その後の台詞《せりふ》は呑みこまざるを得なかった。そのまま質問を続ける。「荒らされた跡でもあったのか？」

「ない」

「だったら、それほど心配することもないと思う」男を連れこんでいて、ちょっとした口喧嘩から殺人事件に発展することもある。あるいは寝ている間に誰かに侵入されて――という事件も後を絶たない。残念だが、普通の人が想像しているより、東京にはクソ野郎が多いのだ。

「いや、とにかく連絡が取れないのがおかしいんだ。バイトもすっぽかしているみたいだし」

「バイト先は？」

「吉祥寺の駅の近くに、小学生向けの学習塾がある。そこで講師をしてるんだ」

「それは、すっぽかすと問題になるバイトだよな」

「そうなんだよ」力をこめて長崎がうなずいた。「責任感も強い娘だから、バイトをサボることなんかあり得ないんだ。それでもう、心配になって……」

「親御さんはどうしたんだ？　群馬から出てくるのが大変だから、お前が捜しているのか？」不自然だ。そんなに遠いわけでもないのに。

「いや」長崎が暗い表情でうなずいた。「兄貴の嫁さん——恵の母親が、一週間前に脳梗塞《のうこうそく》で倒れたんだ。今も入院していて、兄貴は仕事と嫁さんの世話で、こっちに出てこられない。まだ意識が戻らないんだよ」

「それは……」瀧は、胃の中で硬いものが生まれたように感じた。「かなり重いんだな」

「そうなんだ」

自分も……と言おうとして言葉を呑みこむ。実は瀧の父親も、半年前に脳梗塞で倒れた。今は、会話は普通に交わせるものの、右半身には麻痺《まひ》が残ったままで、リハビリに励《はげ》む毎日である。意識不明になったのは一瞬で、その点は幸いと言っていいのだが。長崎の義姉のことに関しては、同情するしかなかった。

「まだ若いんだろう？」

「五十三」

「きついな」

「ああ……その後恵がいなくなって、兄貴にとってはダブルショックだよ」

「だからお前が、代理で警察に来たわけか」

「そうなんだ。まずいかな？　家族からの届け出じゃないと、探してくれないのか？」

実際には、警察が失踪者を探すことなどほとんどない。件数があまりにも多いので——年間、日本では八万人ほどが行方不明になる——明確な事件の臭いがない限り、警察は動かないものだ。せいぜい近隣の署に手配を回し、動向に気を配るぐらいである。

だが幸い、自分は今暇だ。刑事課挙げて捜索というわけにはいかないだろうが、自分一人が動き回るぐらいなら、何ということもない。

それにしても、二十歳というのは微妙な年齢である。これがローティーンぐらいまでなら、事件——誘拐や拉致《らち》——に巻きこまれた可能性を否定できない。十代半ばから二十歳前までは、家族や友人関係で悩んで家出、というのも定番の動機である。しかし二十歳となると……ケースは様々だ。最悪の場合を想定して動いた方がいいだろう。警察の動きが遅れたために、手の施しようがなくなることも少なくない。

「よし、ちょっと調べてみるよ」

「助かる」長崎が安堵の吐息を漏らした。

「しかしお前も、マメだな。親戚の女の子とは言っても、最近はそもそも、親戚づき合いもあまりないだろう」

「恵は昔から、娘みたいなものだったからね。うちは男の子一人だったたし……小さい頃からよく、泊まりがけで遊びに来ていたんだ」

「じゃあ、可愛くてしょうがないわけだ」

「そうなんだよ」長崎が身を乗り出した。「恵はこの街が大好きでね。吉祥寺に住んで通えるからって、今の学校を選んだぐらいだから。緑町も、一応吉祥寺と同じ武蔵野市内だし」

「お前と一緒じゃないか」

「そうだな」長崎がかすかに笑みを浮かべてうなずいた。「俺もこの街は大好きだ。東京以外の出身者が、『東京』って言われて真っ先に浮かべるイメージが、吉祥寺だと思うよ」

「そうか？」この街と五十年も縁が続く瀧には、もう一つぴんとこない。よく「住みたい街」の調査で上位に挙げられる吉祥寺だが、瀧にすれば、ただ生まれ育った街に過ぎないのだ。もちろん愛着はあるし、ここに骨を埋めたいと思うが、「憧れ」ではない。「東京って言えば、新宿や渋谷、六本木じゃないかと思うけどね」

「ああいうのは、住む街じゃない。遊びに行くところだ」

「そうか」

「俺はやっぱり、住むには吉祥寺だと思うよ。この街に住めて、本当によかったと思う」

「お前が昔から吉祥寺大好き人間なのは分かってるけど、元々住んでる人間にすれば、そういうことを言われるとちょっと気恥ずかしいぜ」

この街で生まれたからと言って、皆が執着するとは限らない。事実、龍の二人の息子は、大学進学と同時に吉祥寺を離れた。北海道の大学へ行っている長男はともかくとして、国分寺《こくぶんじ》の大学へ今年入学した次男がさっさと家を出て、大学近くにマンションを借りたのには驚いた。実家から通う方が金もかからず、生活も楽なのに……しかし次男は「吉祥寺も飽きたから」とあっさり言ったものである。瀧から見れば、国分寺が魅力的な街とはとても思えないのだが。

おっと、結局俺も「吉祥寺原理主義者」ということか。

「恵が家出とか、考えられないんだ。好きな街に住んで、学生生活も充実していたはずなのに」

「そもそも、一人暮らしの家を出るのは、家出と言わないと思う」

「そうか……何かあったと思うか」長崎が真顔で訊ねる。

「調べてみないと分からないな」あらゆる事態が想定できるが故に、迂闊《うかつ》なことは言えない。

「分かった……」天を仰いで、長崎が溜息をつく。ゆっくりと視線を瀧に戻して、

「とにかく、頼むな」と懇願した。

「できるだけのことはする」見つけ出す、と簡単には言えない。期待を与えてしまっ

て、それで結果が出なかったら相手は悲しむし、怒りの矛先《ほこさき》を向けてくることもある。だから保証はしない——もちろんそれは、警察側の「逃げ」に過ぎないのだが。

長崎を送り出した後、瀧は刑事課に顔を出した。既《すで》に遅刻なのだが、そのことについては言い訳せず、すぐに刑事課長の席に向かう。課長の田沢《たざわ》は、特に怒りを見せるわけでもなく、うなずきかけた。武蔵野中央署の刑事課はかなりの大所帯なので、課長は課員一人一人の動向にまで気を配る余裕がない。本当はそういうことは、係長である自分たちの仕事だ。

「ちょっといいですか、課長」

「ああ」田沢がちらりと瀧に視線を向けた。朝から書類仕事に追われていないということは、今日は余裕がありそうだ。

「行方不明事案なんですが。今、親族から届け出がありました」

「家出か？」

「一人暮らしの二十歳の女子大生ですから、家出とは言えませんね」

「事件性は」眼鏡の奥の、田沢の目の光が薄れる。訊ねながらも、勝手に「事件ではない」という判断に傾いたようだ。

「今のところ、事件を裏づける材料はないんですが、ちょっとおかしな点もありましてね」

「と言うと？」

「普段、絶対に無断欠勤しないバイトを休んでいます」

「バイトぐらい、休むだろう。最近の若い奴は、仕事に対して無責任だから」

そう言えば課長の息子も大学生だった、と思い出す。いろいろと難しいこともあるのだろう。自分の二人の息子は……疎遠と言えば疎遠だが、上手くやっているとは思う。問題は何もない。

「学習塾の講師ですよ？　一番金になるバイトじゃないですか」

「ああ、まあな」田沢が新聞を畳んだ。「学生なら誰でもやりたがるバイトだ。競争率も高いんだろう？」

「ええ。急に替えも効かないわけで、無責任なことをしたらすぐに馘《くび》になるでしょうね。だから、無断欠勤してチャンスを逃すようなことはしないと思うんですよ」

「なるほど。あんた、今抱えてる事案は？」

「特にないです」

「武蔵野市は相変わらず平穏か……だったら、ちょっと調べてみるか」

「すみません」瀧はさっと頭を下げた。「実は、知り合いの姪御さんなんですよ」

「何だ、そういうことか」田沢が笑みを浮かべた。「それならそうと早く言えよ」

瀧はもう一度うなずいた。結局こういうのも、コネの世界だ。伝《つて》があれば、面倒な捜査も引き受けることが多い。

「じゃあ、すみませんが、ちょっと時間をもらいます。自分で調べてみますから」

「ああ、ちょっと待て。それなら野田《のだ》を使えよ」

「野田あかねですか？」瀧は、知らぬうちに顔が歪《ゆが》むのを意識した。野田あかねは、この春に交番勤務から刑事課に引き上げられたばかりである。確か、二十六歳。自分の娘と言ってもいいぐらいの年齢で、何となく苦手意識がある。「息子」はいても「娘」がいないせいかもしれない。もちろん、二十六歳で刑事課にスカウトされたとなると、それなりの能力の持ち主なのだろうが。

「あいつ、ここへ上がってきてからまともな仕事を経験してないからな」

「それはそうですが」

「いい経験だろうが。失踪人を探すのは、あらゆる捜査の基本だ」

「まあ……そうですね」

「ちょっと鍛えてやってくれ。あんたもそろそろ、後進にいろいろ教える年齢だぞ」

それは事実だ。定年まであと十年と考えれば、自分でも仕事をしながら、様々なノウハウの伝達を始めなければならない——そう考えると溜息が出そうになった。自分の年齢を意識させられるのは嫌いだ。

「……分かりました」

「じゃあ、さっそく頼む」田沢が立ち上がり、「おい、野田！」と叫んだ。

「はい！」と澄んだ声が響き、並んだデスクの一番後ろからあかねが飛んできた。えらく張り切ってるな、と思いながら、自分が彼女のことをほとんど知らないのに気づいて驚いた。組織上は、刑事課強行犯捜査係——自分の直接の部下なのだが。

あかねが課長席の前で直立不動の姿勢を取った。

「野田……休めだ、休め」田沢が苦笑しながら言った。

「あ、はい」毒気を抜かれたように、あかねが体から力を抜いた。しかしまだ、「休め」ではなく「気をつけ」の姿勢のままである。

「失踪人の捜索だ。詳しいことは瀧から聞いてくれ」

「分かりました」

少し甲高いぐらいのよく通る声は、やる気に満ちている。よほど暇をかこっていたのだな、と瀧は納得した。

ちらりと横を見ると、こちらを向いたあかねと目が合った。こいつは大真面目だ……いや、むしろ「堅苦しい」と言うべきか。交番勤務でそれなりに経験を積んできたはずなのに、緊張しきっている。リラックスしろよ、と言いそうになったが、まだ一歩も踏み出していない状態でそんなことを言うのは早過ぎる。

「じゃあ、瀧、詳しく説明してやってくれ」

「よし、出かけようか」瀧はあかねにいきなり告げた。

「はい？」ピンク色の眼鏡の向こうで目が細くなる。

「座って説明してるのは時間の無駄だ。歩いて行くと十五分ぐらいかかる場所だから、途中で説明するのにちょうどいい」

「分かりました」

あかねが自分の席に飛んでいった。途中、他の椅子に引っかかり、危うく転びそうになる。それを見て、瀧は呆気《あっけ》に取られた。

「あれ、大丈夫なんですか？」と田沢に訊ねる。

「張り切り過ぎてるだけだろう」田沢が苦笑した。「エネルギーが有り余ってるんだよ。ま、上手く使ってやってくれ」

「はあ」慌て者の若手を押しつけられてもな……自分も苦笑しながら、瀧は何とか気持ちを引き締めようとした。大事な友人の頼みだ。万が一にも失敗があってはいけない。

「バイトをすっぽかしたのは怪しいですね。バイト先で、何かトラブルはなかったんですか？」

「いや、怪しいと言うかね……」瀧は早くも辟易《へきえき》し始めた。あかねは質問魔だったのである。こちらが一つ説明する度に、二音の質問が返ってくる。「とにかく、そんなにいろいろ聞かれても分からない。今のところ、手元には基礎データしかないんだから、怪しいも何もないよ」

「そうかもしれませんけど、やっぱり怪しいと思います。恋人とか、どうなんですか」

「それもまだ分からない」長崎もそこまでは摑んでいないようだった。東京での親代わりと言っても、さすがに突っこめないこともあるだろう。最近の若い連中は、概してフランクだと思うが……あかねはどうだろう。仕事を離れれば、恋人の前で甘えた顔を見せる――いやいや、そういうタイプには見えない。まだ仕事を覚えるので精一杯ではないかと思えた。

署の前を走る三鷹通りは、歩道が広く、歩きやすい道路だ。整然と並んだ街路樹が、夏場には優しい木陰を作り出す。今はまだ陽射しも厳しくなく、歩きやすい気温ではあったが。このまま真っ直ぐ行けば武蔵野市役所に出るのだが、目的地は市役所とは少し離れた場所にある。五日市街道に入り、最初の信号で右折する。ほどなく、巨大なマンションが建ち並ぶ一角に出るが、一方で、都内には数少なくなった銭湯がまだ生き残ってもいた。

「へえ、今も銭湯なんかあるんですね」あかねが感心したように言った。

「おいおい、交番勤務の時に、気づかなかったな？」

「すみません、私、南町《みなみちょう》の交番だったので」

　中央線の南側、住所で言えば吉祥寺南町一帯を管轄する交番である。吉祥寺と言えば北口の方が賑わっている印象があるが、南口——井ノ頭通りと中央線に挟まれた地域も、結構な繁華街である。中央線北側が家族向け、若者向けとすれば、南側は平均年齢がぐっと高くなる。小さな店がごちゃごちゃと並んでいて下町の気配も色濃く、経験を積んだサラリーマンを引きつける雰囲気を発している。そう言えばあの辺には、馴染《なじ》みのロックバーが何軒かある……。武蔵野中央署へ来る前は、非番の時によく顔を出したものだが、異動してきてからはむしろご無沙汰している。何となく、自分の管内の店には、遊びで顔を出しにくい感じがするのだ。別に、警察官がロックを聴きに行ってもおかしくはないのだが。

「市内には、まだ六軒ぐらい銭湯があるよ。覚えておくといい」

「スーパー銭湯じゃなくて銭湯ですか？」

「そう、昔ながらの裸のつき合いができる、普通の銭湯だ」

「そうなんですね」またも感心したように言って、あかねがうなずいた。しかも、手帳に書きこんでいる。

反応が一々大袈裟なんだよな、と思いながら瀧は歩くスピードを上げた。取り敢えず、手持ちの材料は全部話したので、後はさっさと家を見てみなければ。当人が住んでいた場所を確認するのは、失踪人探しの第一歩である。

「ここだな」瀧は立ち止まった。その途端、背中に軽い衝撃を覚える。

「すみません」

振り返ると、あかねが眼鏡を直していた。手には、広げたままの手帳とボールペン。書き物をしながら歩いていたのか……見ると手帳のページには、「銭湯、6か所」と殴り書きしてあった。おいおい、そんなことを書かなくても、と思ったが言葉を呑みこむ。いい加減な若い刑事も多いというのに、彼女が生真面目なのは間違いないのだ。多少要領は悪くとも、愚直に真面目にやる方がいい。

恵の自宅は、一階がクリーニング店になっているマンションだった。いかにも学生向けのワンルーム。長崎から、クリーニング店の店主がオーナーだと聞いていたので、瀧はまず店のドアを開けた。取り次ぎだけをやっているようで、クリーニング店に特有の汗ばむような熱気はない。人の姿が見当たらないので、カウンターの呼び鈴を掌《てのひら》で叩く。澄んだ音に続いて、店の奥の方から「はーい」と女性の高い声が聞こえた。

出て来たのは、瀧と同年代の女性だった。前かけで両手を拭きながら、「引き取り

です か？」と訊ねる。

「いや、すみません、警察です」瀧はバッジを示した。あかねも慌ててバッジを顔の横で掲げる。

「ああ、長崎さんのことですか？」

「そうです。ご親族が警察に相談されてきて」

「叔父さんですよね？　昨日、ここへ来られましたよ」

「ええ。彼から相談を受けて。ちょっと調べに来ました」

「あらあ。でも、特にお話しするようなこと、ないんですよ」

「いやいや、こちらにはお聴きすることがありますので……宮川《みやがわ》さん」

大家の名前——宮川益美《ますみ》——は長崎から聞いていたし、店の名前も「宮川クリーニング店」だった。

「そうですか？　うちはまあ、構いませんけど」

ちょっと危機感が足りないな、と瀧は思った。親族に続いて警察官が訪ねて来たとなったら、もっと緊張するものだが。

「そう言えば宮川さんって、昔酒屋さんじゃなかったですか」

「それは、うちの父の代ですよ」急に益美の表情が綻《ほころ》んだ。

「そうですよね？　昔、ここに酒屋があったの、覚えてますよ」

「そうなんですか？」

「ずっとここに住んでいますから」そしてその酒屋は、このマンションよりもずっと大きな敷地に建っていたはずだ。いかにも昔からある旧家。そう言えば、このマンションの裏も小さなアパートになっているが……相続税対策で、元の敷地を分割してマンションとアパートを建てたのか。この街ではよくある話だ。そんなデータがあるかどうかは分からないが、五十年前に比べれば、一戸当たりの建坪は半分ほどに減っているのではないだろうか。

「ええと、この辺だと四中ですか？」

「ええ」

「私は三中でした」

「ああ、そうなんですか」益美の声が柔らかくなった。地元話は、いつでも人の心を解《ほぐ》す。

「この辺も、大きいマンションができて、ずいぶん変わりましたよね」

「そうですねえ。ま、うちは仕事が増えていいんですけど」

「マンションは大口のお客さんだから」

「そうなんですよ」

のんびりした二人の口調に苛立《いらだ》ったのか、あかねがいきなり割りこんできた。

「それで、長崎恵さんのことなんですけど……」

こいつは……瀧は一瞬だけあかねを睨みつけた。何事にも順序というものがある。最初に当たり障りのない世間話から始めるのは、瀧が得意とするやり方だ。こちらが余裕のない態度で臨めば、相手も緊張してしまう。

「ああ、はい。でも、聞かれても分からないことが多いんですけどね」益美が躊躇《ちゅうちょ》した。

「普段、顔は合わせないんですか」あかねがさらに突っこむ。遠慮なし。

「ほとんどないですね。今の学生さんは、一々面倒なつき合いはしたくないみたいだから」

「どんな人だったか、教えて下さい」

「それは、その——」困ったように、益美が顎《あご》に手を当てた。「普通の人ですよ。普通の、真面目な学生さん」

「それが分かるということは、普段から話をしていたということですよね？」

益美が瀧に視線を向けた。まるで自分が悪かったかのように感じている様子である。もちろん、あかねが焦って先へ進み過ぎているだけなのだが。

「挨拶ぐらいはしてたわけですね」と助け舟を出す。

「それは、ねえ。向こうも学生さんだから、毎朝普通に出て行くでしょう？　私が店に出て来るのが同じような時間ですから。感じのいい人ですよ」

「塾でバイトしていたらしいですね」

「ああー、何かそんな話はしたことがありますけど、詳しいことは知りません」

「男を連れこんだりしてませんでしたか」話の腰を折るように、あかねがまた割りこんだ。

「いや、そんなの見てませんよ」益美の顔が強張《こわば》る。

まったく、どうしてこんなに急いで突っこむのか……疑問に感じたことを、脊髄《せきずい》反射のようにすぐに口にしてはいけない。まずは相手がどんなタイプなのか見抜いて、それに合わせてやり方を変えないと。

「まあ、あれですよね。ボーイフレンドがいてもおかしくない年ですし」瀧はのんびりした口調で言って、手帳から写真を取り出した。長崎から預かった物で、成人式の写真だと思う。「恵さん、可愛いですからね」

「そうですねえ。ちょっと子どもっぽいところもあったけど」

「そうですか？」

「顔が幼いというか、格好も、ね。少し野暮ったいせいで、幼く見えたんじゃないですか」

群馬から東京に出て来て三年目。憧れの街に住んで、少しは吉祥寺の色に染まりそうなものだが、誰もが服に興味を持つわけでもない。

「でも、ちゃらちゃらしてるよりは、よほどよく見えますよ。うちの娘も、ねえ……」益美の口調が変わった。

「大学生ですか？」

「高校生なんだけど、服にばかり目がいっちゃって。他にやること、いろいろあると思うんですけどね」

「娘さんなら、しょうがないでしょう。正常な感覚ですよ」

「でも、ねえ」

しばらく益美の愚痴《ぐち》が続く。あかねはまた質問を発するタイミングを図っていたようだが、益美の言葉に切れ目はなかった。だが、そうやって話しているうちに、瀧は恵に対する情報を確実に手に入れていた。どうやらボーイフレンドはいなかったようで、男を連れこんでいた形跡はないという。女友だちは時々遊びに来ていたようだが、泊まることはほとんどなかったようだ。基本的には、大学とバイトだけの、比較的規則正しい生活を送っていたらしい。

「本当に、うちでバイトしてもらいたいぐらい、真面目でしたよ」

「でも、塾でバイトしてるわけで」

「塾のバイト代は高いですからね。だから、バイトが決まった時には、嬉しそうにしてました」

話を切り上げ、瀧は恵の部屋を見せてもらうことにした。鍵を預かって階段を上がる時、あかねは後ろの方で何かぶつぶつと文句を言っていた。まったく……説教が必要だが、後にしよう。こんなところで、説教の内容をメモにでもされたらたまらない。

綺麗に片づいた部屋だった。八畳のワンルームだが、必要以上に物を置かないようにしているのか、広々として見える。目立つのはベッドに小さ目の二人がけのソファ、デスクぐらいのものだ。小型の液晶テレビは壁にかかっている。デスクにはノートパソコン……瀧はあかねに、「ちょっとパソコンを立ち上げてくれ」と頼んだ。広くはない部屋なのに、あかねが突進する勢いでデスクに向かい、パソコンを開く。

彼女がパソコンに向かっている間に、瀧はクローゼットを調べた。こちらも綺麗に整頓《せいとん》されている。左側はビニールのカバーがかかった冬服、右側に今着ている服という感じだろうか。益美は「野暮ったい」と言っていたが、少ない服を適当に着回ししている感じではない。むしろ「服持ち」と言っていいぐらいだった。ポールにかかっている以外にも、プラスティック製のボックスが床に三つ置いてあり、そちらはTシャツやブラウスなどで埋まっている。

「パソコンはロックされてます。パスワードが分からないとログインできません」あかねが、この世の終わりでもきたかのように悲痛な声を上げた。

「分かった。だったらしょうがないな。無理に調べることもない……チェストの方を見てくれ」

中は下着類などだろう。捜査のために中を漁《あさ》ることに抵抗はないが、女性刑事がいるなら任せたい。しかし、何を調べればいいか、彼女は分かっているだろうか……まあ、いい。取り敢えずやらせてみよう。

チェストをあかねに任せたまま、クローゼットの中を確認し続ける。プラスティック製のボックスの上にはバッグが三つ。二つは大きめのショルダーバッグで、通学やバイトの時に使っているのではないかと思われた。もう一つはかっちりした形のハンドバッグで、これは少しかしこまった場向けだろう。しかし二十歳の女子大生なら、もっとバッグを持っていてもおかしくないが……。

「君、バッグはいくつ持ってる？」

「はい？」横っ面《つら》を張られたような勢いであかねがこちらを向いた。

「バッグだよ、バッグ」一々大袈裟過ぎるんだ、と苦笑しながら瀧は繰り返した。

「三つです。今持っているのと、もう一つ同じぐらいの大きさのバッグと、あとは冠婚葬祭用に小さなハンドバッグを」

冠婚葬祭……結婚式と葬儀は同じバッグでいいのだろうか。いずれにせよ、二十代半ばの社会人としては少ないような気がする。彼女の話は、普通の若い社会人の状況を知る役には立たないようだ。

取り敢えずの結論。恵は、何か理由があって家を出たのかもしれない。

そう話すと、あかねが食いついた。

「そうですよね、これ、やっぱり事件ですよね」

「いや、そうじゃなくて、自分の意思で家を出たかもしれないっていうことだ」もちろん、根拠の薄い推測に過ぎないかもしれないが。普通は、もっと大きなバッグを持っている。それこそ旅行用とか、一人暮らしの大学生なら帰省用とか。そういうバッグが見当たらないのは、手当り次第に荷物を詰めこみ、慌てて家を出たからかもしれない。「チェストの方はどうだ？」

「特に異状はありません」

「そのサイズに比べて、中身が極端に少ないということはない？」

「ぎっしり詰まっていました」

ということは、下着や服を慌てて詰めこんだわけではない。そもそも詰めるバッグもないのかもしれない。となると、「自分の意思で家を出た」という推理は成り立たなくなってくる。これは、周囲の人間にもっと当たってみなければ。

「次、行くぞ」

「どこにですか？」

「彼女がバイトしていた塾だな」大学だと、あまりにも対象が広過ぎる。友人を見つけるのも一苦労だろう。バイト先なら、彼女をよく知っている人も多いはずだ。

「それで、今のところはどういう推理なんですか」

「推理なんてない」瀧はぴしゃりと言った。「俺たちは、事実を見るだけだ」

「でも、見た感じでは……」あかねはしつこかった。

「まだノーコメントだ。事件か事故か家出か……判断はしない」瀧の中では「事件」に傾いていたが、その想定をあかねと話し合う気にはならなかった。やはりどうも、相棒としてはまだ頼りない。

「そうですか」あかねは不機嫌そうだった。

　彼女はどうしてこんなに結論を急ぐのだろう。ただせっかちなだけなのか、初めてまともな現場に出て、気持ちが高揚しているのか。いずれにせよ、上手く手綱《たづな》を締めないと何をするか分からない。最近の、草食系というかやる気のない若い男の刑事をパートナーにするよりはましなのだが……面倒なことにならなければいいが、と瀧は緊張感を覚えた。

　恵が講師をしていた「正公学習塾」は吉祥寺駅の北口、中道《なかみち》通りから一本入った場所にあった。中道通りは、昔は小さな商店が並ぶ、活気溢れる商店街だったのだが、最近は周辺に新しい店が建ち並び、より若々しい雰囲気になっている。GAP、バナナ・リパブリック、トゥモローランドなどの店舗が並ぶ光景は、原宿辺りをイメージさせる。その一方で、昔ながらの八百屋がしっかり営業していたりするのが奇妙な印象だ。

それにしても、人が多くて歩きにくい。一番混み合うのは夕方なのだが、午前中のこの時間でも、既に店先を冷やかす若者たちで賑《にぎ》わっていた。そんな中、塾は遠慮がちに存在していた。四階建てのビルの一階と二階。いわゆる「営業時間」は夕方からで、今は事務の職員が数人いるだけだった。瀧は責任者を呼んでもらい、話を聴くことにした。「事務長」だという、瀧と同年輩の女性が出て来て、「牧野蓉子《まきのようこ》」と名乗り、応対してくれることになった。狭い事務室の一角にある応接セットに落ち着く。

「まだ見つからないんですか」

腰を下ろした瞬間、こちらが切り出すのを待ち切れない様子で話し出した。

「今朝、話を聴いて調べ始めたばかりなんです」言い訳めいているかな、と思いながら瀧は言った。

「そうですか……心配です。今まで、無断欠勤なんか一度もなかったんですよ」眼鏡を外し、蓉子がゆっくり目を閉じて瞼《まぶた》の上から揉んだ。バイト一人に対して、あまりにも心配し過ぎているように見える。

「連絡は取ってみましたか？」

「携帯に何度もかけたんですけど、反応がないんです」

それは瀧も試していた。どうやら電源が入っていないようだが、ここは携帯電話会社に協力を求めないといけないだろう。電源が入っていれば、ある程度は場所を特定できるのだが……向こうは協力を渋るかもしれない。今のところ、緊急事態にはなっていないのだ。だがそこは、後でごり押ししてでも調べてみようと決める。

「連絡が取れなくなる直前、何か変わった様子はなかったですか」

「いいえ、全然」眼鏡をかけ直して、蓉子が答える。「いつも通りでした」

「ここではどれぐらい働いているんですか」

「去年の秋からです。先輩が辞めた後を引き継いだんですけど……」

「こういうバイトは人気ですよね？　バイト代もいいでしょうし」

「うちの場合、バイト代よりもその後のことが大事ですから」真面目な顔で蓉子が言った。

「と言うと？」

「ここでは、小学生を教えています。受験のための予備校じゃなくて、あくまで学習塾なんですけど、教員志望者を優先して採用しているんですよ」

「ああ、将来の予行演習のようなものですか」

かすかに笑みを浮かべながら蓉子がうなずく。なかなか笑顔の素敵な女性だ、と瀧は気づいた。清潔感のある真っ白なブラウスに、アクセサリーの類《たぐ》いは控え目なネックレスだけ。それが笑顔を引き立てる。

「元々、私立の中学校で校長先生まで務めた方が始めたんです。もう二十年も前ですけど、それ以来、教員志望者の予備校のようにもなっているんですよ」

「例えばそのコネで、就職が楽になるとか？」

「ちょっとコネがあったぐらいで、教員にはなれませんけどね。昔から狭き門なんですよ」

「そうですか」特に公立学校の教員は大変だろう。しかもこれからますます大変になるはずだ。少子化が止まる気配はなく、それに合わせて教員の採用はますます絞られるはずだ。「でもいずれにせよ、いい実地訓練にはなるんですね」

「ええ。代々、先輩から後輩へ引き継がれているバイトでもあるんですよ」

「恵さんもそうだったんですか？」

「そうです。サークルの先輩からの引き継ぎだったんですけどね……その先輩も、今年無事に教員になりました」

「その人の名前と連絡先を教えて下さい」

「ちょっと待って下さい」

立ち上がった蓉子が、ファイルキャビネットからファイルフォルダを引っ張り出してきた。すぐに目当てのファイルを見つけ出し、名前と携帯電話の番号を読み上げる。ただし勤務先は岩手県だった。

「地元へ戻って先生になったんですか」これでは直接の事情聴取は難しいと思いながら、瀧は確認した。

「そうです。そういえばここは、地方出身の学生さんが多いですね。特に選んでいるわけではないですが」

「恵さんもそうでしたね……この塾ではどんな様子だったんですか？」

「算数と理科を教えていました」

「勤務態度は？」

「真面目ですよ。まだ硬さが抜けなくて、子どもたちの受けはイマイチでしたけど、それは気にする必要のないことです。最近の若い先生は、子どもの機嫌を取ろうとして、肝心の授業が台無しになってしまうこともありますから。とにかく恵さんは、まず授業の内容をしっかりしようと頑張っていました」

「塾側の評価も高かったんですか？」

「別に、査定しているわけではないですけどね」蓉子が苦笑する。「もちろん、気づいたことがあれば注意します。彼女は、一度言われると完璧に理解して、次からはミスをしないタイプでした」

「バイトとしては優秀ですね」

「ええ……基本、真面目ですし」

何度も「真面目」が強調される。やはり、無断で職場を放棄するタイプではないようだ。

「バイトをすっぽかすような理由は見当たりませんね？」瀧は念押しして言った。

「そうなんですよ」顎に力を入れて蓉子がうなずいた。「病気にでもなって、家で倒れているんじゃないかって心配だったんですけど」

「家にはいませんでした」

「だったら、何なんでしょう」蓉子が両手をきつく握り合わせた。

「今のところは分かりません。こちらの塾で、誰か親しい人はいますか？　バイト仲間とか……事情を聴いてみたいんですが」

「何人かいますけど、ちょっと時間が……」蓉子が左腕を上げて腕時計を確認した。

「授業の前だと時間がありませんし、その後だと遅くなりますよ」

「構いませんよ。私は地元ですから、何時でもＯＫです」

「だったら夜――九時ぐらいに来ていただけますか？」申し訳なさそうに蓉子が言っ

た。「その時間に、授業は全部終わりますから」

「小学生が九時まで勉強ですか……大変ですねえ」

「今の小学生は、これぐらい、普通ですよ」

「分かりました。出直します」瀧は膝を叩いて立ち上がった。「お手数、おかけしますが」

「いえ、私たちも心配なので」実際に蒼い顔をして、蓉子も立ち上がった。「何とか見つけてあげて下さい」

「できる限りのことをします」一礼して、瀧は事務室を辞去した。

今回は、あかねは余計なことを言わなかったな、と気づく。喋り過ぎを反省したのか、何か思うところがあったのか。

「今日、残業、大丈夫だな」

「はい。それまでどうしますか？」どうやら元気をなくしたわけではないようだ。

「細かい仕事がある。携帯、銀行、カードの追跡。それと岩手に電話しなくちゃいけない」

「それ、私、やります」

大丈夫か？　口にしかけて、瀧はやめた。やる前からいちゃもんをつけるのは、後輩の育て方として間違っている。まずやらせてみて、指導は後からだ。

かすかに不安ではあったが、やらせてみないとどうにもならない。面倒臭いが、まずは見守ることだ、と龍は腹を決めた。

第2章　消失

「そうですね、同窓会でしたら、それほどフォーマルな感じでなくてもよろしいかと思います。今年の流行でしたら、このエメラルドグリーンとか……」

「ずいぶん派手な色ね」

「でも、清潔感がありますから」そう言えばこの色は、昔も流行《はや》っていた。どれぐらい前だろう……植田《うえだ》祥子《しょうこ》は首を傾《かし》げた。このデパートに勤めて、もう二十五年以上。ファッションの流行は定期的に繰り返すと分かっているが、最近は、昔のことはすぐ忘れてしまう。

「今年は、これなら恥ずかしくないわけね」

「そうですね、娘さんのお年なら……」祥子はうなずいた。目の前の上品そうな老婦人は、七十歳ぐらい……いや、もう少し上だろう。とすると、娘の年齢は自分と同じぐらいか。まあ、五十歳でエメラルドグリーンのワンピースを着ても問題はないけど、それだけでは浮く。「ジャケットをこちらのグリーンにして、下は白いスカートなら、爽《さわ》やかな印象になりますよ」

「じゃあ、その組み合わせでいただくわ」老婦人がハンドバッグから財布を出した。

「試着は……よろしいんですか」

「娘がちょっと来られないので。でも、サイズは分かってますから、大丈夫ですよ」

「合わなかったら、いつでもお取り替えできますので」

祥子は、ショーケースの上に並べた服を片づけにかかった。ジャケットとスカートで六万円。ブラウスとスカーフも勧めておけばよかったかな、とも思う。いかにも金はありそうな感じだし……まあ、いいか。四半世紀もデパートの売り場にいれば、売り上げをアップすることなどどうでもよくなってしまう。どんなに頑張って売っても、給料が変わるわけではないのだし。それに、どうせ働けるのもあと十年だ。その間に、何か大きな仕事を——という気にもならない。

要するに祥子は疲れていた。五十歳なりに。

洋服を包み、勘定を済ませる間、客の女性は売り場の服をぼんやりと眺めていた。どんな人なのだろう、と少しだけ気になる。商売柄、人と話すのは得意だし好きなのだが、この女性は「話しかけないでくれ」というオーラを発していた。だから無理に声はかけられない。不快にさせたら、次の機会がなくなる。

「どうも、お世話様でした」

デパートの袋を渡すと、女性は丁寧に頭を下げた。だいぶ大きくなってしまい、持つのに難儀していたが。心配になって、祥子は売り場を出るところまで見送った。

「お似合いになるといいですね」

「そうね……でも、若いから何でも似合うと思うわ」

「おいくつなんですか？」

「二十歳」

祥子は一瞬、頭が混乱するのを意識した。この女性の娘が二十歳？　もしかしたら、見た目よりもずっと年齢が若いのかもしれないが、妙な感じはする。俄然《がぜん》、好奇心がかき立てられた。支払いがクレジットカードなら様々な情報が手に入るのだが、現金払いではどうしようもない。

まあ、そんなこと考えても……変わった客の噂話をするのは、デパートに勤務する人間の数少ない楽しみだが、最近はそういうことも面白いと思えなくなってきた。それはそうよねえ――五十になると、いろいろなことがどうでもよくなってくるものだ。


手がかり、なし。

瀧は首を捻《ひね》って、これまでの捜査の経過を手帳に書きつけた。やはり恵の携帯電話の電源は切られているようで、現在の居場所は分からない。最後に使われたのは三日前——塾を無断欠勤する前日だ——の午後九時。この日はバイトが休みだった。使われた場所は吉祥寺南町一丁目付近で、ＪＲ吉祥寺駅南側の繁華街辺りと見られる。家からも学校からも塾からも離れた場所だが……別に、そういう繁華街にいてもおかしくはない。学生だから、合コンなどもあるだろう。

岩手県で教員をしている先輩——女性だった——に対するあかねの事情聴取も、不調に終わった。協力的であったようだが、何しろ卒業してから一度も会っていないので、情報が乏しい。聴きたかったのは異性関係なのだが、彼女は「少なくとも自分は知らない」と断言したという。

一方銀行の口座は、ここ一週間ほど金の出入りがない。また恵は、クレジットカードを持っていなかった。金の動きから彼女の足取りを追うのは難しそうだ。

夕方、そこまでの作業を終えて、瀧は一旦解散を宣言した。

「九時に学習塾で落ち合おう。それまで、飯でも食ってゆっくりしててくれ」

「係長はどうするんですか」あかねがどこか不満そうに言った。夕食休憩するのがもったいないとでも思っている様子だった。

「一度家に戻って飯を食べるよ」

「他に、聞き込みとか……」

「家でやることもあるんだ」

「そうですか」依然として不満そうだったが、あかねは一応納得した様子だった。

若いし、仕事に一生懸命なのは評価できる。でも人間は、それだけじゃない。年を取るといろいろあるんだよ……それに彼女を連れて歩くのが、少しだけ面倒になっていたのも事実だ。表から裏までよく知ったこの街では、自分一人で歩く方がずっと効率がいい。今日も家で食事を終えたら、塾へ行く前に、駅の南側の繁華街で少し聞き込みをしてみるつもりだった。あの辺りには知った店も多いし……あかねが恵の先輩から聴いたという話を思い出す。

「あの子、古い洋楽が好きで。吉祥寺には、ロックバーがたくさんあるって喜んでいました」

もしかしたら自分は、そういうロックバーの一つで恵に会っていたかもしれない。武蔵野中央署に異動してくる前は、週に一回は必ずどこかの店に寄っていたのだ。店によって、かかる音楽のジャンルが結構違うので、その時の気分で入る店を決める。何も知らずに「爆音系」の店に入ってしまった時には、そそくさと逃げ出したものだ……瀧の音楽に関する知識は、九〇年代前半で止まっている。グランジ以降のポップミュージックには、どうにも馴染めなかった。結局自分は、分かりやすいメロディとそこそこハードな音像、そしていいギターソロが好きなだけだと思う。そういう音楽は、八〇年代でほぼ死に絶えた。

いい機会だから、今夜はそういう店にも顔を出してみようか。持胃はある……吉祥寺はコンパクトな街で、どこへ行くにも自転車か徒歩で間に合う。自宅と駅の南口、そして北口にある学習塾まで、半径五百メートルの範囲内に入ってしまうのだ。

しばらくあかねを放置することになるが、夕飯の面倒までは見切れない、という気持ちもあった。刑事は、動き続けるために、絶対に飯を抜いてはいけない。一人だろうが何だろうが、とにかく食べられる場所を探して食事をするのだ。そういう基本中の基本を、まず一人で覚えるのもいいだろう。

署を出て自宅には戻らず、瀧は両親が住む実家へ向かった。もっとも、そこから自宅までは歩いて五分ほどなのだが。

年寄り夫婦はもう夕食を済ませているのでは、と予想していたが、父親の佑一郎《ゆういちろう》はまだリハビリを続けていた。古い家の廊下に瀧がつけたバーを頼りに、歩行訓練を繰り返している。七十七歳というと、病気がなくても体が弱ってくる年齢なのだが、まだ限界を設けるつもりはないようだった。額に汗を浮かべ、バーをきつく握り締めながら必死で歩みを進める姿は、瀧に「痛々しさ」ではなく「疲労感」を意識させた。運動選手がきつい練習をしていると、見ている方まで疲れてしまうのに似ている。

「おう、どうした」右半身が不自由で、あまり力が入らないのだが、言葉は倒れる前と同様、はっきりしている。

「ちょっと様子を見に来た」

「お前に心配されるようになったらおしまいだな」相変わらずの憎まれ口。だがそれも元気な証拠だ、と瀧は前向きに考えるようにしている。

父親がようやく立ち止まった。左手一本で体を支える格好になったが、危なっかしい感じはしない。元々左利きなので、普段の生活でもさして不便を感じていないようだ。

玄関から廊下に上がり、父のすぐ側に立つ。グレーのトレーナーの上下姿で、胸元は汗で黒くなっていた。額に滲《にじ》んだ汗が、小さな玉になってこめかみを滑《すべ》り落ちる。ジャージの袖で乱暴に額を拭《ぬぐ》う姿は、遥か昔の経歴を想像させた。円盤投げで国体にまで出た——自分が生まれる以前、五十年以上前のことだが——実績は、リハビリにも役立っているのだろうか。元々の基礎体力が、自分とは桁《けた》違いなのかもしれない。

「夕飯の時間かと思ってた」

「トレーニングは朝飯前だ……朝飯じゃないが」言って、父が大袈裟に笑う。空気を震わせるような高笑いは昔と変わらず、これを聞いているだけでは、とても後遺症に苦しんでいる人間には思えない。「飯は、もうちょっとやってからだな」

「もう、ずいぶんやったんじゃないのか」

「上半身がまだなんだよ」

父親は、バーを摑んだまま、慎重に廊下の端まで歩いて行った。立てかけてあった松葉杖を器用に両脇に挟みこむと、体を大きく動かして和室に入る。あり得ない……本当は、車いすに頼り切りになってもおかしくなかった状態なのだ。松葉杖を器用に操る様子を見ると、単に右足を怪我しているだけのようにしか見えない。実際には右腕に力が入らず、本人曰《いわ》く「十分の一程度」だそうだが。

和室は、それこそトレーニングルームのようになっていた。腹筋用のベンチが部屋の中央に置かれ、周りには大小さまざまなダンベルやバランスボールなどが散らばっている。まさか、バランスボールを使ってリハビリしているんじゃないだろうな、と瀧はヒヤヒヤした。あれは、健康な人がやるのも危なっかしいのに。

父はベンチに腰かけ、左手を添えながら右手でダンベルを持ち上げた。二キロ……病気をする前の父親だったら、小指で引っかけても持ち上げられるような重さだ。だが今は、何十キロもあるダンベルを強引に持ち上げているように見える。やっていることは上腕の筋肉を鍛えるアームカールなのだが、やはり苦しそうだ。だいたい麻痺が残っているので、関節も硬くなっているだろう。普通に曲げ伸ばしの動作をするだけでも大変なはずだ。それをダンベルを持ちながら、一回、二回……十まで数えたところで、父が顔を上げた。

「何見てるんだ」

「いや、一人でやってると危ないだろう。手伝うよ」

「馬鹿言うな」父が吐き捨てた。「これぐらいのトレーニングで手助けを受けるようじゃおしまいだ」

父にとっては未だに「トレーニング」なのだと思うと、胸が痛くなる。リハビリとトレーニング――同じ動作でも、目的はまったく違う。倒れる直前まで、毎日ジョギング――ウォーキングではない――を楽しみ、時にテニスまでやっていた父にすれば、普通に日常生活が送れるようになるだけでは、満足できないのだろう。昔と同じようにスポーツを楽しめない限り、「治った」とは認めないはずだ。

心配ではあったが、見ていて機嫌を悪くされると困るので、瀧は和室を離れてキッチンに行った。

この家は、十年ほど前に全面的にリフォームしたので、屋内には段差がない。キッチンも、使いやすいアイランドタイプに変えられている。母の弥生《やよい》は、シンクで野菜を洗っていた。

「あら、来てたの」

「ああ。ちょっと様子を見に」

「元気でしょう」

「あれ、本当に普通に歩けるようになるんじゃないか」瀧は声を潜めて言った。「医者は何て言ってるんだ」

「さすがに、昔みたいにはいかないだろうって」母が寂しそうに笑ったが、決して絶望しているわけではないようだった。「何とか歩けるようになれば、それでいいと思うわ。私ももう、ジョギングにはついていけないから。年寄り二人だったら、ウォーキングでちょうどいいのよ」

「そりゃそうだ」

「あんた、ご飯は？」

「家で食べる。ちょっと様子を見に寄っただけだから」

「何か持っていく？　夫婦二人になったら、ろくなもの食べてないでしょう」

「そんなこと、ないよ」事実を指摘され、瀧は慌てて首を振った。息子二人がいた頃に比べれば、食卓に上がる料理の数は明らかに減っている。そんなにたくさん出されても、もう食べ切れない年だしな——と自分に言い聞かせてはいるが、少しだけ寂しいのも事実だった。

「プチトマト、あるけど」

「ああ、じゃあ持っていくよ」母親は裏庭で小さな畑をやっている。昔——瀧が子どもだった頃は、近所で野菜を育てている家も少なくなかった記憶があるが、今ではすっかり珍しくなった。

母が、シンクの横に置いた籠《かご》からプチトマトを摘《つま》んだ。えらく大きく、色艶《いろつや》もい い。「プチ」ではなく、普通のトマトのようだった。

「今年は早いんじゃないの？」

「天気がよかったから。甘いわよ。このまま食べてもいいぐらい」

「助かる」

瀧はダイニングテーブルにつき、母がビニール袋にプチトマトを詰めるのを見詰めた。何だか、息子として全然役に立っていないな、と思う。せっかく両親のためにと、武蔵野中央署勤務を希望したのに、父は勝手にリハビリ——トレーニングをしているし、母もそれが当たり前のような顔だ。息子の力など必要ない、と宣言しているようではないか。

「仕事は？　忙しいの？」

「いや、ここは元々暇だからね」

「あんたももう年なんだから、無理しない方がいいわよ」

「まさか」

「十歳年を取るごとに、だいたいどこか悪くなるんだから」

「人間ドックでは何も異常ないけど」

「そうやって油断してると、急にがくっとくるわよ」

そう言われてもどうしようもない。酒はほどほどしか呑まないし、煙草も十年前にやめた。今のところ、体に悪い生活習慣は一切なく、医者も「この調子で大丈夫」と太鼓判を捺《お》してくれている。「ない物」と言えば残り時間ぐらいだろうか。勤め人には誰でも等しく定年があり、自分にはあと十年しか残されていない……今まで三十年近くの勤め人としての経験から、これからの十年があっという間に過ぎてしまうのは簡単に想像できた。いや、想像より早いかもしれない。

父親は自分とはまったく別の人生を歩いてきた。三年前の選挙に出馬せずに引退を表明するまで、長年武蔵野市の市議会議員を務めていたのだ。議員に定年はないし、病気になる前の元気さを考えればあと一期ぐらいはやれたはずだが、結果的にこの判断は賢明だったと思う。倒れたのは去年の暮れ。「任期中でなくてよかった」というのが父の弁である。口は達者でも、体の自由が利かなければ市議会議員としての仕事は果たせない、と考えているのだろう。

「とにかく、仕事しているうちは大丈夫だよ」

「お父さんも同じこと、言ってたけどね」母の口調は淡々としていた。父が倒れてから一度も、弱音を聞いたことがない。麻痺は残って口だけが達者という状況は、母にとってはむしろマイナスではないかと思うのだが――昔から口うるさい父なのだ――特に何とも思っていないようだった。いろいろ大変そうだから、地元の署に転勤を希望したと言った時も、たった一言、「あら、そう」。両親を思う自分の気持ちが、何だか空回りしてしまったように思ったものである。

それほど遠くない将来に、両親ともに衰える……父の必死のトレーニングも、全快に結びつくとは思えないし、支える母だって年を取ってくる。それでも協力を求めない両親に対しては、こちらも淡々と見守るぐらいしかできない。

自分の判断は正しかったのだろうか――瀧には分からなくなっていた。


家へ帰ると、妻の真希《まき》は夕食の支度の最中だった。

「プチトマト、貰《もら》ってきたぞ」

「ああ、じゃあ、サラダでも作る?」言葉の裏を読めば、「作ってくれる?」だ。二十年も一緒にいると、本音は簡単に読める。

瀧は黙って手を洗い、サラダの用意を始めた。トマトを洗って半分に切り、みじん切りにしたタマネギとパセリを加える。他に何か……と冷蔵庫を漁り、少ししなびかけた大葉を見つけ、これもみじん切りにして加えた。オリーブオイルと塩、胡椒《こしょう》だけで味つけして、ざっくりと混ぜる。

「あと、魚だけどいい？」

「今日は何だ？」

「ブリが安かったから、照り焼き」

「大根おろしは？」

「まだ作ってない」

「じゃあ、やるよ」

もう一度冷蔵庫を開け、大根を取り出す。二人分の大根おろしは作りにくいのだが、と思いながら、先端から十センチほど切り落とした。ずいぶん立派な大根で……持ちやすいようにさらに縦に二つに割る。どうしてこんな風に料理を手伝っているのだろう、と自分でも不思議になることがあった。真希は料理上手だし、作るのも好きだ。なのに何故か、新婚の頃から、必ず瀧に手伝わせてきた。最初の頃は、何もしないのは申し訳ないと思ってやってきたのだが、今はこれが普通になっている。もちろん、大きな事件の捜査にかかわっている時は別だが。

二人きりの食事は静かだ。最近、夕食のタイミングが「前」にずれている。武蔵野中央署に来る前、本部の捜査一課にいた頃は、だいたい八時スタートだったのだが、今は七時に食べ終わっていることも少なくない。真希は武蔵野市役所に勤めていて帰りは早いし、自分も通勤に十分もかからないのだから、必然的に帰宅は早くなる。生活のリズムを滅茶苦茶にする事件もまったくないし……。

「今日、食べ終わってから出かけるから」

「あら、珍しい」

「ちょっとやることができてね」

「せっかく暇だって言ってたのに」真希がわずかに不満そうに言った。

「警察は、永遠に暇なわけじゃないよ」

「ゆっくりできると思ってたのにね」

「しょうがない」

真希は心配性だ。特に父が倒れてから、その傾向に拍車がかかった。父親が脳梗塞になったからといって、息子も同じ病に倒れるというわけではないのだが、とにかくそれまで以上に瀧の健康に口を出すようになったのだ。食事は野菜と魚が多くなり、肉を食べる機会がほとんどなくなった。口を開けば「少し体を動かしたら？」。確かに運動不足なのは間違いない……家から署まで自転車で通勤するぐらいでは、消費できるカロリーはたかが知れている。特捜本部ができれば、一日一万歩どころか、二万歩近く歩くのも普通になるのだが。

「今日、何かあったの？　特に気づかなかったけど」市役所勤めということもあり、真希も地元の情報には詳しい。

「いや、まだ事件になるかどうか分からないんだけど……長崎って覚えてるか？」

「ええと……」ブリの照り焼きの皿をテーブルに置きながら、真希が首を傾《かし》げた。彼女も二回か三回は会っているはずだが……すぐに思い出した。「あなたの大学の同期の長崎さん？」

「そうそう」

「長崎さん、どうかしたの？」

「姪御さんが行方不明なんだ。こっちの大学に通ってて、一人暮らししてるんだけど」

「あら、それじゃ心配ね」

「そうなんだ」瀧は立ち上がり、みそ汁を椀に入れた。今日は茗荷《みょうが》か……季節には少し早いが、瀧の好物だ。「だから、飯を食ったらちょっと調べに行く」

「気をつけてね」

「分かってる」

夫婦二人だけの会話は、途切れがちになる。それが寂しいわけではなく、むしろ食事時に夫婦二人だけで喋り続けていたら異常だと思うが……心地好い沈黙もあるのだ、と瀧は自分に言い聞かせるようにしていた。息子二人が家を出てから、急に静かになったのは間違いない。いたらいたで何かと騒がしいのだが、これは仕方がないことだ。子どもはいつか独立する。だいたい、子どもが二十歳を過ぎたら、互いに頼り合わないのが家族の理想ではないだろうか。家族は増えるものではなく、分裂していくものだ、と瀧は考えている。そういう考えに至った原因は、家族絡みの事件を多く見てきたからかもしれないが……依存する気持ちのバランスが崩れた時に、事件は起きやすくなる。

そそくさと食事を終えて、瀧は再び出かける準備を整えた。といっても、ネクタイを締め直しただけである。まだクールビズには早いし、そもそも瀧は真夏でもネクタイを外さないタイプだ。冷房に弱い上に、特に「暑い」と感じることがないから。さすがに、八月に聞き込みを続ける時には外すのだが。

さて、出かけるか。ズボンの裾をバンドで止めて準備完了。夜の聞き込みに自転車というのも、何だか間抜けな話だが、この街ではやはり、一番便利な交通手段だ。

真希が玄関まで出て見送ってくれた。転勤して来て以来、いつも朝は同時に家を出るようになっていたので、この感覚は懐かしくもどこか新鮮だった。

「遅くはならない」

「待ってるわよ」

「そうだな……風呂、沸かしておいてくれ」

「分かった」真希が微笑む。

その笑顔を見て、自分の人生はそこそこ上手くいっている、と瀧は思った。あとは、仕事の役割をきちんと果たさないと。

武蔵野中央署に異動を願い出たのは、父親のためを思ってのことだが、生まれ育った街で仕事をするにあたって、一つ決めたことがあった。

自分はこの街の守護者になる。そうする資格も義務もある。

ＪＲ吉祥寺駅の南口に出て、自転車を押しながら歩く。近くに末広通り自転車駐車場があるので、預けていくことにする。一回百円取られるのは何となく癪《しゃく》に障るが、この辺に放置しておくと、自転車は盗まれる恐れがあるのだ。

南口の雰囲気は、瀧の好みだった。末広通りや弁天通りなどの細い通りが入り組んでおり、いつ来てもざわついた空気が漂っている。気楽な店が多く、北口のサンロード辺りにある店に比べると、単価も少し安いはずだ。その象徴が、駅南口にある二軒の焼き鳥屋「いせや」だが、今は井の頭公園のすぐ近くにある「公園店」はちょうど改修中――というより建て替え中である。武蔵野市で育った若者が、あの店に行くようになると「一丁前だ」と言われる。

吉祥寺は昔から音楽の街だった。さすがに瀧の記憶にもないが、六〇年代にはジャズを聴かせる店があり、七〇年代に入ってからはロック喫茶がいくつか産声《うぶごえ》を上げていたそうだ。他にも長い歴史を誇るライブハウスがあり、街全体が音楽好きを受け入れる雰囲気は今でも変わっていない。

瀧の高校時代の友人、沢谷《さわたに》が経営するロックバー、「パラノイド」もそんな店の一つである。ただし歴史は浅い。何だかんだと安定しない生活を送っていた沢谷が、井ノ頭通りから一本入った場所に店を開いたのは、ほんの三年前である。それ以前の彼が何をしていたかというと――あちこちにぶつかる人生だった。スタジオミュージシャンから始まり、レコード会社のスカウトマン、自らレーベルを立ち上げて巨額の借金を作り、その後起死回生の音楽配信サービスを始めたが、これも大コケした。しばらく音信不通になっていたのだが、三年前に「地元で店を開いたから」と突然連絡があった。以来、瀧は少しでも店の収入に貢献しようと通い続けているのだが、彼の本当の懐《ふところ》具合は分からない。一説には、実家の土地と建物を処分して――両親はとうに他界していた――借金を返済し、この店の権利を買い上げたという。調べれば簡単に分かることだが、そこまでするつもりもなかった。友だちの懐具合を探るのも馬鹿馬鹿しい。ちゃんと店を持って、いつもそこそこ客が入っているのだから、それでいいではないか。

午後七時半。この時間だと、「パラノイド」はまだがらがらだ。一応、午後五時開店なのだが、賑わい始めるのは九時過ぎである。瀧はいつも、できるだけ早い時間に訪れるようにしていた。店内は全面喫煙可なので、客が増えると呼吸困難になりそうななせいもある。

沢谷は自分の昔からの好みに合わせて、七〇年代のハードロックばかりを流していた。それだけ音楽的に早熟だった、ということだろう。七〇年代と言えば、瀧も沢谷も、まだ十代になったばかりだったのだから。

今夜は、店名通りにブラック・サバスが流れていた。「チルドレン・オブ・ザ・グレイヴ」……ということは、三枚目のアルバム『マスター・オブ・リアリティ』か。この辺のバンドは好きでもないのに、沢谷の影響で結構詳しくなってしまったな、と苦笑する。瀧の好みは、やはり高校生から大学生にかけてリアルタイムで聴いていた八〇年代のロックである。それもLAメタル。「あんなのに夢中になるのはギタリストだけだ」と沢谷は馬鹿にするのだが、瀧にすれば、あの時代の分かりやすいメロディは今でも魅力的だ。「産業ロック」と馬鹿にされようが、ジャーニーやボン・ジョヴィも好きである。あれだけ売れたのにはちゃんと理由があるのだ。

カウンターにつくと、沢谷がすっと寄って来た。この店をオープンして久しぶりに会った時、その変わりように動転したのを思い出す。高校で出会った時からずっと長かった髪をばっさり切ってしまっていたのだ。沢谷と言えば長髪が当たり前だと思っていたので、その変化は大きなショックだった。沢谷本人は、「真っ当な商売をするのに長髪は邪魔だ」と堂々と言い放ったものだが……だったらそれまでの仕事は真っ当ではなかったのか、という突っこみを瀧は呑みこんだ。

「何にする？」沢谷が訊ねた。店は基本的に店員に任せているのだが、馴染み客が来た時だけ、愛想を振りまきに来る。

「いや、今日は酒はいい」

「まさか、仕事じゃないだろうな」右の眉だけを器用に上げた。眉を縦に断ち切るような傷跡が気になる……昔はなかったもので、苦闘の時代に何かあったのは間違いない。だが、わざわざ過去の苦い記憶を蘇《よみがえ》らせることはないだろうと、瀧は触れたことがなかった。

「仕事は仕事だけど、お前には直接関係ないから」瀧は手帳を取り出し、恵の写真を見せた。「この子、この店に来たことはないか？」

「――見たことないな。だいたいこの子、何歳よ」

「二十歳。大学三年生だ」

「うちの店には、こんな若い子は来ないぜ」

「そうか？　たまに見かけるけど」

「この子がどうかしたのか」沢谷は、瀧の反論に反応しなかった。

「家出みたいなものだ」瀧は敢《あ》えて「行方不明」や「失踪」という言葉を使わなかっ

た。「家出」と言った方が、大袈裟な雰囲気は抑えられる。

「おやおや、お前みたいなベテランが、そういう小さい事件の捜査までするのか」

「どんなに小さくても事件は事件だよ。ここは俺の街だからな」

「ありがたい話だねえ」沢谷がにやりと笑った。「お前みたいな人間がいるから、俺たちも安心して暮らしていけるわけだ……ちょっと待ってろ。店員にも聞いてみるから」

「頼む」

沢谷が姿を消したのを見届けてから、瀧は椅子を回転させて店の中を見渡した。それほど広い店ではない。丸いテーブル席が十ほど……他にはカウンターだけだ。JBLのスピーカーが天井からぶら下がり、巨大な液晶モニターが壁の三か所にかかっているのが、昔のロック喫茶との違いだろうか。瀧が高校生の頃は、ただレコードを――CDが誕生する前だ――かけるような店がほとんどだった。ただし今、モニターに映る映像と流れている曲には何の関係もない。七〇年代のミュージシャンは、映像があまり残っていないのである。音楽関係の映像といえば、やはりMTVが始まった八〇年代以降のものだ。

他に客がいないので、今は煙草の煙も気にならない。それだけで、居心地は格段によかった。ブラック・サバスはどうしても好きになれないのだが。

背後に気配がしたので、椅子を回してカウンターに向き合う。沢谷が首を横に振った。

「誰も見てないか」

「ああ。悪いな」

沢谷が写真をカウンターに置く。瀧は写真を取り上げ、もう一度顔をまじまじと見た。やや丸顔でショートカット。成人式なので振袖を着て派手な髪飾りをつけているが、子どもが無理に大人の格好をしているような感じがしてならなかった。写真には長崎も一緒に写っていた。彼の身長から判断すると、百五十センチ台前半だろう。瀧は、写真を沢谷の方に押しやった。沢谷が腕組みをしたまま目を見開き、写真を見下ろす。

「俺にどうしろと？」

「こいつはコピーだ。持っていてくれ。もしかしたら、ここに顔を出すかもしれない」

「そうかねえ」沢谷は写真を手にしようとしなかった。「ここには、三十代以下の客は滅多に来ないぜ。四十代以上が中心だから。若い客がいたら嫌でも目立つけど、見かけないね」

「クラシックロックが好きだそうだ」

「そいつは範囲が広過ぎるな」沢谷が首を振った。「クラシックロックっていうのは、七〇年代以前の全部だぜ。うちは、六〇年代の曲はかけないけどな」

「自分がリアルタイムで聴いてきたものだけ、か」

「そういうこと」沢谷がにやりと笑った。「六〇年代？　そんな古臭いもの、聴けるかよ」

ブラック・サバスのデビューは六〇年代だったはずだが……瀧は疑問に思ったが、口にはしなかった。地元の友だちは気安い存在だが、何も事を荒立てる必要はない。沢谷は、こと音楽の問題に関しては、議論になると絶対に引かないのだ。


八時五十五分に塾につくと、既にあかねは到着していた。ぴしりと背筋を伸ばし、周囲に警戒の視線を送っている。ちょうど塾から吐き出されてきた小学生が帰宅する時間なのだが、明らかに好奇、ないし恐怖の視線で見られていた。それはそうだろう、まるで犯行現場を保存する制服警官のような視線の鋭さなのだ。

瀧が自転車に乗ってきたのを見て、あかねが目を見開いた。何か言われる前にと、瀧は「自転車が一番エコだよな」と言って鍵をかけた。

「何も突っ立ってなくてもいいのに。中で待っていればよかったんだ」そうでないと子どもたちが怖がる。

「いえ。先に中に入るのは失礼ですから」

「そんなこと、どうでもいいんだぜ」

「そうはいきません」

何なんだ、この硬さは……瀧は戸惑うばかりだった。だいたい最近は、たとえ刑事でも、待ち合わせの場所に後から到着すると、相手は携帯かスマートフォンをいじっているのが常である。こんな生真面目さは、平成になって絶滅したと思っていたのに。

「とにかく行こうか……飯は済ませたな？」

「はい……あの、ちょっと考えたんですが」

「何だ」瀧は足を停めて振り返った。塾から飛び出してきた小学生がぶつかりそうになり、慌ててステップを切って避《よ》けた。こういう機敏な子はこんなところで勉強している場合じゃない、サッカーチームに入れるべきだ。

「就活、どうしてるんでしょうか」

「ああ？　いくら何でもまだ早いだろう。それに、教員の試験を受けるんだったら、普通の就職活動とは違うんじゃないか」

「でも、それ一本だと危険じゃないですか。教員は狭き門ですから、保険をかけると思います。他の職種も受けるつもりなら、もう準備をしていてもおかしくないと思いますよ」

「だから？」率直な物言いをするタイプだと思っていたが、今度は妙に回りくどい。夜になって、エネルギーが切れてきたのかもしれない。

「就職で悩んで、ということはあるかもしれません」

「まあ、確かに就職は大変だろうけど……」瀧は口ごもった。自分の学生時代と言えば、バブル景気直前の、超売り手市場。ずっと警察官になるための勉強をしていた瀧も、実は「滑り止め」で他の企業を受けて内定をもらっていた。あの頃は、就職に苦労した友人は一人もいなかったはずである。内定をもらい過ぎて、どの会社を選ぶかで悩んだ人間はかなりいたはずだが。

「私も、教員の試験、受けたんです」

「それで、滑り止めで警察に入ったわけか」

「別に、滑り止めじゃないですけど」あかねの耳が赤くなった。「とにかく今、就職は大変なんです。それで思いつめて自殺する人だっているんですから」

「まさか、知り合いが自殺したとか？」

「直接の知り合いじゃないですけど、同じ大学の子が……」

「そうか」瀧は顎に力を入れてうなずいた。「そのことは頭に入れておこう。嫌な話だけどな」

「私たちの世代には共通の悩みです」あかねもうなずく。

塾の事務室へ入ると、昼間応対してくれた事務長の牧野蓉子が、すぐに立ち上がって出迎えてくれた。その顔に期待の表情が浮かんでいるのに気づき、瀧はすぐに首を横に振った。途端に、蓉子ががっかりとした顔つきに変わる。余計な説明をしたくなかったので、瀧はすぐに、恵の同僚に面会を求めた。

蓉子が引き合わせてくれたのは、恵と同じ大学の四年生、羽田美穂《はねだみほ》だった。いかにも緊張した様子で、瀧が穏やかな笑みを浮かべて「緊張しないで」と言っても、表情は解《ほぐ》れない。ちらりと横を見ると、あかねも怒ったような緊張したような顔つきだった。お前が相手を緊張させてどうするんだと思ったが、この場で指摘するわけにはいかない。頼むから余計なことを言わないでくれよ、と心の中で祈った。余計な一言が、その場の雰囲気をぶち壊しにしてしまうことはよくある。大抵は、人生と仕事に疲れ果てた中年の刑事が、相手の神経を逆撫でするような台詞を吐くものだが。

美穂は恵より一歳上なだけだが、ずいぶん落ち着いていてずっと年上に見えた。長い髪を後ろで一本にまとめて耳を露《あらわ》にした髪型も、大人っぽい印象に拍車をかける。ポニーテールなのだが、もう少し整然とした感じだった。

事務室の素っ気無いデスクに向かって座っても、不安気な表情に変化はない。「緊張しないでいきましょう」と言って瀧は肩を上下させて見せたが、あまり効果はないようだった。

一瞬の沈黙を利用して、美穂の様子をざっと観察する。小学生向けの学習塾の講師はこういう格好をしているのか……白いブラウスに濃紺のジャケット、タイトなジーンズ。着崩しているわけではないが、さりとてあまりかっちりしているわけでもない。そもそも小学校の先生というのは、こういう格好をしていたような気がする——とにかく動きやすさ優先で。

「長崎恵さんのことでお伺いします」

「はい、あの……大丈夫なんでしょうか」

「何とも言えません」瀧は率直に認めた。「携帯もつながらないし、今のところ目撃証言もないんです」

「そうですか……」美穂がうつむいて唇を噛《か》む。

「彼女とは親しいんですか？」

「ええ……塾でも、時間が合った時には、食事したりしています」

「大学では会わないんですか？」

「一年違うと、結構違いますしね……それに私、今はあまり大学に行ってないんです」

「ああ、大事な単位は取り終えたんですね」こういうのは昔から女子の方が要領がよかったな、と瀧は苦笑した。「あとは就職準備ですか？」

「はい、七月に埼玉の教員試験があるので、今はその準備で……ここの仕事以外は、ほとんど勉強しています」

「いろいろ大変ですね」

「皆同じですから」ようやく美穂の顔に笑みが浮かんだ。かなり無理している様子ではあったが。

「恵さん、最近悩んでいた様子はないですか？」

「いえ、特には……」

「よく考えて下さい」瀧は身を乗り出した。「恵さんは去年の秋から、ここで働いていますよね。あなたとは……半年以上のつき合いになるでしょう。会うのがたまにだとしても、何かあれば、気づくと思いますが」

「ええ。でも、本当に……」美穂が顎に手を当てた。

「就職のことはどうですか？　今は、三年生から気にしないといけないでしょう」

「そうですけど、恵も教員志望でしたから。そういう人は、まず試験勉強を第一に考えて就職の準備をするので、普通の就活とはちょっと違います」

自分が想像していた通りだ、と思いながら瀧はうなずいた。

「他の一般企業も受けるんじゃないんですか？　だとしたら、もう準備を始めないといけない時期ですよね」

「でも恵は、教員一本のつもりだったみたいですよ」

それはリスクが高いのではないか……恵は、出身地である群馬県で教員採用試験を受けるはずだが、もしも失敗したらどうするつもりなのだろう。また翌年の試験を受ける覚悟かもしれない。

「就職の件では、悩んでいませんでしたか?」

「いろいろ話はしましたけど……」美穂が目を細める。「まだ実感がないみたいでしたね。何しろ試験は一年以上先ですから。今は、ここで実践練習しているみたいなもので」

「彼女は教員向きですか?」

「どうでしょう」美穂が首を傾げた。「普通にコミュニケーション能力があれば、やれる仕事だと思います。相手が子どもなだけで」

だからこそ難しいと思うのだが……しかし美穂は、自分の台詞に自信を持っているようだった。急に能弁になって続ける。

「特別な仕事だと思うから、緊張して上手くいかなくなるんだと思います。子どもは、特別な生き物じゃないんですよ。小さい大人ですから。小学生だって、一人の人間として扱うことで成長するんです。教育実習に行って、よく分かりました」

「そうですか……恵さんの教育実習はまだ先ですか？」

「秋、ですね」

「教員としてやっていけるかどうか、自信がなかったとか？」

「それこそ、教育実習に行ってみないと分からないと思います。この塾へは皆、勉強をしに来ますから、学校の雰囲気とはまた違うんですよ。学校には、いろいろな子どもがいますからね」

「それで挫《ざ》折《せつ》する人もいる？」

「いますよ。現場を見れば、想像していたのと違うことはいくらでもありますから……とにかく、恵は教員になることについて、それほど悩んでいたわけじゃないと思います。実態が分からないから不安になることはあったかもしれないけど、それは誰でも同じですよ」

「恋人はいたんですか？」あかねがいきなり突っこんだ。

「どうでしょう」驚いたようにあかねを見た美穂の口調は、急に歯切れが悪くなった。「そういう話、あまりしなかったので」

「言葉の端々から、何となく分かりませんか？」

「あまり記憶にないですね。そういう話は、すれば覚えているものですから」

「じゃあ、将来のことや男女関係……特に悩んでいた様子はないんですね」

「なかったです。私が見ていた限りでは」

「なるほど」

大きくうなずき、あかねが手帳にボールペンを走らせた。特に書くべき内容もない受け答えだったと思うが……気を取り直して、瀧は質問を続けた。

「他に例えば、ストーカーの被害に遭《あ》っていたとか？」

「ないと思います。あれば、さすがに相談してくると思いますよ」

「そうとも限らないんです。ストーカーされることを恥だと思う女性もいるので」

「恵は違いますよ」美穂が断言した。「あの子、言うべきことははっきり言いますから。そんなことがあったら、絶対に隠さないと思います。それに、すぐに警察に駆けこむんじゃないでしょうか。そういうタイプです」

「本当に、何か変わった様子は……」我ながら気の利かない質問だと思いながら瀧は言った。

「変わったことと言っても……ちょっと忙しそうにしていたぐらいで」

「そうなんですか？」

「ここの仕事が終わった後で、時々ご飯を食べに行ったりしてたんですけど、ここのところ何回か、誘ってもつき合ってくれなくて」

「それは、結構『変わったこと』だと思いますよ。普段と様子が違えば」

「すみません」美穂がうつむいた。大事なことを見逃していたと恥じるように、耳が赤くなっている。

「何でそんなに忙しかったんでしょうね」

「それは……分かりません」

「やっぱり恋人がいたとか？」

「それだったら分かると思います」

しばらく押し問答が続いたが、結局それ以上の詳しい情報は分からなかった。つき合いが悪くなるほど忙しいというのは、新しい人間関係——それこそ恋人ができたとか——が生まれたことなどがきっかけになるのだが。

とにかく恵は、行方不明になる直前、忙しそうにしていた。その原因が分かれば、一歩先へ踏み出せるかもしれない。調べる材料はつながったな、と瀧は思いを新たにした。


塾を出た瞬間、携帯電話が鳴り出した。夜にかかってくる電話にろくな物はない……慌ててワイシャツのポケットから引っ張り出すと、長崎だった。

「どうだ？」切羽詰《せっぱ》まった口調だった。

「いや、まだ探し始めたばかりだから」さすがに焦り過ぎだな、と苦笑した。気持ちは分かるが、物事はそう簡単に進むものではない。どうも世間の人は、警察を万能の存在だと思っている節《ふし》がある。

「そうか」電話の向こうで長崎が溜息をついた。

「今、どこにいる？　何だったら直接会って話そうか」

「いや、まだ会社なんだ」

「それじゃ無理か」

長崎が勤める家電メーカーの本社は新橋にある。今から出ても、吉祥寺へ着くのはかなり遅くなる。通勤に便利とは言えないが、これも長崎が吉祥寺に執着しているせいだ。大学卒業以来、ずっと新橋に勤めているのだから、もっと通勤に便利な街に家を買う選択肢もあったはずなのに。

「今朝、遅刻したから、仕事が終わらないんだ」

「仕方ない事情じゃないか」しかしこの件は、会社には話せないのではないか、と瀧は思った。家族の問題は常に微妙で、勤務先にオープンにできるとは限らない。

「まあ、そこは……」長崎が口を濁した。

「ところでお前、一番直近ではいつ恵さんに会った？」

「二週間ぐらい前かな？　うちに飯を食いに来たよ」

「どんな様子だった？　忙しそうにしてなかったか？」

「特には……いや、そんなこともないか」

瀧は思わず携帯電話を握り締めた。

「忙しそうだったのか？」

「ああ。普段は食事が終わってもしばらくゆっくりしていくのに、その日はすぐに帰ったんだ」

「何か用事があったのかな」

「そうだと思うけど、詳しいことは聞かなかった……おい、男か、なんて聞くなよ」

長崎の口調が強張る。

「何も言ってないよ」瀧は苦笑した。まさにそれを聴こうと思っていたのだが。「でも、どうなんだ？　ボーイフレンドの一人や二人いてもおかしくないだろう。東京の生活にだってすっかり慣れてるはずだし」

「そういう気配はなかったな」

「お前は鈍いから分からないんじゃないか？　奥さんにも聞いてみろよ」

「……そうだな」乗り気でないのは声色で分かった。

「まさか、奥さん、知らないんじゃないだろうな」

「いや、もちろん知ってる」長崎がひどく慌てた口調で言った。「ただ、俺より女房の方がショックを受けてるんだ。実の娘みたいに思ってるからな。だからあまり、この件は話題にしたくないんだよ」

「……そうか」娘がいない五十歳の夫婦にとって、慕ってくれる姪は大事な存在だろう。

「とにかく、男はなあ……結構はっきりしてる娘だから、つき合ってる相手がいたら、何か話してくれそうなものだけど」

「とにかくお前は知らない、と。じゃあ、何で忙しかったのかな」

「バイトかな？」

「いや、どうだろう。今バイト先で話を聞いてきたんだけど、やっぱり忙しそうにしていたっていう話を聞いた。塾のバイト以外に、何か忙しくなる事情があったのかもしれないな」

「だったら、やっぱり男かな」長崎の声には元気がなかった。

「そうだとしても、そんなに驚くことじゃなくて……」瀧はうまく慰《なぐさ》める言葉を思い浮かべられなかった。「二十歳を過ぎてれば、ボーイフレンドの一人や二人いても、おかしくないんだから」

「でも、そいつらのせいで行方が分からなくなってるのかもしれないだろう？」

「ああ、まあな……」情けない声しか出せない自分が情けない。だが、手持ちの材料が少ない以上、友人を慰めることすらできないのだった。

電話を切り、一つ溜息をつく。あかねが直立不動の姿勢のままでいたのに気づいた。

「あのさ、もっと楽にしたらどうだ？」

「いえ、仕事中ですので」

こんな風にしていたら、一日が終わる頃には疲れ切ってしまうだろう。今までが暇過ぎて、エネルギーを持て余していたのかもしれないが。さて、どうしたものか……十時。もう少し動ける、と自分を奮い立たせた。

「聞き込みを続けようか。彼女が最後に電話をかけた場所の周辺で、写真を見せて回ろう。君は、交番勤務の時によく知っている場所だよな」

「はい」

「だったら、もう一踏ん張りだ」

「分かりました」

やけに素直だな、と感心する。並んで歩き出したが、あかねは常に少し遅れがちになった。歩くのが遅いわけではなく、横並びになるのを遠慮している様子だった。ちらりと後ろを向いて、「横を歩けよ」と命じる。あかねが慌てて歩調を早め、自転車を押す瀧の横に並んだ。

塾から駅の南口までは結構歩く。こういう時だから、いろいろ話すチャンスなのだが、彼女は話し相手としてはあまり相応《ふさわ》しくない。どんな話題でも、会話が上手く転がらないのだ。とはいえ、ただ黙って歩いているだけでは時間の無駄である。

「この件、君はどう思う？」

「まだ判断できるだけの材料がありません」

「そうだけど、想像するのは自由だぜ？　男だと思うか？」

「恋人ができたからと言って、アルバイトをすっぽかすとは思えませんが」

「そうか？　一緒にいて、時間を忘れることだってあるだろう」

「仕事は仕事です」

あかねが人差し指で眼鏡を押し上げる。ピンク色は刑事向きではないな、と瀧はぼんやりと考えた。

「今まで話を聴いた限りでは、恵さんは真面目な人みたいじゃないですか。だとしたら、何も言わずに仕事を放り出すことはないと思います。休むにしても、必ず連絡を入れるはずです。だいたい、携帯の電源が入っていないのはおかしいと思います」

一々納得できる推測だった。そう、携帯が通じないのがそもそもおかしい。今の時代、何があっても携帯は手放さないだろうし、長時間電源を入れないままにしておくのも理解し難い。強引に取り上げられたと考えるのが、一番筋が通る。

「悪い男に引っかかったかな」

「吉祥寺界隈には、それほど変な人はいないと思いますが」

「繁華街がある街には、おかしな奴は必ず入って来るものさ。交番時代に、そういうのを見なかったか？」

「いえ、特には」

君の目は節穴か？　真面目なだけで、観察眼は鈍いのかもしれない。今しもすれ違った男……ごく普通のスーツを着ているが、あれは間違いなく暴力団関係者だ。たとえ愛想のいい笑みを浮かべていても、全身から発する凶暴な雰囲気は隠せない。

「もう少し、物事の本質を見ないと駄目だな」

「そうですか」あかねがむっとして言った。「どうやったら本質が見えるんですか？」

「いろいろな人に会って、話をして……そうやって経験を積んでいくしかないな。警察の仕事は、一種の接客業だから。呑み屋に通うのもいい。接客業のプロから学ぶことも多いよ」

「そんな暇、ないと思いますが」

「まあ、今はないかもしれないな……とにかく、何度も騙《だま》されないと人の素顔を見抜く力は身につかないよ」

「簡単には騙されませんよ」

「その心意気は買うけど、俺たちが相手をする人間は、嘘をつかなくちゃいけないことも多いんだ。それを忘れるな」

「分かりました」

口答えはするものの、最終的には素直ということか。まあ、いいだろう。素直で貪《どん》欲《よく》なタイプは、刑事として伸びる。嘘をつかれ、騙され、気持ちがすり切れるのは成長のために仕方ないことだが、そんな目に遭っても、斜に構えずに世の中を見なければ……大抵の刑事は、一見本当のように見える出来事に、何か裏があると思ってしまうものだが。瀧は深読みをしない。大抵の事件は、見た通りの真相なのだ。

しかし、この一件の裏にあるのは何だろう?

第3章　探索

「どうしたの？　また食べてないの？　食べないと、体に悪いのよ」

可哀想に……怯《おび》えているのだ。心の傷は簡単には癒《い》えない。一人で戦うには限界がある。いつでも頼ってくれていいのに、自分の殻に閉じこもったまま、誰とも話そうとしない。

私なら、あなたを癒してあげられるのに。

前の食事――すっかり冷めてしまった親子丼の丼を下げる。子どもの頃からこれが一番好きだったのに、全然手をつけていないなんて、本当に調子が悪いのね。今度はサンドウィッチ……これも食べられないだろうか。やっぱりこの子が好きな卵サンドなのに。オレンジジュースも、生のオレンジを搾ったものだ。泡立つほどフレッシュなジュースを、昔は喜んで飲んでくれた。

屈《かが》みこんで、皿とコップを目の前に置く。やはり手を伸ばそうとはしない。

「ちゃんと食べないと駄目よ。何か食べたいものがあったら言って。作ってあげるから。これでもまだ、料理はちゃんとできるのよ」

無反応。

本当に、可哀想に。辛いことが多過ぎたのだ。でも、もう大丈夫。私がいれば、あなたを守ってあげられる。

最後に携帯電話の発信があった時間帯は夜……しかし、恵がその夜、吉祥寺駅の南口付近で拉致されたという証拠はない。だいたい、街中で拉致することなどまず不可能だ。この辺りは夜中まで人出が多く、騒ぎになったら嫌でも目立つ。

となると、知り合いに声をかけられたのか、それとも別の場所で拉致されたのか。

真夜中近くに自宅に戻った瀧は、リビングルームで一人、武蔵野市の地図を広げていた。深夜の思索の友は、ミネラルウォーターのボトルだけ。今は、酒は呑めない。神経を研《と》ぎすませておく必要があった。

武蔵野市は歪んだ半円形のような形である。面積は十平方キロ強、そこに約十四万人が住む。昼間人口が夜間人口よりもわずかに多いのは、ここが「住むための街」であると同時に、「働くため」「遊ぶため」の街である証拠だ。実に多くの人が出入りし、人の流れは激しい。それは一日単位の話ではなく、一年を通じても同様だ。

この街は実に住みやすい。イメージもいい。都心に出るにも便利なので、大学入学でここに居を構える学生は多いし、若い家族の人気も高い。しかし人口が急激に増えないのは、まるで交差点のように、多くの人が来ては去って行くからだ。

そう、交差点のようにどこにでも行ける街——隣接する三鷹、小金井《こがねい》、西東京、練馬……どこへでも、簡単に。仮に恵が事件に巻きこまれているとしても、発生現場はこの街ではない可能性もある。その場合は、他の所轄に捜査を引き渡さなければならないが——そんな羽目にならないことを瀧は祈った。恵が事件に巻きこまれるのは困るが、自分の街に住む人が犠牲になったとしたら、必ずこの手で犯人を挙げたい。

それにしても、手がかりが少な過ぎる。今後の捜査の方針は、恵と日常的に接していた人から、最近の彼女の様子を聞くこと、そして街で目撃者を捜すことだ。本当はもっとたくさんの刑事を動員して、ローラー作戦を展開した方が効率的なのだが、事件だと決まったわけではない以上、捜査の拡大を進言するわけにはいかない。

まずは、自分一人でやってみるしかないな……瀧は溜息をついて、ミネラルウォーターを飲み干した。ラベルを剝《は》がしてキャップも外し、それぞれ別のゴミ箱に入れる。そろそろ寝るか、と伸びをした瞬間、リビングルームに真希が入って来た。一瞬どきりとして、「どうした」と訊ねる。真希は寝つきがいいし、一度寝てしまうと、よほどのことがない限り目を覚まさないのに。

「ちょっと喉が渇いて……水、ある？」

ある。理由はよく分からないが、昔からだ。

「じゃあ、新しいの、開けていい？」

「もちろん」夫婦の間でも、何故かこういう遠慮がちな会話になってしまうことがある。理由はよく分からないが、昔からだ。

冷蔵庫を開けてボトルを取り出し、水を一口飲むと、真希は満足したようだった。しかしすぐに目を細め、非難めいた口調で瀧に声をかけてくる。

「まだ寝ないの？」

「ちょっと調べものがあってね」実際には、地図を見ながらあれこれ考えていただけだが。

「忙しくなったの？」

「本格的に忙しくなるとしたら、これからだと思うけど。今のところは、まだ何も分からないな」

「気をつけてね。あなた、いろいろ気を遣《つか》い過ぎなんだから」

「俺？」瀧は自分の鼻を指差した。「特に気を遣っているつもりはないけど」

「気を遣ってなければ、わざわざお父さんのために異動しないでしょう」

「いや、それは親子だから……」

「でも、ここで仕事をするの、特に希望してたわけでもないはずよね」

真希がキッチンからリビングルームに入り、瀧の向かいのソファに腰を下ろした。彼女とは、結婚して二十三年目になる。いろいろなことがあったが……それは主に俺だけか。ずっと市役所勤めを続けてきた真希は、仕事の面では安定していたと言っていいだろう。そもそも彼女も地元生まれの地元育ちで、これまでの五十年間、武蔵野市を離れたのは大学時代の四年間だけだった。一方瀧の方は……まあ、同僚に比べれば恵まれていたと言うべきかもしれない。真希と結婚したのは所轄勤務を終える直前で、その後はずっと警視庁の捜査一課にいた。一度だけ、警部補になった時に所轄の係長に転出したことがあったが、それも二年だけのことである。来る日も来る日も桜田門《だもん》に通う日々は、完全に同じリズムに乗っていたし、千葉《ちば》や茨城《いばらき》から通って来る同僚に比べれば、楽なものだった。中央線経由で、四ツ谷《よや》で丸ノ内線に乗り換えるだけ。電車に乗っている時間は三十分ほどである。

このままずっと捜査一課にいて、定年まで同じペースで仕事をするのが当然だと思っていた。忙しい時と暇な時の落差が激しい部署で、特捜本部ができると泊まりこみになって、一か月も家に帰れないこともあるのだが、自分は比較的ついていたとも思う。これまで多くの特捜本部事件にかかわってきたが、未解決は一件もないのだ。それどころかほとんどの事件で、一週間も経たないうちに犯人逮捕までこぎつけている。何となく、自分には「事件の神様」がついていると感じることすらあった。だからこそ、自分の仕事は確実に治安維持に役立っていると自負していて、それこそが仕事を続けるモチベーションになっていた。捜査一課こそが、自分の生涯を捧《ささ》げられる仕事場。

ところが、捜査一課を出て武蔵野中央署へ異動するに際しては、「大きな決断をした」感じにならなかったので、瀧は自分でも驚いた。父親を心配する気持ちが、仕事の意識を上回ったわけだが、同僚も家族も、それが当然と受け止めてくれた。それに、そもそもずっと吉祥寺に住んでいたのだから、極端に環境が変わるわけでもない――もっとも事件が少な過ぎて、暇を持て余してしまったのには閉口したが。父も自ら積極的にリハビリに取り組んでいるので、瀧が手を貸せることも少ない。病院には頻繁に行かなければならないのだが、その際もタクシーを呼べば済む。何だか気持ちが空回りしてしまったようだ、と感じることもあった。

「あまり無理しないでね」

「してないよ。一課時代に比べれば、全然大したことはない」

「それならいいけど……その子、気になるわね」

「ああ。今のところ、手がかりが何もないんだ」瀧は、今夜の出来事を簡単に話した。同僚の中には、家では仕事の話は一切しない人間もいるが、瀧は比較的話す方だ。真希は口が堅い人間だと分かっているから――さすがに息子たちには話さないが。

「若い女の子なら、いろいろなことがあるでしょうね」

「そうなんだろうけど、真面目な子だったらしいから。そういう子は、だいたい用心深い。男に騙されるとも考えられないんだよなあ」

「最近、そういう事件はなかったの？」

「ないな」情報化社会の利点かもしれないが、昔よりもずっと、用心深い人が増えた。子どもたちにまで携帯電話が行き渡ったのも、悪いことばかりではないと思う。上手い具合に犯罪に対する抑止力になっているのは間違いない。

「私はよく分からないけど、世の中には悪い人はいるわよね」

「残念ながら、その通り」

「変なことは考えたくないけど」

「ああ――分かってる」素直にうなずいた。刑事はいつも、最悪の事態を想定して動く。認めたくはなかったが、瀧の頭の片隅には、恵は既に殺されていて、どこかに埋められているのではないかという考えが浮かんでいた。日本では、年間約八万人が失踪するが、その多くはすぐに家に戻って来る。戻って来ない数少ないケースは、不幸な結果に終わることも多いのだ。

そうでないことを願ったが。

長崎は大事な旧友であり、その彼が大事にしている姪のことなのだ。絶対に無事に見つけ出してあげたい。

願いは強いのだが、だからといって楽観視できるわけではない。むしろ不安だった。恵の携帯が使われなくなってから既に三日目——三日は長い。手がかりが少ない時、刑事はつい悪い方へと物事を考えがちである。

翌日もよく晴れた一日になった。聞き込みをするには最高の季節だな、と瀧は気合いが入るのを感じた。真夏や真冬の聞き込みの辛さは、二十五年近く刑事をやってきても変わらない。もっとも、そういう辛い季節でもよかったとも思う。あかねは早いうちに、厳しい状況下での聞き込みを経験しておいた方がいいだろう。

今日は、分かれて動くことにした。二人しかいないのだから、少しでも効率的に調べるには、ばらばらに動いた方がいい。あかねには、恵が通う大学へ聞き込みに行くよう、指示した。現在の彼女をよく知るのは、やはり大学の友人たちだろう。そういう人間を探し出し、話を聞くこと。必要なら自分を呼ぶようにと言い含めて、瀧はあかねを送り出した。

自分も出かけようかと思った瞬間、課長の田沢に呼びとめられた。

「奴はどうだい？」あかねが消えたドアに向けて顎をしゃくり、田沢が訊ねた。

「いや、まだまだ慣れていない感じですね」瀧は苦笑いを浮かべながら答えた。

「そう？　使い物になると思ったんだがね」

「ちょっと真面目過ぎるんですよ。真面目というか、硬い感じです。勢いも良過ぎますしね。もう少し柔らかくいかないと、相手は簡単に口を開いてくれません」

「今日は何をやらせてるんだ？」

「大学へ聞き込みに行かせました。年齢が近い大学生の方が、話しやすいんじゃないですか」

「一人で大丈夫かね」田沢が首を捻る。

「二人しかいませんから。今のところ、応援を貰うほどはっきりした事件性はないんですよ」

「やばそうなら、いつでも応援を出すよ。何しろ暇だからな」

「まだそれには及びませんよ。取り敢えず俺は、繁華街の聞き込みをしてみます」

何も「仮の話」をしなくても、暇なら誰かを使わせてくれればいいのに。だが瀧は文句を呑みこみ、一礼して課長席から離れた。一々クレームをつけるのは、自分の性に合わない。男は黙って……ではないが、些細《ささい》な一言が人間関係を緊張させることは十分承知している。捜査のこと以外で、無駄な神経を使うのは嫌だった。

地元以外の多くの人が「吉祥寺」と聞いてイメージするのは、北口の繁華街だろう。

吉祥寺の繁華街は、独特の発展を遂げてきた。戦後、駅前の闇市から発展したハモニカ横丁ができて、その後に商店街が続き、駅から少し離れた場所には百貨店が出店した。

それらが混じり合って醸《かも》し出す雰囲気は、他の街とは少しばかり色合いが違っている。瀧が子どもの頃、ハモニカ横丁はまだ闇市の雰囲気を残しており、迷いこんだら出て来られそうにないような怖さがあった。それが今は堂々と「ハモニカ横丁」と名乗り、新しい店が次々にオープンしている。相変わらず道路——というか路地は狭くうねっていて、人がすれ違うにも苦労するような有様だが、突然真新しいイタリア料理店が出現して驚かされることも珍しくない。ただし、ここに新しく出る店は、ハモニカ横丁の雰囲気を守るのが礼儀とでも心得ているようで、気取った店は一軒もない。料理や酒は上等だが、気軽に立ち寄れる一杯呑み屋の気配を上手く演出している。瀧も時折この小径に立ち寄り、夕飯用の総菜を買ったり、美味いラーメンを啜《すす》ったりする。

これだけなら、昭和の雰囲気を残す名物商店街が今も生きる街、で終わるのだが、吉祥寺の不思議なところは、巨大なデパートやサンロードのようなモール街が、ハモニカ横丁と無理なく一体化していることだ。中央・総武《そうぶ》線と平行に走る平和通り、サンロード、本町新道、吉祥寺通りに挟まれた一画がいわゆる北口の繁華街で、デパートはそこを取り囲むように建っている。普通、デパートや大きなショッピングセンターができると地元商店街は大きなダメージを受けるものだが、吉祥寺に限ってそれはなかった。デパートからデパートへ買い物に歩く人たちが、途中でサンロードを横切り、地元の店で食事をしたり買い物をしたりということが珍しくない。これを「回遊効果」という——中学校の頃、社会の授業でそんな風に教わったことを思い出した。

この辺りを通ると気分が沸き立つ。捜査一課にいた頃は毎日、この一画を通って通勤していたのだが、武蔵野中央署に移ってからは自転車通勤なので、立ち寄る機会が減った。さすがの瀧も全ての店を把握しているわけではなく——新陳代謝も激しい——しばしば新しい店に出くわすのも楽しみだった。

ただし今は、そういう新しい店を探して歩く暇はない。昼食には早い時間帯だし、今日はあくまで仕事で来ているのだ。

ハモニカ横丁を避けて、瀧はサンロードの入り口から聞き込みを始めた。ハモニカ横丁にも若者向けの店はどんどん生まれているが、やはりまだ若い女性には多少ハードルが高い。ランチならいいが、夜は入りにくいだろう。しかも恵の大学は、ここからはかなり離れた場所にある。夜に合コンがあったとしても、わざわざハモニカ横丁に来るとは思えなかった。

サンロードは、ハモニカ横丁の雰囲気から一転して、清潔で歩きやすいアーケード街である。道幅も広く、所々の店に行列ができても――必ず人が並んでいるのはメンチカツが名物の肉屋の前だ――それほど邪魔にならない。その肉屋では、ちょうどメンチカツが売り出される時刻になったようで、既に行列ができている。まあ、実際美味いのだが、こんな早い時間から……瀧は苦笑しながら、店の前を通り過ぎた。

午前半ばのこの時間帯だと、まだ開いている店は少ない。喫茶店、薬局、化粧品店と次々に顔を出して恵の写真を見せて回ったが、反応はなかった。恵はあまり、この辺りには遊びに来ないのだろうか……書店を見つけて顔を出す。大学生で、真面目に教員採用試験に挑戦しようとしているなら、書店にはマメに顔を出しているのではないか。

しかし予感は外れた。店長に会い、店員にも次々に話を聴いたが、やはり恵を見かけた者はいなかった。

この街を歩く時に気をつけなければならないのは、自分で考えているよりも長く歩き回ってしまうことだ。目を楽しませてくれる場所が多いせいで、知らぬ間に歩き過ぎて足が棒になってしまう。サンロードも道路は硬い石畳で、実はそれほど足に優しくない。

まだ足が疲れるほどではなかったが、瀧は前途多難な予感を抱えていた。手帳には、この辺りの商店街の地図を挟みこんである。話を聴き終えた店に「×」をつけていくつもりだが、まだまだ余白は多かった。サンロードはあくまで商店街の一つに過ぎず、ここと吉祥寺通りをつなぐダイヤ街や元町《もとちょう》通りまでを捜索対象にすれば、このペースでいくと一日や二日では終わらない。

さて、どうしたものか……迷いながらも、瀧は聞き込みを続けた。この辺りには当然知り合いが多く、つい店先で長話になってしまうこともあって、どうにも効率が悪い。

気づけば十二時近く。次第に人通りが多くなってきた。これから一時間ほどは、この辺りは昼食を求めるサラリーマンたちでさらに賑わう。吉祥寺駅周辺には会社も多いのだ。タイミングを逃がすと昼食難民になってしまう……ふと、立ち食い蕎麦《そば》屋が目についた。ここで軽く済ませてもいいなと思ったが、その横のビルの二階に喫茶店があるのに気づいた。ああ、ここにしよう……何度か通って、店主とも顔見知りになっている店、「オウル」。何故か店主がフクロウ好きで、店内はフクロウの置物で埋め尽くされている。真希は鳥、とりわけフクロウが嫌いなので、この店に一緒に来たことはなかったが、瀧は気にいっていた。大量のフクロウに見詰められているようで落ち着かない気分になるが――フクロウは目が大きいのだ――雰囲気は落ち着いていて、長居しても苦にならない。しかもビルの二階で見逃されがちな店のせいか、いつ行っても、入れなかったことはない。そして、地元の人たちがよく来る店だけに、噂の吹きだまりでもある。よし、ここで昼食を摂《と》って、ついでに写真を見せていこう。

やはりまだ、店内はがらがらだった。混み出すのは十二時半過ぎ、昼食を終えたサラリーマンが一服するために訪れる頃だ。カウンターに陣取り、店主の松江《まつえ》志津子《しづこ》に向かって頭を下げる。

「こんな時間に珍しいですね」

「いや、仕事の途中で」聞き込みで、とは言いにくい。もちろん志津子は、瀧が刑事であることは知っているが、それについてとやかく突っこむことはない。あくまで客の一人として扱ってくれた。今日はこの後、仕事の話をしなければならないが……まあ、それは食事を終えてからでいいだろう。

ちらりとメニューを見て、即断で「焼きパスタ」に決める。この店の名物で、何か食べる時は大抵これだった。自分の年齢を考えると、避けておくべき食べ物だが。

「焼きパスタでお願いします」

「セットの飲み物は？」

「じゃ、アイスコーヒーで」

志津子がてきぱきと準備を始めた。瀧より三歳年上というが、スリムな体形のうえ、いつもきびきびと立ち働いているので年齢を感じさせない。

先にアイスコーヒーが出てきた。ここ一年ほどは、ミルクもガムシロップも加えないようにしている。人間ドックの数字はどこも悪くはないのだが、五十歳を意識して少しだけ健康に気を遣うようになった。さすがに、ウエストが太くなってきているのが気になる。

名物の焼きパスタは、少しだけ背徳的な気分を味わうのに適した食べ物だった。基本的には、たっぷりミートソースを絡めたパスタに、表面が見えなくなるほど大量のチーズを載せ、オーブンで焼いたものである。溶けたチーズが香り高く、少し焦げ目がついたパスタの食感がたまらない。オーバーカロリーで、体にいい訳がないと分かっていても、来る度につい頼んでしまう。

今日も満足のいく味だった。特に焦げ目が多く、香ばしさに思わず頬が緩んでしまう。口を火傷《やけど》しそうな熱さなのに、フォークを操る手が止まらなかった。一気に食べ終え、アイスコーヒーで口中を冷やしてやる。それで人心地つき、話しかけるタイミングを図った。

いつの間にか、店内は埋まり始めている。ほとんどの客が、焼きパスタを頼んでいるようだった。これだとなかなか手が空かない――しかし志津子の機敏さは異常なほどで、あっという間に注文をさばき、カウンターの向こうで一息ついた。その隙を逃がさず、瀧は話しかけた。

「マスター、ちょっといいですか」

「コーヒー、お替わり？」

「いやいや」首を振って、手帳から恵の写真を引っ張り出す。丁寧にカウンターに置いてから、「この娘《こ》に見覚えはないですか」と訊ねた。

「ちょっと待って」黒い前掛けで手を拭《ふ》いてから、志津子が写真を手に取る。額に引っかけていた眼鏡をかけ直し、しばらく凝視していた。写真から視線を外すと「名前は？」と訊ねる。

「名前を言う前に、見たことがあるかどうか……どうですか？」

「あるわよ」

吉祥寺は狭い街だ。いつかは「見た」という人にぶつかるとは思っていたが、実際に証言が得られると、やはり気分は高揚する。

「この店で？」瀧は食べ終えた皿を脇に押しやり、さらに突っこんだ。

「二、三回来たかな。最近よ」

「最近って、いつですか」瀧は身を乗り出した。

「ちょっと前……数日前？　一か月とか二か月とか前じゃなかったわね」

「一人ですか？」

「確か、友だちと一緒。大学の同級生みたいな感じだったけど」

「男？」

志津子が無言で首を振った。女か……しかし、恵に友だちがいるのが分かっただけでもよかった。摑まえれば、必ず手がかりが得られる。

「どんな様子でした？」

「そこまでは覚えてないわね。ただのお客さんだから」志津子が眼鏡を外した。普段はなるべくかけたくないらしい。「で、その子、どうしたの？」

「行方不明」瀧は声を潜めて言った。

「あら」

志津子が眉間に皺を寄せる。彼女にも恵と同じぐらいの年齢の娘がいたはずだ、と瀧は思い出した。

「事件かどうかはまだ分かりませんけどね」瀧は慌てて言い添えた。志津子が心配性なのはよく分かっている。この店でも、中学生が長居していたりすると、さりげなく追い出すのだ。喫茶店でたむろするぐらい、いいと思うのだが。

「何か覚えてることはありませんか？」

「そう言われても、ねえ」志津子が顎に手を当てた。

「あまり印象に残る客ではなかった？」

「それは間違いないわね。そんなにじっと観察してるわけでもないけど」

そんなことはない。瀧の経験上、喫茶店の店主というのは大抵鋭い観察眼を持っているものだ。ここ以外の店でも、聞き込みで貴重な情報を貰ったことが幾度となくある。

「もしもここに顔を出したら――」

「すぐに連絡しますよ」志津子が瀧の台詞を遮《さえぎ》って言った。「でも、もしも家出していたら、呑気に喫茶店になんか来るかしら」

「分かりません。そもそもこれが事件かどうかも分かっていないので」

「ずいぶん熱心にやってるのね？　普通警察は、誰かがいなくなったぐらいじゃ、そんなに熱心には動かないでしょう」

「ここは俺の街ですから」

それに恵が最後に携帯を使ってから、今日で四日目なのだ。誰にも連絡せず、携帯の電源を切ったままというのが気になる。

事件でなければそれに越したことはないが、刑事の「悪い予感」というのは、嫌なことに関するものほどよく当たる。

店を出た途端、携帯電話が鳴り出した。あかね。何か手がかりを見つけたか、と期待しながら電話に出る。

「恵さんの友だちが見つかりました」

「でかした」瀧は間髪入れず褒《ほ》めた。こういう時、もったいぶって若い刑事を評価しない人間もいるが、瀧はまず手放しで褒めることにしている。基本的に、褒めて育てるのがポリシーなのだ。もちろん、調子に乗り過ぎる人間には厳しい言葉を投げかけるが。

「二人、います。同じ大学の同級生の女の子ですが」

「摑まりそうか？」

「今は大学にいないようですけど、携帯の番号が分かっています。連絡は取れると思います」

「分かった」瀧は足早に歩き出した。「取り敢えず俺も大学へ向かう。その間に連絡を取って、会えるように手配してくれ。二人一緒なら一番いい」

「分かりました」

「大学の正門に警備詰め所があるだろう？　そこで落ち合おう。俺は十五分ぐらいで行ける」

「分かりました」

平板な声で繰り返し、電話を切ろうとしたので、瀧は慌てて呼び止めた。

「ああ、あれだぞ、電話で話す時に、まず恵さんの行方を知らないか、確認してくれ」

「もちろん、そのつもりでしたけど」冷たく言って、あかねが電話を切ってしまった。

それぐらいは常識か……苦笑しながら、瀧は携帯電話を背広のポケットに落としこんだ。さて、後はお手並み拝見だ。彼女がどの程度人から情報を引き出す能力を持っているか、見せてもらおう。

今日も自転車日和《びより》だ。暑くもなく寒くもなく、風もない。街路樹の緑が多い吉祥寺を自転車で走り抜けて行くのは、格好のストレス解消法だった。管轄が狭い署でよかったな、とつくづく思う。もっとも東京の場合、どの署も非常に狭い地域を受け持っているに過ぎないのだが。例えば武蔵野市よりも面積が狭い荒川《あらかわ》区内には、三つも警察署がある。

恵の通う大学は、武蔵野市ではなく練馬区にある。恵は、吉祥寺にある大学に通うのではなく、吉祥寺に住みたいと思っていたようだから、特に不都合はないのだろう。

吉祥寺通りをずっと北上していく道のりは結構長かったが、それでも快調に飛ばして、約束の時間の五分前に大学に到着した。青梅《おうめ》街道沿いに広がる住宅地の中に唐突に現れるキャンパスは、教育学部専用で、確か十年ほど前に都心から移転してきたはずだ。逆を行くやり方だよな、と皮肉に考える。三十年ほど前、都心部の大学は敷地の狭さを嫌って一斉に郊外に新しいキャンパスを作ったが、今、若者の数は減り、各大学とも最近は、受験生集めのために「都心回帰」を進めている。郊外のキャンパスを閉鎖し、都心の狭い敷地に無理矢理高層の建物を造って受験生を呼びこむ——しかし吉祥寺は「郊外」でもなく、むしろ学生受けしそうな街である。

あかねはまたも、直立不動で待っていた。人を待つ時に、携帯をいじったりしているのは無礼だと思っているのだろうか……。

自転車を降り、押して構内に入る。守衛所から警備員が飛び出して来て、あっという間に制止された。それはそうか……キャンパス内で自転車に乗っていたら、危なくて仕方ない。瀧はバッジを示し、自転車を預かってくれるように頼んだ。

「えらく本格的な自転車ですね」初老の警備員が、瀧の自転車を見て顔を綻ばせた。

「警察はスピード第一ですからね。現場へ行くにはロードバイクに限りますよ」

「まさか、うちの大学で事件じゃないでしょうね」警備員の表情が途端に引き締まり、仕事の顔つきになった。

「いえいえ、そういうわけじゃありません。ご安心を」もしも恵に何かあったら、

「安心」どころの話ではない。学生が事件に巻きこまれても、大学側に責任があるとは限らないのだが、世間は疑いの目で見るかもしれない。

「とにかく、自転車をお願いします」頭を下げ、あかねの下に向かう。

あかねはさっと頭を下げ、手帳を広げた。まだ緊迫した状況ではないのだから、まずは軽口から始めるのがいいのだが……あかねにはそういう発想はないようだ。

「一人、こちらに向かっています。ちょうど大学へ来る途中だったようです」

「名前は」

「吉崎《よしざき》由衣《ゆい》、教育学部の三年生です」

「もう一人は？」

「同じく教育学部の三年生で、清水《しみず》彩花《あやか》です。こちらは電話に出ないので、取り敢えずメッセージを残しておきました」

「警察だと言っても、信用していないのかもしれない。最近は、変な電話をかける人間も多いからな」

「念のために、吉崎さんに会えたら連絡を取ってもらおうと思います」

「ああ、それがいい……で、恵さんのことについてはどうだ？」

「最後に会ったのが先週の金曜日……四日前ですね。喫茶店で、だそうです」

「その後、電話なりメールなりで連絡は？」店主の記憶は確かだった、と瀧は思った。

「取っていないそうです。でも、はっきりしません。ずいぶん慌てていましたから」

「友だちが行方不明だって警察から連絡がいけば、そりゃ慌てるよな」瀧はうなずいた。果たして自分たちと直接会うことで、何か思い出してくれるだろうか……そこは刑事のテクニックで頑張るしかない。この一件については、瀧の経験や技術はあまり生きていなかったが。人口十四万人の街で、一人の女性を見つけ出すのは、やはり相当大変な捜査なのだ。

十分ほど待っていると、一人の女性がほぼ全力疾走のスピードでこちらに走って来るのが目に入った。走るのにはあまり適していないパンプスにショートパンツという格好で、頭のてっぺんで結んだ髪が激しく揺れている。明るい茶色に染めた髪は、五月の陽射しを受けて輝いていた。

明らかに学生でない瀧たちに気づいたのか、すぐに立ち止まって目を細める。瀧がうなずきかけると、残り五メートルの距離をゆっくりと歩いて来た。

「吉崎さんですね？」あかねが先に声を発した。

「はい……」まだ息が整っていない。

「ああ、大丈夫ですよ。焦らないで下さい」瀧はできるだけ柔らかい声を出した。

「すみません、あの、恵は……」

瀧は周囲をさっと見回した。学生たちの出入りが激しく、とても立ち話できる雰囲気ではない。

「ちょっと場所を移しましょう」

「はい、あの……」由衣の顔に戸惑いの色が走った。

「学食はやめましょうね。私のようなオッサンがいたら悪目立ちするから」

冗談のつもりだったが、由衣は真顔でうなずいた。そこは笑ってもらわないと――と思ったが、とても冗談を続けられる雰囲気ではない。仕方なくこちらも真面目な表情を浮かべ、「近くに喫茶店とかありませんか?」と訊ねた。

「はい、そのすぐ先に」ようやく由衣の呼吸が落ち着いた。自分が走ってきた方を指差しながら、「駅の方です」と告げる。

「じゃあ、そこにしましょう」やはり学生たちで一杯かもしれないが、学食よりはましだろう。

瀧は、由衣と並んで歩くようにあかねに目線で指示した。同じ刑事でも、年齢が近く、しかも同性のあかねが側にいる方が、由衣もリラックスできるだろう。だがあかねは、瀧の気遣いを察せなかったようで、まるで犯人を連行するかのように硬い態度で歩き始めた。後ろから見ていても、由衣が緊張しているのが分かる。これじゃ駄目だ……しかしこの場で説教はできない。あかねには、その場で修正できない弱点が多過ぎる。

喫茶店は、正門から歩いて三分もかからない場所にあった。キャンパスの敷地の外れに当たる交差点を渡って、すぐの場所。ほっとして、瀧は二人に続いて店に入った。

いかにも学生街の喫茶店らしく、明るく安っぽい作りだった。テーブルはぺらぺらの単板。椅子も事務用の物のようで、座り心地が悪い。しかも座面の位置が高いので、何とも落ち着かなかった。店員はカウンターの向こうにいるだけで、自分で注文して飲み物を取ってくる方式のようである。

「何にしますか」瀧は訊ねた。

「あ……それじゃ、アイスティーを」由衣が遠慮がちに言った。

「俺はコーヒーだ」

言って、あかねに目配せする。一度座ったあかねがすぐに立ち上がり、カウンターに向かって行く。その背中に向かって、「領収書、もらえよ」とつい声をかけてしまった。こんな場面で言うことではなかったな、と気恥ずかしくなり、瀧は由衣に向かって「まだ新人なので」と言い訳した。由衣はどう反応していいか分からなかったようで、戸惑いながらうなずくだけだった。

「恵さんとは、大学に入ってからずっと一緒なんですか？」気持ちを切り替えて瀧は切り出した。

「ええ。最初の語学のクラスが一緒で。それに私も、群馬出身なんです」ようやくすらすらと言葉が出てきた。

「同郷なんだね。東京の大学で、同郷の人に会うと、ほっとするでしょう」

「そうですね。私はこの辺のこと、全然知らなかったんですけど、恵は詳しかったから、街のこともいろいろ教えてもらって」

「彼女は、大学に入る前から吉祥寺が好きだって言ってたようだね。叔父さんが住んでるんだ」

「聞いてます」由衣がうなずいた。

「その叔父さんに会ったことは？」

「ないですけど……何かまずいですか？」

「いや、そういうわけじゃない」瀧は慌てて言った。どうも由衣は、まだ警戒を解いていない。それはそうだろう。いきなり友人が行方不明になったと聞かされ、しかも刑事の事情聴取を受けるとなったら、緊張しないわけがない。

あかねが飲み物を持って戻って来た。トレイを持つ手が、何となく危なっかしい。しかも自分の分はココアだ。ココア……別にアルコール以外だったら何を飲んでもいいが、いかにも場違いな感じはする。どうもあかねには、基本的な能力——場の雰囲気に合わせて振る舞う能力が欠けているようだ。

「お待たせしました」

あかねがアイスティーを由衣の前に置いた。瀧はコーヒーを自分で取って、一口啜った。先ほど「オウル」で飲んだ美味いコーヒーには比べるべくもないが、まあ、そこそこ飲める。由衣に「どうぞ」と勧めたが、ストローを弄《いじ》っているだけで、口をつけようとしなかった。一方あかねは、平然とした様子でココアを飲む。上唇に薄い髭《ひげ》がついているのが、何とも間抜けな感じだった。

「最後に恵さんに会ったのは……四日前ですか」そんなことは頭に入っていたが、瀧はわざわざ手帳を広げた。こういう小道具があった方が、人は真面目に話を聞いてくれる。

「はい」

「先週の金曜日……大学で、ですか」

「いえ、あの、サンロードの喫茶店で」

「もしかしたら『オウル』ですか？　あの、店の中にフクロウの置物がたくさんある？」

「そうです」認めたが、由衣の顔から不審そうな表情は消えなかった。

「たまたまなんですけど、ついさっき、その店で話を聞いてきたんですよ」

「あ、そうなんですか」由衣の表情がようやく少しだけ柔らかくなった。

「何か話でもあったんですか」

「ちょっとお茶でも飲みに行こうって……この辺だと、あまりお茶を飲む店もないので」

「それは、吉祥寺駅に近い方が便利ですよね。その時、恵さんはどんな様子でした？」

「普通でした」言い切った後、すぐに「あ、でも」とつけ加える。

「何ですか？」瀧はテーブルに身を乗り出した。狭い丸テーブルなので、カップの間を縫うような気分にもなる。

「ご飯、食べてました」

「そうなんですか？」別におかしな話ではない。「オウル」は食事も美味いのだし。

「その日は講義も終わっていたし、彼女、バイトもなかったんですけど、『今日はこの後ご飯を食べてる時間がないから』って。普段は、喫茶店では食事しないんですけどね……高いですから」

「何か用事があったんですかね」瀧は背中を伸ばし、彼女と距離を置いた。緩急。

「そうかもしれません。ずっと時計を気にしていたし」

「何の用事だったか、言ってませんでしたか？」

「特に言ってなかったけど、バイトかもしれません」

「その日は、塾のバイトはなかったんですよね」先ほど由衣本人が言っていたことを思い出しながら瀧は確認した。

「ああ、すみません、別のバイトっていう意味です」

「バイトを二つ、かけ持ちしていたんですか？」初耳だ。長崎はそんなことを言っていなかったが、恵はそんなに金に困っていたのだろうか。瀧の印象は違う。部屋を見れば、金遣いが荒いかどうかは分かるものだ。やたらと服や靴が多かったり、高価な家電製品を揃《そろ》えていたりするので、すぐに目につく。しかし恵の場合、地方出身で東京で一人で暮らす若い女性の典型的な部屋、という感じだった。となると——。

「恵さん、恋人はいなかったんですか」

あかねがいきなり切りこむ。今それを聞こうとしていたのに、と瀧は歯噛みした。つき合っている相手によっては金がかかるものだし、そのためにバイトをかけ持ちしたというのは、考えられないでもない。あるいは、ヒモを気取る悪い男に引っかかったのか。

「いません」由衣があっさり断言した。

「本当に？」あかねがぐっと身を乗り出すと、由衣はバランスの悪い椅子から転げ落ちそうなほど体を引いた。

「本当ですよ」と弱々しい声で言ってから、姿勢を元に戻す。ようやくアイスティーにストローを突っこんで一口飲み、「私たち、そういうことは結構ちゃんと話すんで。別に隠すことでもないですから」と打ち明けた。

「恋人とは言わないまでも、ボーイフレンドは？」

「たまに食事に行くような人はいますけど、二人きりということはないですよ」

「グループ交際？」

古めかしいあかねの言い回しに、瀧は思わず噴き出しそうになった。あかねが不思議そうな表情で瀧を見る。どうにも感覚のずれた娘だ。瀧は気を取り直して、由衣に確認した。

「とにかく恋人はいなかった、と」

「はい」

「つまり、男に金がかかるようなことはなかったんですね」

「……はい。ないと思います」あけすけな質問に、由衣が眉をひそめた。

「だったら恵さんは、どうしてバイトを二つもかけ持ちしていたんだろう。そんなにお金が必要な事情があったのかな」

「それは分かりませんけど、お金に困っていたことはないと思います」

「普通、よほど困っていないと、バイトのかけ持ちはしないよね。特に恵さんは、教員試験に備えて塾でバイトしていたんでしょう？　勉強もあるし、そんなにバイトばかりしている暇はないはずだよね」

「だと思います」

うなずき、肝心なことを聞き逃していた、と瀧は思い出した。

「もう一つのバイトって何なんですか？」

「詳しく聞いたことはないんですけど、秘書みたいな仕事だって言ってました」

「秘書？　誰の？」

「それは分かりません。聞いたんですけど、はっきり答えなかったんです」

何かヤバイ仕事だったのでは、と瀧は訝《いぶか》った。人に言えない仕事……非合法な商売に手を染めていたとか。しかし、恵の幼い表情を思い出すと、その疑いは消散してしまうのだった。思いこみは危険だが、彼女はそんな危ないことをしそうなタイプではない。

「秘書、ねえ」瀧は腕組みをした。秘書が必要な仕事は、それこそ山ほどある。普通の会社の役員、弁護士、評論家、政治家……そういう人たちが、普通に秘書をアルバイトとして募集するのだろうか。「秘書っていうのは、そんなに簡単になれるものじゃないでしょう」

「でも、本人がそう言ってたから」由衣がストローでアイスティーをかき回した。

「詳しい内容は知らないんだね？」

「知りません」

しかしこの線は押せる。小学生相手の塾でトラブルに巻きこまれるとは思えないが、秘書となると話は別だ。「大人の世界」の方がトラブルは多い。まず長崎に確認しよう、と決めた。

しばらく由衣から話を聴き続けたが、それ以上有益な情報は出てこなかった。それでも一歩前進だと瀧は自分を納得させ、さらに恵のもう一人の友人、清水彩花につないでもらう。相変わらず留守番電話になっていたが、由衣はメッセージを残してくれた。友人からの伝言なら、真面目に聞くだろう。そこから瀧たちの下に連絡がくるのは、もう少し先になるだろうが。

由衣を解放し、あかねと二人きりになると、急に落ち着かない気分になった。説教しなければならないことがたくさんあるのだが、どうにも気が進まない。最初は、「やる気だけはある」と見ていたのだが、どこか場違いな雰囲気を作り出してしまうこの性格は、長い時間をかけないと矯正できないだろう。まあ、この件はゆっくり考えるとして……長崎に電話するのが先決だ。

「ちょっと電話してくる」と言い残して店を出る。依然として空は高く晴れ上がり、爽やかな風が吹いている。こんないい季節に、恵は何をやっているのだろう。気分が重くなるような陽気でもないのに……いや、もしも事件に巻きこまれているとしたら、季節も陽気も関係ない。

長崎は、呼び出し音が一回鳴っただけで電話に出た。まるでずっと、瀧からの電話を待ち続けていた感じである。仕事の方は大丈夫なのだろうか、と人ごとながら心配になり、確認した。

「塾以外のバイト？」長崎が怪訝そうな口調で言った。

「ああ、秘書らしいんだが」

「秘書って……何だよ、それ」

「いや、それは俺も分からない。彼女がそう言っていたそうだ。何か、心当たりはないか？」

「ないな。バイトをかけ持ちしていた話も初耳だ」

「そうか……」

恵は長崎に何でも話していたような印象があった。友人たちにも……比較的オープンな性格らしい彼女が、この「秘書」のバイトのことだけはぼかしている。瀧は一気に疑念を高めた。

「奥さんにも話を聞いておいてくれないか？　何か知ってるかもしれないし」

「今確認するよ。折り返し連絡する」あたふたと言って、長崎は電話を切ってしまった。

ぽつんと取り残された気分になり、瀧は携帯を握ったまま周囲を見回した。駅から大学へ、あるいはその逆へ——学生たちの流れが細く続いている。この中に恵がいる光景は、簡単に想像できた。ごく普通の大学生。教員になるために真面目に塾でバイトし、勉強もしていた。そんな彼女が犯罪に巻きこまれる接点が想像もできない。

電話が鳴り、慌てて通話ボタンを押す。長崎からで、妻も「秘書」のバイトについては何も知らない、ということだった。取り敢えず手がかりは切れたか……しかし、何とかしてこの線を追いたい。

店に戻ると、あかねが何やら熱心に手帳に書きつけていた。瀧が椅子に腰を下ろしても、反応しない。

「何か——」

声をかけると、いきなりびくりと体を震わせて顔を上げた。

「あ、はい、たった今清水彩花さんから電話が入りました」

「何か知っている様子だったか？」

「いえ、同じような感じで……先週の金曜日に会ったのが最後のようです」

「例の喫茶店で、だな」

「はい……あの、一応夕方に会えるようにしましたけど」

「どこで？」

「大学で」

「そうか……」一度出直すしかないか。その間、また街で聞き込みをすればいい。よし、ここから巻き直しだな。瀧は膝を叩いて椅子を離れた。刑事の仕事は、こんなことの繰り返しだ。ちょっとした手がかりにうかれ、それが外れたと言ってはがっかりし……一歩ずつ真相に近づいて行くしかない。


清水彩花からは、やはり同じような情報しか出てこなかった。「秘書」の話は彼女も知っていたが、それがどういう内容の仕事で、どこで働いていたかまでは分からない。だが講義をサボることもなく、塾のバイトも変わらずにこなしていたというから、それほど遠くない場所で、しかも毎日というわけではなかったのだろう。塾のバイトがない時だけの、夜の秘書。

夜の秘書？　そんな仕事があるのだろうか。

翌朝も街の聞き込みを続けることにする。あかねに指示を出しておいてから、七時過ぎに瀧は仕事を切り上げた。大学から自転車で直接自宅に戻ることにする。

少し風が冷たくなっていたが、お陰で頭を冷やし、じっくりと考えることができた。しかし頭の中でリピートされるのは、「秘書」という言葉だけである。風俗ではないか、という考えが頭に浮かんだ。イメクラの一種で、秘書っぽいコスプレをさせるとか……吉祥寺にも風俗街がないわけではないが——西荻窪《にしおぎくぼ》に近い一画だ——規模としてはごく小さい。あるいは新宿か渋谷辺りまで行っていたのか。もしも本当に風俗のバイトをしていたら、地元は避けるだろう、とも思う。知り合いにでも見られたら、気まずい思いをするだけでは済まない。

自宅に戻り、自転車を片づけていると、いきなり「おい！」と声をかけられた。この野太い声は……そちらを見ると、母に片腕を支えられた父が、ゆっくりと歩いて来るところだった。瀧は仰天して二人のもとへ駆け寄った。

「何だよ、大丈夫なのか？」無茶だ、という思いが頭の中に溢れる。実家からこの家までは、瀧の足で歩いて五分ほどだが、今の父にとっては無限に長い道のりのはずである。

母が困ったような笑みを浮かべた。

「ここまで二十分かかったわよ」

「何でそんな無理をしたんだ？」瀧は思わず父に詰め寄った。本人はリハビリのつもりなのだろうが、支えている母が心配になる。父はこの年代の男性にしては大柄で、百七十八センチあるが、母は百五十センチそこそこなのだ。

「体に負荷をかけるのは大事なことだろうが。たまには外の空気も吸いたいしな……

おい、喉が渇いた。お茶でも飲ませろ」

相変わらず強引な……瀧は苦笑しながら二人に手を貸し、家の中に導き入れた。体の片方が自由にならない人間を誘導するのは予想外に大変なことで、母の苦労を改めて思い知る。

父はソファに腰かけると、大きく溜息をついた。ここはお茶より水だろうと思い、キャップを取ったミネラルウォーターのペットボトルを差し出す。左手でボトルを持った父が大きく一口呷《あお》って、満足そうに溜息を漏らした。

「いやあ、今日はよく動いた」

まったく勝手な言い分だよ、と思いながらも、瀧は驚かざるを得なかった。今まで家の中でのリハビリしか見ていなかったので、父が外を普通に——まだ普通ではなかったが——歩く姿が想像もできなかったのだ。いずれは誰の助けも借りずに歩けるようになるのでは、と想像してしまう。そうなるといいのだが、外でのリハビリにつき合わされる母は大変だろう。こういうことは、やはり自分が面倒をみなければ駄目だな、と思った。

落ち着くと、父は「今日はずいぶん遅いんだな」と聞いてきた。

「これが普通だよ。定時に帰れる方が珍しいんだから」

「何だ、何か事件でもあったか？　俺は何も聞いてないが」

「事件かどうか分からないんだけどね」瀧は細部を省略して事情を語った。

話しているうちに、父の表情が微妙に変化してくる。まさか、何か事情を知っている？

瀧は嫌な予感を覚えて、思い当たる節でもあるのかと訊ねた。

「いや、今回の件はどうか知らないが、昔も似たような事件があったんだ。何度も。お前、何も知らないのか？」

知らない。地元の事件について記憶がないことは恥ずかしかったが、こと刑事としての仕事では、四六時中吉祥寺に張りついていたわけではないのだから仕方がない、と自分に言い聞かせた。

父が語るかつての事件は、瀧の胸をざわつかせた。

第4章　ある過去

「これ、合わせてみて」

買ってきたばかりのジャケットをハンガーにかけ、袖を持って広げて見せる。

「今年の流行の色なんですって。最近は、ずいぶん派手な色が流行ってるのね。でも、あなたには似合いそうだから」

本当に、何を着ても似合う。母親にすれば、娘は着せ替え人形のようなものだ。あれこれ服を着させて楽しむ……自分の若い頃の影を娘に見ているのかもしれない。

そんな物を見ても、何もならないのだが。娘の中にあるのはあくまで自分の過去。失ってしまった若さや美しさを見ようとするのは、太陽に直《じか》に視線を向けることに似ている。

「お店の人がね、白いスカートを勧めてくれたの。気をつけて、汚さないようにしてね。あなた、おっちょこちょいなところがあるから。覚えてる？　小学校の時、スカートにガムをくっつけて、一日中気づかないでいたの……あれ、取るの大変だったわ。お気に入りだったのよね」

買ってきた服を改めて見ると、やはりよく似合いそうだ。エメラルドグリーンは色合いが深いので、派手なのに落ち着いた雰囲気になる。

「今試してみる？　後にする？　サイズは合ってると思うけど、合わなかったら取り替えてもらえるから。あ、でも、私がサイズ直ししてもいいわね。昔みたいに……まだミシンも使えるのよ」

小学生の頃は、よく自分で服を仕上げたものだ。最近の小学生は生意気で、渋谷や原宿へ買い物に行くことも珍しくないそうだが、あの頃は違った。何となく格好の悪い既製服を着せるよりは、自分で作ってしまった方がよかった。子どもはすぐに大きくなるから、後からサイズも直せるようにして……その頃作った服は、全部取ってある。もう、着ることなんかないのに。

今は、こういう綺麗な服ね。

あなたも大人になったんだから、こういう服をスマートに着こなせるようにならないと。

父が語った過去の事件——それは瀧の脳を刺激し、かすかな記憶を蘇らせた。少なくとも、三十年前の一件については。

そう、あれは瀧が大学生の時だった。瀧の人生において、吉祥寺とのかかわりが薄くなっていた唯一の時期である。都心部の大学に通っていたのだが、結構通学時間がかかったのと、バイトに熱を入れていたこともあって、地元にはあまりいなかった。

しかし当時、この街で十九歳の女子大生が行方不明になった事件があったのは覚えている。今考えると、恵のケースとよく似ていた。地方出身の大学生――恵とは違う大学だったが――が突然行方不明になったのだ。街には看板が立てられ、毎朝その前を通りかかっていたので……突然、名前を思い出した。

「井崎《いざき》冬子《とうこ》さんだね」

「名前は覚えてないが」父が首を振る。「とにかくあの時は、神隠しじゃないかって噂になってな」

一九八〇年代の東京で「神隠し」。瀧は苦笑して首を横に振ったが、何の理由もなく突然姿を消すのは、確かに「神隠し」という感じではある。

「八三年だったね」瀧は記憶を引っ張り出した。「俺がちょうど二十歳の時だ」

「私も覚えてる」真希が会話に割りこんだ。

「君はその頃、吉祥寺にいなかっただろう」

「実家から電話がかかってきたのよ。あなたも気をつけなさいって。ちょっと怖かったわね」

「地元は大騒ぎだったからな」父がうなずいて続けた。「ボランティアで捜索隊ができたぐらいだ」

「結局……」

「出てこなかった」

これは調べてみないと。三十年前の一件と今回の恵の一件を同列に並べていいかどうかは分からないが、念のためだ。それにしても、どうして最初にこの一件を思い出さなかったのだろう、と悔いる。類似事件を参考にするのは、刑事の基本なのだ。地元に戻って厳しい捜査から離れ、勘が鈍ったのだろうか。これではあかねに指導できない。

「同じようなことは、他にもあったぞ」

「いや……覚えてないな」父親の指摘に、瀧は首を捻った。

「警察官なのにか？」

「俺が警察官になってからの話？」

「そう。だいたい二十年前、それと十年前だ」

「まさか」思わずつぶやく。ほぼ十年置きに、若い女性の失踪事件が起きているというのか？　あまりにもスパンが長過ぎて、規則性があると言っていいかどうか分からないが……それにしても、これに気づかなかったのは恥だ。

しかし、捜査は永遠に引き継がれるものではない。本部勤務は別にして、警察官が一つの警察署に勤務する期間は、平均で二年から三年――五年も経つと、ほとんどの署員が入れ替わってしまう。文書などで記録が残っているにしても、それを見る人がいなければ、存在しないも同然である。しかも行方不明事件というのは……明確な事件性がなければ、積極的に捜査はしない。取り敢えず明日、署で調べてみなければ。解決していない事件の資料を破棄することはあり得ないのだから、何か見つかるだろう。

「その二件――十年前と二十年前の件でも、行方不明になった人は見つかっていないんだね？」

「そのように聞いてる」深刻な表情で父がうなずいた。

気を取り直したように、真希が「食事にしましょう」と言ったが、瀧の気持ちは上向かなかった。こんなことを知ってしまっては、普段通りの気分で食事はできない……。

食事を終え、真希と一緒に両親を家に送り届けて自宅へ戻る道すがら、瀧はまだ嫌な気分を抱えていた。十年おきに四つの事件……でき過ぎというか、まるで誰かがシナリオを書いたような感じだ。これらが全て「一連の事件」である可能性はあるのだろうか。

「気になる？」

真希に声をかけられ、はっと顔を上げる。

「ああ。知らなかったこともショックだけど。君は知ってたか？」

「全然」真希が首を横に振った。「だいたい、行方不明になったぐらいでニュースになる？」

「事件性がない限り、ならないんじゃないかな」

「でも地元の人間としては、そういう話は知ってて当然よね。市役所には、噂もたくさん集まってくるんだし」

「ああ」真希は詮索好きというわけではないが、市役所で仕事をしていれば、聞かぬふりをしていても、自然に耳に入ってしまうこともあるだろう。結果的に真希は、この街の「事情通」になっていた。もちろん、彼女よりも遥かにたくさんの情報をインプットしている人間もいる。詮索好きと言えば……。

「そう言えば、矢部友美《やべともみ》ってどうしてる？」

「ああ」真希が含み笑いを漏らした。「今もいるわよ。秘書広報課に」

「なるほど」

「話が止まらなくなるかもしれないけど、話してみる？」

「何事もチャレンジだ」リスクの高い挑戦ではあったが。

矢部友美は、瀧の中学時代の同級生である。当時から噂話が大好きで、「スピーカー」というありがちなあだ名で呼ばれていた。そういう性癖は成人しても変わらず、十年ごとに行われる中学校の同窓会でも、常に人の輪の中心にいた。その場にいない人間の情報を知りたければ彼女に聞け、ということだ。便利な人間だが、マイナスもある。何か情報は引き出せるかもしれないが、逆にこちらが調べていることが外に広まってしまうかもしれない。

まあ、釘を刺しておけば大丈夫だろう。こちらは重要な公務なのだから。

「連絡先、分かるか？」

「いろいろあるけど……携帯の番号、メール、ライン——どうする？」

「自宅の電話番号だな」携帯よりも長電話しにくい気がする。

家に戻ると、さっそく友美の自宅に電話をかけた。まだ武蔵野市に住んでいるのだ、と改めて知る。そうか……確か婿養子を取って、実家を改築したはずだ。彼女もこの街に執着を持った人間の一人なのだな、と納得する。

「あら、瀧君。久しぶり」

「どうも」朗《ほが》らかな友美の声を聞いて、逆に無愛想に応えてしまった。自分から電話をかけておいて失礼な話だが、話を必要以上に引き延ばさないためには、多少ぶっきらぼうにしておく必要がある。「ちょっと教えて欲しいことがあるんだけど」

「あら、怖いわね」友美が軽く笑った。「刑事さんの取り調べ、泣いちゃうかもしれないわよ」

「そういうことじゃないけど」ああ、全然変わっていない……中学を卒業してから三十五年も経つのに、あの頃のままだ。彼女が多少なりとも落ち着く日は来るのだろうか。

世間話から入ってもよかったが、それは会話を長引かせそうだったので、いきなり本題を切り出す。

「古い話で悪いんだけど、覚えてたら教えて欲しいんだ」

「あら、私は大抵のことは忘れないわよ。大事だと思ったら必ず日記に書くし」

「日記?」

「小学生の頃からつけてるの。全部残してあるから、すごい量よ。私が死んだら、『矢部友美日記全集』として出版してもらいたいわね。何十巻になるか分からないけど、昭和から平成にかけての貴重な記録になるから」

始まったよ……瀧は苦笑しながら、話を元に引き戻すタイミングを図った。話術で何とかするのではなく、強引に割りこむしかない。仕事柄、瀧は人と話すのが下手ではないが、友美にはとても通用しない。

「十年前の話なんだけど、覚えてないかな」

「十年? 十年なんて、昨日みたいなものじゃない。年を取ると、時間が経つのが早くなって嫌よね」

「二十年前は？　三十年前はどうだろう」

矢継ぎ早に畳みかけると、友美が黙りこんだ。しばしの沈黙の後、「……何の話？」と疑わしげに訊ねる。

「吉祥寺で、若い女性が失踪する事件があったと思うんだけど」

「ああー、三十年前のは覚えてる。私たちが大学生の頃でしょう？」

「そうだったよな」

「あなた、覚えてないの？　刑事だったら知ってて当然でしょう」

「その頃は、俺も学生だったんだぜ」瀧は苦笑した。

「ああ、そうか。ごめん、ごめん。瀧君って、中学を卒業して、すぐに警察官になったみたいなイメージがあるから」

「そんなことはできない」

「いや、あのね、青春時代とかがなかったように見えるのよ」

「まさか」また苦笑してしまう。いったい自分は、人からどんな風に見られているのだろう。「とにかく、三十年前の失踪事件は覚えてるんだな？」

「だって、私たちと同い年くらいの子だったから。確か、福島かどこかから出て来た子だったんだけど、一人暮らしでね……って、これは当たり前か。確か、いつ いなくなったかも分からなかったのよ」

「どういうことだ？」

「大学生なんて、大学に行かなくても誰も気にしないじゃない。それにその子、確かアパートに電話がなかったのよ。だから、親御さんと頻繁に連絡を取っていたわけでもなかったみたいだし。それなら、いなくなってもすぐには分からないと思わない？」

「電話がないって……その頃って、そんな感じだったかな」瀧は思わず首を捻った。自分は、警察の寮以外では一人暮らしを経験していないせいか、「電話のない家」は想像もできない。

「八〇年代前半でしょう？　電話がないのはそんなに珍しくなかったと思うけど。地方出身で一人暮らしの子だったら、普通だったんじゃないかな。何しろ、留守番電話が高級品の時代だったから。覚えてる？　留守電機能つきの電話機じゃなくて、留守番電話本体。電話の下にセットして……就職活動をしてる時に、皆買ってたわよね。携帯なんかなかったから、会社からの連絡を逃さないために」

「ああ、そうだった」友美の話には歯止めが利かない。困ったものだと思いつつ、瀧はしばらく、彼女による三十年前の通信機器事情の解説を聞き続けた。

「はい、それで、三十年前の失踪事件ね」友美がいきなり話を切り替えてきた。

「ああ……ちなみに、実家ともあまり連絡を取っていなかったとしたら、行方不明になったことはどうして分かったんだろう」

「それはね、当時つき合っていたボーイフレンドが警察に相談したからみたい。何か、約束していた場所に現れなくて、心配になって合鍵を使って部屋に入ってみたら、もぬけの殻で……その時で、確か四日分ぐらいの新聞が溜まっていたから、行方不明になってから少なくとも四日間は、誰にも気づかれなかったことになるのかしらね。正確にいつかは分からなかったみたいだけど」

「そうか……」当時の捜査員たちはずいぶん苦労したはずだ、と瀧は同情した。四日も経てば、手がかりは冷えてしまう。結局見つけられなかったのは、初動捜査が遅れたためではないだろうか。

「結局、何だったんだろう？」

「そういうことは、あなたじゃないと分からないでしょう」友美が言った。「警察の方が詳しいはずだけど」

「そうなんだけど、今、手元に資料がないからな……それと、二十年前と十年前にも、同じような行方不明事件があったと思うんだ。いなくなったのは、やっぱり若い女性で」

「正確にいつかは分からないけど、そうね、十年ぐらい前と二十年ぐらい前——それは間違いないわ」

「結構な騒ぎになったのかな。俺は全然覚えてないんだ」こちらに関しては、やはりまずいと思う。もう警察官になっていたのだし、吉祥寺に住んでもいたのだから……もしかしたら、話は聞いたかもしれない。しかし自分の仕事と直接関係なければ、いくら地元の事件であっても記憶に止めてはおけないものだ。警察官は、多くの事件を扱う。中には衝撃的で、生涯忘れられないものもあるが、そういうのはほんの一握りだ。多くの事件は自分たちの上を通り過ぎ、記憶に引っ掻き傷さえ残さず消えていく。行方不明事件というのは……微妙だ。本物の「事件」なら覚えているはずだが、そうでなかったということは、自らの意思による「失踪」であった可能性が高い。誰にも知られず拉致され、どこかに幽閉されている、あるいは殺されてしまうような事件は、案外少ないものだ。

嫌な想像はやめよう、と自分に言い聞かせる。死んだ前提で捜索を進めるほど、縁起が悪いことはない。まだ何一つ、明らかになっていないのだから。

「もちろん周辺では騒ぎになったけど、でも、どうかな……よくある話でしょう？」

「ああ。失踪者は少なくない」

「警察も、事件なのかどうか、読み切れなかったんじゃないかしら。事件だって決まれば、もっと大々的に捜査してたでしょう」

「そりゃそうだ」

「そういう感じじゃなかったから。何か……結構、冷たいかもね」

「どういうことだ？」意味が分からず、瀧は眉間に皺を寄せた。

「うん……田舎から出て来た子がいなくなっても、私たちにはあまり関係ないじゃない？　地元の子ってわけじゃないし」

一瞬憤《いきどお》りを覚えたが、次の瞬間には彼女の説明がすとんと胸に落ちた。東京――吉祥寺は日本中から人が集まる出入りの多い街だが、自分や友美のように、生まれた時からここが「地元」の人間も当然いる。「三代続けば江戸っ子」は今や実態を伴わない表現だろうが、生まれた時から東京にいる人間とそうでない人間には、意識に差があって当然だ。「地元の子じゃない」という友美の言葉は、瀧の本音をあっさり言い表したものだった。

「行方不明になった子の名前とか、覚えてるか？」

「さすがにそれは……でも、確かどっちも二十歳で、地方出身だったと思う。山形と島根だったかな。一人暮らしで、こっちの大学に通ってたはずよ」

名前が出てこないだけで、彼女の記憶力は相当しっかりしている。その後もしばしば脱線しながら、瀧は友美を突き続けたが、結局それ以上詳しい情報は出てこなかった。

電話を切ると、大きく溜息をついてソファに背中を預ける。足をだらしなく前に投げ出し、右手で顔を擦《こす》った。

「お疲れ様」

真希が、目の前のローテーブルにミネラルウォーターを置く。瀧は一息に半分ほど飲み、冷たい吐息を吐いた。

「疲れた……相変わらずだね、彼女は」

「あんなに変わらない人も珍しいわよ。でも、誰に対しても変わらないのが凄いけど。昨日なんか、勝村《かつむら》先生のところの若い女の子を掴まえて、十分ぐらい立ち話してたわよ。向こうは完全に迷惑がってたのに」

勝村か……現職の武蔵野市議で、父のライバルだった男。父が先に退場したわけだが……市議のスタッフを掴まえて、友美は何を言っていたのだろうか。

「お見合い」真希が笑いを堪《こら》えながら言った。

「お見合い？」

「その娘《こ》、まだ二十歳かそれぐらいなんだけど……広報課に、三十二歳で独身の男の子がいるのよ。彼とくっつけようとして、根掘り葉掘り事情を聞いていたんだって」

「それはまた、関係者全員に迷惑な話だよな……でも、会ったらお礼を言っておいてくれないか」

「いやよ」真希が薄く笑う。「話が長くなるから、いつも顔を合わせないように気をつけてるんだから」

そう言いながら、友美の「見合い話」について知っているのだから、真希の話にも矛盾がある。あるいはそれも「噂」で流れてきたのか。

「彼女も、えらく嫌われてるな」

「そうじゃないけど……仕事では役に立つ人なのよ。記憶力がいいから、何か分からないことがあった時に聞けば、必ず答えが返ってくるし」

「なるほどね……」瀧は膝を叩いて立ち上がった。

「お風呂？」瀧を見上げながら真希が訊ねる。

「いや。ちょっと署に行ってくる」

「今から？」真希が、わざとらしく壁の時計を見た。

「署に記録が残ってるんじゃないかと思うんだ。気になることは、早めに潰しておかないと」

「あらあら」真希も立ち上がる。「せっかくこっちに来てゆっくりできると思ったのに……あなた、悪い癖よ」

「何が？」

「自分で自分を追いこむ癖。忙しくないと、機嫌が悪いから」

「そんなこともない」

忙しいと愚痴を零す時、実際には嬉しそうな顔になってしまうのは、自分たちより上の世代の人間ではないだろうか。バブル全盛期の少し前に社会に出た自分たちは、もう少し緩い。公務員の瀧はそれほどでもないが、民間企業で働いている仲間たちは、未だに仕事と遊び半々で生きている感じだ。とはいえ、たまに会うと仕事の話しかしないのだが。

「とにかく、気になるから。どうせ十分で行けるし」

「仕事場が近いのも考えものね」

「君はずっと、職住近接だったじゃないか」

「これだけ近いといろいろ大変なのよ。急に呼び出されることもあったし」

「そうか」確かに……東日本大震災の時など、彼女は一度自宅へ戻ったものの夜になってから呼び戻され、その日は結局帰らなかった。息子二人が守る家のことは心配していなかったが、夜中にようやく歩いて帰り着いた時に、家に妻がいなかった寂寥感《せきりょうかん》は、他に比較できるものがなかった。

「……とにかく、ちょっと出て来る。なるべく遅くならないうちに帰るから」資料がすぐに見つかれば、さほど時間はかかるまい。だが今は、何とも言えなかった。刑事課の一画にある資料の保管庫には、ほとんど足を踏み入れたことがない。心配なのは、庁舎が新築されたことである。引っ越しと庁舎の新築は、溜まりに溜まった資料を捨てるための最高の言い訳になるのだ。

武蔵野中央署の歴代刑事課長は、揃って後から責任を問われるのが嫌いなタイプのようだった。資料保管庫は六畳にも満たない小部屋なのだが、中にはぎっしりと捜査資料が詰まっていて、相当古い資料も保管されている。段ボール箱や紙の変色具合を見る限り、何十年も前の物がそのまま残されているようだ。試しに、ラックの一番下の段に突っこまれた段ボール箱を見ると、文字がかすれかけた「１９６０年」の日付がある。自分が生まれる前か……これなら三件の行方不明事件の資料が残っている可能性も高い。

この保管庫に残された資料は、正式なものではない。調書や様々な証拠は裁判で使われ、最終的には警察には戻ってこない。ここにあるのは、刑事が書いたメモや新聞記事の類いだ。刑事によっては、担当していた事件の詳細について、自分の胸の中にしまいこんでしまうこともあるが、同僚や後輩への参考用にと、個人的なメモを残すことも少なくない。主観や偏見が混じっている場合も多いが、貴重な「生の声」でもある。新聞記事に関しては――刑事は記者が想像しているよりもずっと、新聞を意識している。自分が担当した事件がどのように扱われるかは常に気になるし、ごく稀《まれ》だが記者に出し抜かれることもあるので、新聞は隅から隅までチェックしているものだ。

それにしても埃《ほこり》っぽい……きちんと整理されていないのも煩《わずら》わしかった。せめて年代順に分けて収納してくれれば、調べやすいのだが。取り敢えず段ボール箱に入れ、棚に適当に突っこんできたようだ。これがこの署の伝統かもしれないが、後から誰かが見直すことは考えていなかったのだろうか。残しておけばいいというものでもない。

それでも一時間後、瀧は三つの事件の資料を探し出していた。ある程度は予想していたが、やはりそれほど熱心に捜査したわけではないようで、殺人事件などに比べれば資料は少ない。段ボールではなく、大き目の事務用封筒にまとめて突っこんであるだけだった。まあ、これでも問題はないが……。

瀧は、十年前の事件に目をつけた。正確には十年と四か月前——家族から捜索願が出されたのは、二〇〇三年一月のことだった。捜索願の写しで、基本的な状況は分かる。それと、フロッピーディスクがあった。十年前はまだフロッピーディスクが記憶媒体の主流だったのだ、と懐かしく思い出す。今や、フロッピーディスク用のドライブがついたパソコンを探すのも難しいだろう。署のどこかに外づけドライブがあるといいのだが……。

人の気配に気づき、保管庫から顔を出す。制服を着た若手刑事、小熊が不審そうにこちらを見ていた。

「泊まりか」気安い調子で声をかけた。

「ええ……どうしたんですか、こんな時間に」

「ちょっと調べ物でね」

「手伝いましょうか？」

「いや、いいよ。当直なんだろう？」

「今夜も暇ですよ」小熊が肩をすくめた。「何なんですかね。他の所轄もこんな感じなんですか？」

「新宿や六本木辺りだったら、とてもこんな風にはいかない」瀧は資料の入った袋を持ち上げた。「当直の時は、まず眠れないな。暇な署にいる時は、せいぜい楽にしておいた方がいい。どうせ、そのうち忙しいところへ異動になるんだから」

「でも、気が抜けますよ。刑事課って、もっと忙しいと思ったんですけど……」小熊が近づいて来た。瀧がデスクに積み上げた封筒をちらりと見て、「失踪事件ですか？」と訊ねる。

「古い事件も勉強しておこうと思ってね」

「でも瀧さん、ずっとここに住んでるんでしょう？　誰よりも詳しいんじゃないですか」

「そんなこともない」瀧は首を横に振った。「ずっと本部で仕事してると、地元の事情は分からなくなるんだよ」

今思えば、敢えて目を瞑《つむ》っていたのかもしれない。地元の嫌なニュースを耳に入れるのは不快なものだから。刑事としての自分と生活者としての自分は乖離《かいり》していた——意識して引き離していたのだと思う。

「そう言えば瀧さん、女子大生の失踪事件を調べてるんですって？」

暇なポジションに長くいると、噂だけは耳によく入るようになる。友美と同じようなものか……いやいや、彼女の場合、無駄話を除けばその記憶力は頼りになる。

「まあな」否定すれば話がおかしくなるので、瀧は渋々認めた。

小熊が近くの椅子を引いてきて座った。こいつは……暇なのは分かるが、悪い感じに緊張感が抜けている。交番勤務から刑事課に上がって既に三年が経過し、順調ならば本部の機動捜査隊、あるいは捜査一課や三課に上がっていてもおかしくないのだが……三年も所轄の同じポジションに留め置かれているのは、刑事としての能力が上がらないからだろう。

あかねの方が、まだ見所がある。まだ刑事の習慣に慣れていないだけで、あのやる気は買える。あとは空回りしないようにノウハウを覚えさせて、効率よく仕事ができるようになればいい。瀧は何となく、自分の若い頃を思い出していた。男女の違い、時代の違いはあるが、二十数年前の自分は、彼女と同じようにやる気が前に出過ぎて失敗することも多かった。

「何か、面白そうな話なんですか？」

「よせよ。知り合いの姪御さんなんだ」瀧は顔をしかめて見せた。

「あ、そうなんすか……何か手伝いましょうか」

「お前の手を煩わせるまでのことはないよ」さっさと出て行ってくれないかなと思いながら瀧は断った。いや……もしかしたら役に立つかもしれない。「フロッピーディスク、ないか？　フロッピーディスクというか、ドライブ」

「ああ、ありますよ」

立ち上がり、小熊が保管庫に入って行った。すぐにUSB接続のフロッピーディスクドライブを持って戻って来る。受け取ると、瀧は自分のパソコンを立ち上げた。

「こんなもの、よく残ってたな」

「フロッピーで残してあるデータも結構ありますからね。たまに必要になるんですよ」

「お前、これを仕事にしたらどうだ？」

「はい？」

「フロッピーに入ってる古いデータを全部、共有ハードディスクにコピーして整理する。そうすれば、他の連中も使えるようになって便利だよな」

「いやあ、フロッピーはアクセス速度が遅いんで、時間、かかりますよ」小熊が肩をすくめる。面倒な仕事を押しつけるな、とでも言いたそうだった。「まず、フロッピーを全部探して整理しないといけないし……大変でしょう」

「どうせ暇なんだろう？」

「そうですけど、事件がいつ起きるか、分からないじゃないですか」

こいつは……瀧は小熊を軽く睨んだ。せめてやる気ぐらいは見せてみろ。フロッピーがどれだけあるかは分からないが、一日三十分ずつ残業しても、それほど時間はかからずに移行作業は完了するだろう。それで皆が気分よく仕事できるようになれば、こいつの評価も上がるのに。

駄目な奴は駄目——瀧は、それほど冷たい人間ではないと自分では思っているが、見切りは少しだけ早い方かもしれない。特にやる気を見せない相手に対しては、さっさと見捨ててしまう。小熊はまだ二十代。若いのに、少しでも手柄を立てて上に這《は》い上がってやろうという気持ちがないのが理解できなかった。自分たちの頃は、こんなことはなかったが……もちろん自分たちバブル世代も、上の世代から見れば「甘い」のかもしれないが、最近の二十代は、とにかくがつしたところが見えない。刑事というのは、それでは駄目なのだ。捜査とは、人の人生を背負うことでもある。被害者であれ加害者であれ、刑事の些細な言動が大きな影響を及ぼす。特に被害者の家族が一番嫌がるのは、やる気のない刑事である。本音は自分の内面に押しこめて、人前ではやる気を見せること——四半世紀も前に、瀧も先輩から叩きこまれた。そうしているうちに、本当にやる気が出てくるのだ。

「ちょっと手伝いますよ」

「当直の方はいいのか」

「何かあれば言ってくるでしょう。この資料、チェックするんですか？」

小熊が手を伸ばし、「１９９３」と大書された封筒を取り上げた。これは「やる気」ではなく、当直の仕事から逃げたいだけだろう、と瀧は思った。

「しかしこれ、何なんですか？　十年おきですよね」

「全部若い女性の失踪事件なんだ」

「十年おきに失踪事件？　何だか推理小説みたいですね」

「これは本物の事件だよ……後で俺も見るけど、中身を読んで簡単に教えてくれないか」

「分かりました」

一九九三年の事件を小熊に任せ、瀧は前回——前回と言っていいのだろうか——二〇〇三年の事件のデータが入ったフロッピーディスクの解析にかかった。

当時、事件は複数の刑事が担当していたことが分かる。メモを共有していたのは、主に二人の刑事だったようだ。村上《むらかみ》と小暮《こぐれ》。誰だったかな……名前には心当たりがないが、それも当然である。警視庁には四万人以上の職員がいる。捜査一課だけでも四百人近く。知っている顔と名前の方が少ないぐらいだ。

捜索願が出されたのは一月六日。ネットで過去のカレンダーを調べると、この日が月曜日で、仕事始めだったことが分かった。そうか、この年の正月休みは長かったのだ、とかすかに思い出す。土曜日から日曜日まで、九日間。普段忙しくしていた分、暇を持て余したのを覚えている。普通のサラリーマンは、これだけ連続して休みが取れれば海外旅行へでもいくことを考えるのだが、さすがにそれはできなかった。捜査一課の刑事は、特捜本部に入っていない時でも常に待機状態にある。いざ事件が起きたら、すぐに現場に飛んで行かなければならないのだ。結婚した最初の頃、真希はしきりに心配していたが、すぐに慣れた。彼女自身も仕事を持つ身だし、忙しさもいつかは「日常」になってしまう。

行方不明者、御園《みその》友里《ゆり》。一九八四年生まれで、当時十九歳だった。山形から大学進学で東京へ出て来て、吉祥寺在住。正確な住所は吉祥寺東町《ひがしちょう》——東京女子大のすぐ近くだ。本人はそこから、井の頭線を使って渋谷にある大学に通っていた。ということは、恵とはそれほど多くの共通点はなかったことになる……「地方出身」「吉祥寺在住」だけと言ってもいい。そんな女性は、山ほど存在している。

　捜索願を届け出たのは、山形の家族だった。年末ぎりぎりまで東京にいて、正月には帰省するという話になっていたのに、結局実家には姿を現さなかった。友里は携帯電話を持っておらず、心配した家族が東京のマンションを訪ねて来て、行方が分からなくなっていることに気づき、仕事始めを待って警察に届け出たらしい。

　当時の捜査は、手順に沿ったものだった。部屋の調査、友人やバイト先への聞き込み……自分が恵の捜索でやってきたこととほぼ同じである。だが事件性は一切なく、捜索は実質的に二週間余りで打ち切られたようだ。打ち切ったとは書いていないが、メモの最後を見れば分かる。「発見に至らず」。結論をはっきりと書いているのは、これ以上探す気はない、と宣言したも同然である。そしてその後の記述がない以上、今も見つかっていないのは明らかだ。果たして家族はこれで納得したのか……していないだろう。突然娘が消えた両親は、もしかしたら今も探し続けているかもしれない。

　瀧は、両親の名前と住所、自宅の電話番号を手帳に書きつけた。この人たちに連絡を取ることになると面倒だな、と少したじろぐ。今のところ、恵の捜索とは直接関係なさそうだが、もしも関連性が出てくれれば、話を聴かざるを得ないだろう。当然、両親の古傷に触れることにもなる。人の不幸を背負う重みには、いつまで経っても慣れない。

バイト先は……短期のバイトを繰り返していたようで、失踪当時はファミリーレストランで夕方から夜のシフトをこなしていたらしい。当然、村上と小暮はこの店でも聞き込みに行っていたが、手がかりらしい手がかりはなかった。ある日突然バイトを休んで、それ以来姿を現さなかった、というのは恵のケースと同じである。勤務記録を元に考えれば、友里が行方をくらましたのは、十二月二十九日の夜以降。二十九日の昼にはバイトに出てきていたのだが、三十日、三十一日と連続で無断欠勤している。

「黙って仕事をサボる子ではなかった」という記述がある。これも恵と同じ感じか……。二人の刑事は、過去のバイトや交友関係についても、かなり突っこんで調べていた。友里は同じ仕事が長続きしないタイプだったのか、頻繁にバイトを変えている。というより、短期のバイトばかりを選んで仕事をしていたようだった。模試の試験監督、ブティックの店員、家電量販店の売り子、コンサートスタッフ、選挙スタッフ……まったく繋がりがない感じで、二人の刑事のうち村上は、「自分探し?」とクエスチョンマークつきで個人的な印象を書きつけていた。

それにしても、選挙スタッフとは何だろう。この頃——二〇〇三年に行われた選挙といえば、総選挙と地元武蔵野市の市議会議員選挙か……それぞれ十一月と四月だったはずで、失踪時にはまだ選挙準備をしている候補者はいなかったのではないか。いや、そうでもないか……四月の市議選に向け、既に動き出していた候補者がいてもおかしくない。それが誰だったか……いや、気にはなるが、この線に拘泥《こうでい》する理由はない。村上も、もう少し詳しく書いてくれればよかったのに。

いずれにせよ、「自分探し」というより、「仕事探し」だったのかもしれない。失踪当時の友里は十九歳、まだ二年生だったが、もう就職を気にかけていた可能性もある。就職不況は、当時も同じ状況だったわけだし。バイトで自分に合った仕事を見つけ、早くから手を打っておく——気の早い学生なら、そんな風に立ち回ってもおかしくはない。

実際、金に困っていたわけではなさそうだ。友里の父親は、地元では大きな土建会社の社長で、仕送りだけでも楽に生活していけたはずだ——実際、毎月の仕送りは家賃や学費の他に十万円あったという。しかも公共料金は、実家の銀行口座から引き落とされるようになっていた。

年末ぎりぎりまで仕事を入れていたぐらいだから、恋人はいない。友人とのトラブルもなし。失踪する理由は特に見当たらなかった。二人の刑事は、性犯罪にも着目して、周辺の自治体で起きていた事件もチェックしていたが、友里が被害者になった証拠は何もなかった。

他に事件に巻きこまれる可能性は……調書には表れない「印象」部分に瀧は注目した。しかし二への刑事のメモを読んだ限り、その可能性は低いように思われる。

友人たちの証言を総合すると、「自立心の強い子」。十万円も仕送りを貰っていて「自立心が強い」というのも変な感じだが、将来的には親から独立したいという意思を持っていたようだ。様々なバイトを経験していたのも、その気持ちの表れだったかもしれない。自分に合った仕事を東京で見つけ、煩《うるさ》い両親のいる故郷に戻らずに済むようにしたかったのか……友人たちには、厳しい両親に対する愚痴をだいぶ零していたようだ。

「独立したい」という気持ちが早まった？　離れて暮らす親との間に何かトラブルがあって、完全に連絡を断って一人になろうとしたのかもしれない。東京から出て、人目につかない他の都会に身を隠して十年……三十歳になった友里の姿を想像してみたが、実像を結ばない。

添付された写真を手に取る。この頃は、女性だとボヘミアン調のファッションが流行《はや》っていたのだと思い出す。写真の友里は、足首まである長いスカートにダンガリーのブラウス、ダイヤ柄の入ったベストという格好で、大き目のニット帽を被っている。下北沢《しもきたざわ》辺りの古着屋で揃えた服ではないか、と思った。いや、古着風に見える新しい服かもしれない。撮影されたのは前年——二〇〇二年の秋だった。場所は大学の近くらしく、背後に学生がたくさん写りこんでいる。丸顔で、笑顔は少し硬い。まだ東京に慣れていない感じだった。

写真を見た限り、恵と何となく雰囲気が似ている。丸顔で、少し純朴な感じが共通していると言っていいが、写真ではそう見えても、本人に会うとまったく別人、ということも少なくない。この二人はどうだったのだろう……犯人が被害者の容姿にこだわりを持つタイプで、似たような女性ばかりを狙っていた可能性はあるが、今はまだ、それを考えるのは早い。依然として、事件を示す要素はまったくないのだ。

「当時は事件性なし、の判断だったみたいですね」小熊がつまらなそうに言った。

「そうか」はっとして瀧は返事をした。すぐに「当たり前だ」と思い直す。事件性があれば、資料が保管庫に放りこまれたままになっているはずがない。

「ちょっと説明しますね……失踪者は島根県出身の保井和佳子《やすいわかこ》、失踪当時は二十歳でした。住所は武蔵野市境《さかい》二丁目です。アパートに一人暮らしですね」

「武蔵境駅の近くだな」

「そうですね。北口の方ですか……」小熊が顎を撫でた。

武蔵野市内にはＪＲの駅が三つあるが、武蔵境駅の周辺は一番地味と言っていいだろう。吉祥寺は大きな繁華街だし、三鷹は市役所の最寄り駅——駅から歩いては行けないが——で、行政の中心である。武蔵境駅の近くにはいくつか学校が固まっているだけで、他にはこれといった特徴のない住宅街である。中央線沿い、武蔵野・多摩地区の住宅街の典型のような地域だ。

「ええと、家族が捜索願を出したのは七月二十八日……わざわざ島根から出て来たんですね。大変だったろうなあ」

「失踪時の状況は?」余計な感想はいらない、と思いながら瀧は先を促した。

「はい、夏休みだったんですが……休み中に、帰省してバイトする予定になっていたのが、戻って来なかったので、心配になった親戚がまずアパートを訪ねたそうです」

「その親戚は、東京の人?」

「ええ。従兄弟、とありますね。当時二十五歳、母方の兄の息子で、東京で就職していたみたいです」

「で、アパートには誰もいなかった?」

「そうですね。それで両親が東京へ出て来て、改めて確認して警察に届け出たそうです」

「不審な状況はない?」

「なかったみたいですね。結構ちゃんと調べたようですけど、単純な家出じゃないかなあ」小熊が頭をがしがしと掻《か》いた。「夏休みだし、家出が増える時期ですよね」

「一人暮らしの人の場合は、家出とは言わない」

「あ、まあ、そうか」

こいつは……瀧は密かに呆れた。三年間所轄の刑事課にいて、次のステップに進めないのは、単純に鈍いからかもしれない。あるいは経験不足か。この署は比較的暇だから、難しい事件の捜査を経験する機会は少ない。だが、都内の警察署に勤めていて、何もないということはないのだ。どんなに小さな事件でも、積極的に取り組めば、必ず勉強になるのに。

「状況は？」

「家が荒らされたりした形跡はなかったそうです。きちんと鍵もかかっていたみたいですよ」

「失踪するような理由は？」

「それもなかったようですね」

恵と友里の共通点……目的はそれぞれ違うだろうが、熱心にバイトをしていたことだ。

「バイトはどうだろう」

「ええと、いろいろやっていたみたいですよ」小熊がメモをめくった。「短期のバイトばかりみたいですけどね。そっちの――今行方不明になってる子も、何かバイトしてたんですか？」

「小学生向けの学習塾で、講師をやってる」あとは、正体の分からない「秘書」だ。これが何か、キーワードになりそうな気がするのだが……。

「堅実な子なんですね。保井和佳子の方は、ちょっとした小遣い稼ぎのバイトが多かったみたいです。いいとこのお嬢さんだったんで、お金には困ってなかったようですよ」

それを、三人に共通する環境と言ってしまっていいのか……恵の場合、父親は普通の会社員、母親は専業主婦で、経済的に恵まれているとは言えない。ただし、塾のバイトは金を稼ぐためではなく、教員試験の準備と考えていたようだから、困窮《こんきゅう》していたわけではなさそうだ。

「どんなバイトをしてたんだ？」

「そうっすねえ……選挙のウグイス嬢とか」

「何だって？」

瀧は思わず立ち上がった。小熊が驚いて椅子に背中を押しつけ、身を引く。言い訳するように、「この年、総選挙があったじゃないですか」とぽつりと言った。

落ち着け、と自分に言い聞かせて瀧は椅子に腰を下ろした。無性に喉が渇くが、手近なところに飲み物はない。ちょっと待てよ……ふいに気になって、パソコンで過去の選挙の記録を調べる。この四件のうちの最初に失踪事件が起きた一九八三年にも、総選挙があった。

総選挙が行われた年に失踪事件が起きている？　どういう規則性だ？　想像もつかなかった。だいたい、選挙の日付と失踪の日付はずれている。保井和佳子のケースは隣接している――選挙直後に行方が分からなくなっている――が、選挙と失踪に関係があるとは思えない。ただし二人とも、選挙には関係していた。和佳子はウグイス嬢。友里は選挙スタッフ。この「スタッフ」が何だったか、気になる。調べることができるかどうか……当時担当した二人の刑事に話を聴くのが一番早いだろう。両親は知っているかもしれないが、話をして変に希望を持たれても困る。

「どの代議士の事務所だ？」

「ええと、古川保《ふるかわやすし》ですね。当時民自党《みんじとう》から出馬して……どんな人でしたっけ？」

「知らない。ここの選挙区か？」当時はまだ中選挙区制か……そうそう、東京七区の時代である。

小熊が答えられなかったのでネットで調べてみると、瀧の記憶にはなかった。た男で、この選挙の時に既に六十八歳だった。落選後には引退を表明している。それなりに年がいった参院議員を衆院に鞍替えさせようとするとは、党はどういう了見だったのだろう。まあ、古い話だ……世は平成になっていたとはいえ、二十年も昔のことである。

「この選挙で落ちて引退したんだな……それより、選挙のウグイス嬢って、簡単にできるものか？」

「普通にバイトで募集してると思いますよ。実入りはいいと思いますけど、そんなに難関のバイトってわけじゃないでしょう」

「一日中声を嗄《か》らして、いくら貰えるのかね」

「さあ、どうでしょう……でも、それほどきつい仕事とは思えないですけど」

きついだろう、と瀧は思った。選挙期間中ずっと、一日中声を張り上げ続けていたら、声が嗄れるぐらいでは済まないかもしれない。いったいいくら貰ったら、「割のいいバイト」と思えるのか……そういうことは考えればすぐに分かりそうなものだが、何故和佳子はそれに惹《ひ》かれたのだろう。

気になり、古川について少し調べてみた。官僚上がりで、五十六歳の時に参院選に初出馬、当選している。次官レースに敗れたことを悟って、政治家に転身した口だろう。こういうことは珍しくない。本人にとっては、役人としてのレースに負けた同僚の上に立つチャンスだし、政党の方では、省庁とのコネをキープしておくのに役立つ。ウィン―ウィンの関係というやつだ。

しかし、データは少ない……一九九三年と言えば、インターネットが一般に普及す
「どうですか？」

る前の時代だ。ネットで何でも情報が手に入ると思われがちだが、実は普及前の「過去」には弱い。ネットの普及後には、データを蓄積していくのは難しいことではなくなったが、それ以前のデータはアナログが多いからだ。紙に書かれたデータをわざわざデジタル化して、ネットにアップロードするほど暇な人間は多くない。小熊が面倒に思ったように、官公庁でも、昔の資料のデータ化はあまり進んでいなかった。

古川は既に亡くなっていた。ウィキペディアの記載を信じるとしてだが——落選してから十三年後の二〇〇六年に、八十一歳で亡くなっている。一九九三年当時の選挙の様子を聴ける人間はいるだろうか……いないことはないだろう。選挙には非常に多くの人がかかわる。ただし全体像となると、選対の責任者でもなければ分からないはずだ。

ここはまた、父の手を借りるしかないか。長年市議会議員を務めた父は、民自党の会派に属していた。というより、今でもバリバリの民自党員である。父なら、二十年前の選挙についても詳しく知っているはずだ。いや、地元選挙区から出馬した民自党の公認候補なのだから、父本人が選挙にかかわっていてもおかしくはない。

瀧はちらりと腕時計を見た。既に午後九時半……リハビリ中の老人が起きていていい時間ではないが、母が「宵《よい》っ張りで寝ないのよ」と愚痴を零していたのを思い出す。電話してみて、寝ていたら明日かけ直せばいい。上手くいけば、今夜中に何か情報が手に入るかもしれない。

目の前に小熊がいると、何となく電話し辛い。瀧は追い払いにかかった。

「ありがとうな」

「もう一つ、資料あるんじゃないですか」小熊が、ぼろぼろになりつつある「1983年」の封筒に目をやった。

「いや、これは明日見ることにするから。この残業は手当もつかないし、馬鹿らしいからな……お前も当直に戻れよ。何もないって言っても、いつまでも消えてると、当直責任者が怒るぞ。今日、誰だった？」

「警務課長です」

「じゃあ、怒らせると査定が下がるな」

「まさか」苦笑しながらも、小熊が立ち上がった。「警務課長は、そんなことしないでしょう」

「とにかく、長居は無用だぜ……ここは俺が片づけるから」

「分かりました」

「資料は、一々保管庫に戻した方がいいのか？」この辺のやり方は、署によって違う。中には、保管庫から出す時に、一々管理ノートに署名するルールを強いている署もあるぐらいだ。

「ああ、大丈夫ですよ。署の外へは持ち出し禁止になってますけど、刑事課に置いておく分には問題ないです。そもそも、保管庫から資料を持ち出す人もあまりいないですけどね」

「たまには昔の事件を見返した方がいいぞ。人間は過去に学ぶものだから――」

「分かりました」間延びした口調で言って、小熊が頭を下げた。説教でもされたらたまらないとでも思っているのだろう。

こういう奴には、ちくちく刺さるような小言が効果的なのだ、と瀧は思わずにやりとした。背中を見送りながら、瀧は受話器を取り上げた。呼び出し音が一回鳴っただけで、父親が受話器を取ったので驚く。

「まだ起きてたんだ？」

「仕事はこれからだ」

「仕事って……」

戸惑う瀧に対して、父親は豪快な笑い声を返した。昔と変わらないこの笑い声を聞いている限り、とてもリハビリ中の人間とは思えない。

「議員を辞めても、政治活動を辞めたわけじゃない。正確に言えば、辞めさせてもらえないんだ。あれこれ相談してくる人は多いんだぞ」

「そういうの、いい加減断ればいいのに」

「そうもいかん。頼ってくる人間がいるうちは、引退はできないんだ」

それで気が張って、リハビリに力が入るならいいことなのか……自分も父に頼ろうとしている人間の一人なのだ、と瀧は気づいた。瀧は武蔵野市に半分足を突っこんだだけの生活をずっと続けてきたが、父親は両足、いや、全身をこの街に捧げてきた人である。

「で、何の用だ？」

事情を話した。さすがに二十年も前の話だと分からないだろうと思っていたが、父の記憶は、瀧が想像していたよりもはっきりしていた。

「そういうことなら、勝村じゃないかな」

「勝村って、市議の勝村？」

「武蔵野市で勝村と言えば、あの男しかいないだろう」

父がいきなり不機嫌になる。理由は簡単、勝村は父の長年のライバルだからだ。同じ民自党会派の市議だが、トップ当選を争って、ずっと競り合ってきたのだ。外に向けては一致団結するが、内輪では競り合う仲。瀧にすれば、そんなことに意味があるとは思えなかったが、党内で影響力を強く持つためには、「票を取れる」という看板があった方がいいのだろう。

「ちょっと聞いてみたいことがあるんだけど、つないで貰えないかな」

「断る」父はあっさりと言い切った。「あいつとは話をするのも嫌だね。何でわざわざ血圧が上がるようなことをしなくちゃいけないんだ？　お前も警察官なんだから、自分で何とかしろ。誰とでも会えるのが警察官の特権だろうが」

それは事実なのだが、何もそんなに嫌わなくても……勝村は現役最年長市議として今も頑張っているが、父は既に引退した身である。現職かそうでないかでは、立場に雲泥《うんでい》の差があるのだろう。

しかし、一度頑《かたくな》になった父を説得するのは難しい。それならむしろ、勝村に直接突っこむ方が早いだろう。政治家は特に警察を警戒する。面倒な仕事に見合った情報が得られればいいのだが、と瀧は溜息をついた。

情けない限りだ……自宅へ戻った瀧は、思わず真希に愚痴を零してしまった。

「でも、仲が悪いのはしょうがないでしょう。ライバルなんだから」

「そんなこと言われても、あまり実感がないんだよな」

「あなた、選挙の様子とか見てないから」

「何かあったのか？」確かに自分は、平日はずっと都心に出ていて、父の選挙運動の様子はほとんど見たことがなかった。

「誰かが演説をしている時に選挙カーが近くを通るとボリュームを落とすとか、選挙カー同士がすれ違う時はエール交換するとか、街頭演説は順番優先で、他の候補がやっている間にやらないとか……いろいろ細かいマナーがあるのよ」

「それで？」

「あの二人は、今言ったようなことを全て破りました」真希が苦笑する。

「知らなかったな……」

「私はこの街で見てたし、噂もいろいろ聞いたから。それにしても、何であんなに仲が悪いのかしらね。同じ会派なのに」

「両雄並び立たず、じゃないかな。同年代のライバルは、やっぱり目障《めざわ》りなんだろう」

二人の確執は、相当昔から、しかも深い部分にあったのは分かる。真希から先にこの話を聞いていれば、父に頼み事などしなかったのに。

第5章　共通点

薄明り。

裸電球が灯っているのに、部屋の中は、夜の闇よりも暗い感じがした。かすかに埃っぽい臭いが漂い、鼻がむずむずする。昔からここは嫌いだった。勉強部屋に使っていたこともあるのだが……あの頃は、一人きりになれる場所と時間が大事で、不快な環境も我慢できた。この暗く埃っぽい場所は、一番安心できる場所だったのだ。

まだ五月だというのに、額に汗が浮かんでくる。一歩踏み出す度に埃が鼻を刺激した。何度か鼻を揉んで、くしゃみを我慢する。

二階へ続く階段に足をかけた。いつだったか、この木製の階段が腐っていて、途中で踏み抜いてしまったことがある。怪我こそしなかったが、さすがに驚いた。後に架け替えたのだが、その階段も既にずいぶん古くなった。ぎしぎしと不快な音が耳を刺激し、踏み抜いた時の感覚が蘇る。

頭上からかすかに光が射しこんできた。二階には小さな窓があり、午後になると少しだけ陽光が入ってくるのだ。今は夕方近く……広い室内を照らし出す光には、オレンジが薄く混じっている。

二階に上がると、埃っぽさは頂点に達した。咳の音が聞こえる。それはそうだ。ずっとこんなところにいて空気の入れ替えもしなければ、喉をやられるだろう。

ゆっくりと腰を屈める。それでも目の高さは同じにならないが、仕方ない。最近は、膝を曲げて蹲踞《そんきょ》の姿勢を取るのが難しくなっている。

「心配しなくていい」話しかけても反応はない。だがそれで諦めて、言葉を呑みこむわけにはいかなかった。「そろそろここから出られる。もう気づく頃だから……何も言わないと約束すれば、無事に家に帰れる。約束できるか？」


五十歳になっても気圧《けお》されるような経験はするものだな、と瀧は溜息をついた。家の大きさに身がすくんでしまうのは情けない話だが、実際に勝村の家は、少し引いてしまうぐらいの豪邸なのだから仕方がない。

昔は、吉祥寺にはこういう大きな家が多かった。しかしそういう家は、相続のタイミングで小さな土地に分割されることが多くなった。最近あちこちに見られる小さな分譲住宅は、元々そうした地主の土地であることが多い。

勝村の家は――「屋敷」と呼ぶに相応しかった。建物と庭をぐるりと取り巻く白い壁、寺を思わせる巨大な門。昭和の金持ち――それも田舎の金持ちのイメージが、この家からは未だに漂っている。

「参ったね」瀧は思わず溜息をついた。電話で話した勝村は、愛想がいいとは言えなかったが、こちらの訪問を拒否はしなかった。とはいえ、実際に家を見てしまうと、気持ちは後ろ向きになる。あかねを連れて来なかったのが正解だったかどうか――これでよかったのだ、と自分に言い聞かせる。クソ真面目で融通が利かないあかねは、何かの拍子《ひょうし》に人を怒らせてしまうリスクが高い。そして勝村は、絶対に怒らせてはいけない相手だった。武蔵野市議など、広い世の中ではさほどの権力者ではないが、吉祥寺という限られた空間の中では別だ。怒らせると厄介《やっかい》なことになるのは間違いない。今日は、あかねのトレーニングではないのだ。

一つ深呼吸して、巨大な木製の門についたインタフォンを鳴らす。家は古いが、セキュリティは最新のようで、警備会社の新しいステッカーが門柱に張ってあった。

声を聞く限り、応対してくれたのは若い女性のようだった。家族なのか秘書なのか……勝村は自宅を事務所にしているから、スタッフの可能性もある。真希が言っていた、見合いを勧められた女性だろうか。

入るのを許され、瀧は自転車を押して門の中に一歩を踏み入れた。この家に自転車というのは、いかにも場違いな感じがしたが……これが自分の普段の足なのだから仕方がない。庭の西側には背の高い木が立ち並び、目隠しになっている。そして片隅には、最近ほとんど見ることのない蔵があった。薄茶色のレンガを重ねた造りで、屋根は瓦葺《かわらぶ》き。その高さから、二階建てではないかと思われた。くすんだ色合い――戦前の物かもしれない。

家は、古い建物と新しい建物のハイブリッド型と言えた。古い方の家は木造の二階建てで、東西に長い。それに対して、L字形の短い方は後から増築されたものらしく、明らかに数十年は時代が違うようだった。新しい方には「勝村雅喜《まさき》事務所」の看板――達筆の手書きだった――がかかっている。人を拒否するような、重厚な雰囲気だった。

だけどこっちは、警察官なんだからな――自分を鼓舞し、瀧は事務所のドアをノックした。中に人がいる。庭に面して窓が一杯に広がり、外からも様子が窺えるのだ。何人か……少なくとも中年の男が一人いるのは見えた。背広を脱いでワイシャツの袖をめくり上げ、やる気満々といった感じである。他にも女性が最低一人はいるわけか……市議会議員の事務所にしては大袈裟過ぎる感じがした。長年同じ仕事を続けてきた父も、自宅を事務所にしていたが、基本的には母が秘書役で、時折手伝いの人間がくるだけだった――主に選挙の時に。市議会議員の仕事は、普段はそれほど忙しくはない。もちろん世の中には、実際に忙しいかどうかは別にして、自分の権勢を示すためだけに人を使う人間もいる。

ドアが開き、中年の男が顔を見せた。

「武蔵野中央署の瀧です……あの、申し訳ないですが、自転車を中に入れましたよ」

「ああ、はい、大丈夫です」男が快活な口調で答えた。「どうぞ、中へお入り下さい。先生がお待ちです」

頭を下げ、靴を脱いだ。スリッパに履き替え、ぺたぺたという音を気にしながら事務所に入る。入ってすぐ、十二畳ほどの事務室。デスクは四つ、それに応接セットがあるぐらいで、全体には質素な感じである。ただ一つ、壁に判読不能な揮毫《きごう》の額がかかっているのが、異彩を放っていた。いや、政治家の事務所にはこういう物が必須なのかもしれない。父の仕事部屋にも、同じようなものがあった。

部屋の奥にはもう一枚ドアがある。そこが勝村の部屋だろう、と想像した。瀧が事務室に足を踏み入れるのとほぼ同時に奥のドアが開いて、予想していた通り勝村が姿を現す。

ああ……こんなに年寄りだっただろうか。瀧は最初に失礼な印象を抱いた。自分の父親とさほど年齢は変わらないのだが、リハビリで苦労している父の方が、まだ若く見える。勝村の背中はわずかに丸まり、髪はほとんど真っ白になっていた。顔にも深い皺が目立つ。瀧の記憶にある勝村は、もっと「鋭い」感じの男だった——しかし今でも、目つきは悪い。目を合わせると心の奥底まで覗かれるような感じがする。

「ああ、瀧さん」

声だけは昔のままだった。まるでロック歌手だな、と思う。デイヴィッド・カヴァデールも顔の皺は増えたが、歌い方は七〇年代のデビュー当時と変わらない。勝村の声が昔通りなのは、同じように声を出すのが商売だからかもしれない。父もずっとそうだった。倒れてからは、さすがに昔のような声の張りは失われてしまったが。

「ご無沙汰しております」ご無沙汰もご無沙汰、直に顔を合わせるのはいったい何年ぶりだろう。ほぼ三十年ぶりなのだ、と気づいて驚いた。警察官になる前、まだ大学生の時に、父親に民自党の支部新年会に連れて行かれたことがある。そこで挨拶して……頭がくらくらするようだった。つい最近のことだと思っていた出来事が、あっという間に遠い過去になる。

勝村は、瀧を自分の部屋に通した。何となく嫌な気分になる。勝村は自分のデスクに着き、瀧には目の前にある小さなソファを勧めたのだが、まるで課長の前で報告する時のような感じだった。その時は当然、立ったまま「休め」の姿勢を取るのだが。

「いや、実に久しぶりです。この前会ったのは、二十八年前だね」

いきなり正確な数字が出てきて、瀧は無言でうなずくしかなかった。確かに……あれは大学四年の最後の冬休みだった。

「まだ警視庁にいるそうだが……お父上は、本当はあなたを後釜《あとがま》に据《す》えたかったのではないかな」

「まさか」笑い飛ばしてみたが、たぶんその指摘は当たっている。当時、警察官になることは決まっていたが、父はそれが気にくわないようだった。自分の後を継げ――あるいは乗り越えていけ。はっきりと言われたことはないが、言葉の端々から本音が透《す》けて見えた。自分としては、安定した公務員の職に就くことに、何の躊躇《ためら》いもなかった。政治家は、自分が進むべき道とは思えなかった――当時も今も、そして将来も。警察は、全てのことがきっちりと規則で決められた世界である。そういう、少し堅苦しい世界が自分には合っていると確信していたし、その判断が間違っていたとは一度も思ったことがない。

「いやいや、息子がいれば自分の後を継がせたいと考えるのは普通でしょう」

そんなことはない、と反論しようとしたが、勝村はそれを許さなかった。そうそう、昔からこんな感じだった……人に喋らせない。まず、自分の持論を相手の頭に叩きこもうとするのだ。人の話を聞くのが政治家の仕事だろうに。勝村が両手を組み合わせ、デスクの上にぐっと身を乗り出す。

「先ほど電話でも聞きましたが、ずいぶん古い話ですね」

「すみません。こういう古い話を調べなくちゃいけないこともあるんです」

「警察も大変だ」

「いえ、仕事ですから」

うなずき、勝村がデスクの引き出しを開けた。少しへたっているファイルフォルダを開き、付箋がついているページをすぐに開く。

「お訊ねの件ですがね、確かに保井和佳子さんという女性は、古川先生の選挙の時に、事務員としてアルバイトをしていますね」

「いわゆるウグイス嬢ですか?」

「いや、仕事の中身までは分からないんですが……当時のアルバイトの名簿に名前があったのは間違いないですよ」

「それ、ちょっと見せていただけますか?」

「申し訳ない」勝村が静かにファイルフォルダを閉じた。「他の、関係ない人の名前もありますので。一応、プライバシーは大事にしないとね」

正論だ……納得できたわけではないが。これだと、手元に本物のデータがなくても、適当なことを言って相手を騙せる。しかし騙す意味もないだろう、と瀧は結論を出した。自分は、勝村という政治家にとっては微妙な存在かもしれないが、今はあくまで公務で来ているのだ。嘘をついていると分かれば、それなりにお返しはさせてもらうし、そういう覚悟は勝村には分かり切っているはずである。

「たぶん、ここに書いてあることは、あなたはもう全部ご存じなんじゃないですか。連絡先とか、実家の住所とか。銀行の口座番号はご存じないかもしれませんけど、それは必要ないのでは？」

「それを決めるのは警察です」

勝村が声を上げて笑う。その拍子に口の中が覗いたが、どうやらまだ自分の歯で頑張っているらしい。背中は少し丸まっているが、体形も崩れておらず、自分の健康には気を遣っているのが分かった。

「まあ、そうなんでしょうね。でも、取り敢えずお見せできるようなものはありませんよ」

「この女性――保井和佳子さんが、選挙の後で行方不明になったことはご存じですか」

「聞きましたよ、もちろん」勝村の顔に影が差した。「私は直接知らない人でしたけど、気味が悪い話ですよね」

「ご存じなかった？」

「私は古川先生の選挙の手伝いをしていましたけど、手伝いといっても実務的な話ではなく、もっと大きな戦略的な問題で……アルバイトの人たちと、親しく話すような機会はなかったですからね。行方不明になったという話を聞いた時も、名前と顔が一致しなかったぐらいです」

「当時は、この一件はどんな風に受け止められたんですか？」

「そうですね……」勝村が顎を撫でた。「この一件の十年前にも同じような事件があったのは、当然ご存じでしょうね」

「ええ」瀧はうなずいた。「その時に行方不明になった女性も、まだ見つかっていません」

「それは私も覚えていましたから、不気味な感じはしました。でも、若い女性のことですから、いろいろあるんじゃないかと考えましたよ」

「いろいろとは？」何となく、勝村の物言いが気に食わない。

「若い女性は、それまでの人生を全部放り出すようなことを平気でするでしょう」

「例えば？」

「男ですよ、男」勝村が太い親指を立ててみせた。「惚《ほ》れた勢いというんでしょうかね。そういう人を私は何人も知っています」

「彼女にも恋人がいたんですか」

「その辺の事情は、私には分かりません」勝村が肩をすくめる。「心配し過ぎじゃないですか？　実際の失踪者の数に比して、本当に事件に巻きこまれる人は、それほど多くないのでは？」

瀧は素早くうなずいた。感覚的なものなのか、数字の裏にある実態を知っているのか、とにかく勝村の指摘は正しい。日本では年間八万人ほどの人が行方不明になり、家族が捜索願を出すが、そのうち二十パーセント以上が十代である。つまり、単なる家出だ。そして全体として、所在が確認されるケースが圧倒的に多い。ここ数年の警察庁のデータでは、年間の行方不明者八万人強のうち、無事に発見されるか帰宅が確認された人間は、七万人前後に上るはずだ。遺体で発見、というケースは五千人程度ではなかったか。しかも、捜索願いの受理当日から一週間後ぐらいまでに、五万人程度が所在を確認されている。覚悟を決めて家を出て、慣れ親しんだ街を捨てるのは、それほど簡単ではないのだ。

死亡が確認された者に関しては自殺が圧倒的に多く、実際に事件に巻きこまれたり、馴染みの薄い街で新たに人生を構築し直している人間はほとんどいない。

「仰《おつしや》る通りですね」

「今はどこかで普通に暮らしているんじゃないですか」

その可能性は低いと思ったが、一々説明するのも面倒だ。

「どうしてそう思われます？」

「そういう風に考えないと、不気味じゃないですか」

「まあ、それは……分かります。当時のことをもっと詳しく聴くのに、誰か適当な人がいませんか？』

「二十年も前の話を？　それは……どうかな。あまりにも古過ぎませんか？　今からこの女性を捜すつもりなんですか？」

「それができればいいんですけど、実は最近、同じようなケースが起きたんです」

「若い女性が行方不明になったんですか？」勝村が眉をひそめる。

「ええ。詳しいことは言えませんが」

「不気味ですね……やはりあれですか、田舎から出て来た人ですか」

「群馬、ですね」

「群馬なら、そんなに田舎とは言えないでしょうけど……しかしこの街は、交差点のようなものですよね」

「ええ」自分も同じようなことを考えていた、と思い出す。

「東京に憧れる人が住み始めて、そのうち飽きて去って行く。そんなことの繰り返しですよ。私やあなたのように、元々この街で生まれ育った人間からすると、何となく嫌な気分になりませんか」

「いや、どこに住むかは個人の自由ですから」

「とはいっても、ねえ」勝村が首を振った。「どうなんでしょう……とにかく、交差点はたくさんの人が行ったり来たりする場所でしょう？　そこを誰が歩いていたかなんて、一々気にする人間はいないでしょうね。だからこそ、時々こういう行方不明事件の話を聞かされると、怖いんですよ。交差点は自然に人が入って出て行くのが普通です。それが、道の真ん中でいきなりいなくなってしまうというのはね……」

「当時は、どんな風に言われていたんですか」

「神隠し、と」

　この言葉は何度か耳にしている。確かに、昨日まで普通に暮らしていた人がいきなりいなくなったら、「神隠し」と言われてもおかしくはない。もちろん警察的には、そんな事象は存在しない。

「どうなんですかね……この街では、そんなに失踪事件が多いんだろうか」勝村が鼻に皺を寄せた。彼にとっても、あまり気持ちのいい話題ではないのは分かる。

「普通だと思います。繁華街よりは住宅地の方が、捜索願の届け出は多いとは思いますが」武蔵野市の場合は、繁華街でも住宅地でもあるから事情は複雑だ。

「まあ……あまり気味のいい話ではないね」

「ええ」

「あなたがいれば、何とかしてくれるとは思うけど。評判はいろいろ聞いてますよ」

　どんな評判だ、と皮肉に考えた。自分は基本的に、所轄の人間ではなく本部の刑事だった。どんな仕事をしているかなど、武蔵野市議の耳に一々入るはずもないのに……いやいや、こういう話を真に受けたらいけない。いわゆる社交辞令というやつだろう。

「ちなみに、お父上は元気ですか」

「毎日リハビリです。でも、そのうち歩けるようになりそうですね」

「ああ、あの人はねえ……」勝村が苦笑する。「どんなに大変なことでも、気合いと根性で何とかしてしまう人だから。昔と変わりませんね」

「ええ」言葉の裏側に皮肉が隠れていないか、と瀧は考えた。父は、今は議員ではないとはいえ、二人は長年のライバルなのだ。政治家同士の意地の張り合いは、どちらかが死ぬまで――縁起でもない言葉だが――続くのではないだろうか。

「昔は、お父上とはいろいろありましたよ。下らない意地の張り合いで……武蔵野っていう地域は、政治家にとっては難しいところでね。保守と革新が入り交じっている。昔からの住民と新住民では政治的な考え方も違うし……我々保守派の人間としては、この地域でしっかり支持を取りつけるのは大事なんだけど、勢い余って仲間内でも――そういうの、分かりますか」

「要するに政治家は、自分が一番でないと気が済まない、ということですよね」

勝村が声を上げて笑った。

「まあ、その通りです。そういうことをはっきり言うのは……あなたはやはり、政治家に向いていないですね」

「そうですか」瀧も笑ったが、頬が引き攣《つ》るのを意識した。政治家になりたいと思ったことは一度もないが、他人から――それもプロから「向いていない」と指摘されると、何となく気分が悪い。

「とにかく、お父上によろしくお伝え下さい。どっちが先に年を取って駄目になるか、勝負したいと思っていたんですが……人生は、思うようにいかないものですね」

「勝村さんは、まだまだ現役ですか」

「支持者の皆さんが、なかなか解放してくれませんでね」

ゆっくりと頭を振る。瀧は改めて、勝村の所作に年齢なりの疲れの影を見た。

「そうですか」

「最近も、政治を志《こころざ》す若い人は多いんですよ。それは結構なことだ。無関心は、民主主義の一番の敵ですから。でも、若い人はどこかふわふわしている。地に足がついた状態で政治を考えていないんですね。だから選挙も上手くいかない。こっちも積極的に推せる人間にはなかなか出会えません。政治の世界の世代交代は、難しいものなんですよ」

滔々《とうとう》と続く「演説」を切るタイミングを図りながら、瀧は最後の、そして一番大事な質問を忘れないようにと自分に言い聞かせた。

当時、古川の選挙対策本部で責任者を務めていたのは誰なのか。

「平公夫《たいらきみお》ですか」あかねが首を捻る。

「知らないか」

「瀧さんはご存じなんですか」

「いや、俺も知らない」

からかわれたと思ったのか、あかねが珍しくむっとした表情を浮かべる。しかし、知らないのは不思議でも何でもない。平は、地方政界によくいる「政治のプロ」である。本人は政治家になるつもりはないのだが、政治の現場に首を突っこみ、特に選挙が大好きというタイプ。特徴として実家が裕福で、本人は根を詰めて働く必要がない。実家の商売の関係で、既得権者として保守政党を応援する傾向にある——など。そして本人は、なかなか表に出てこない。裏でフィクサー的な仕事をすることこそ役目と心得ている節がある。目立つのは、応援している候補が当選して、事務所の万歳写真で候補者の横で写る時ぐらいだ。

平も、典型的なその種の人間らしい。今は政治活動から手を引き、実家の商売も息子に譲り渡しているというが、取り敢えずは健在で話を聞けそうだった。

瀧は一度署に戻ってあかねに事情を話すと、今度は一緒に事情聴取に行くことにした。珍しく車を使うことにしたのだが、ハンドルを握る彼女はしきりに咳をしている。

「風邪でもひいたのか?」

「あの保管庫……瀧さんに言われてもう一度調べてみたんですけど、埃がひどいんですよ。ちょっと埃アレルギー気味なんで、辛いです」

「言ってくれれば、そんな仕事、任せなかったのに」

「あんなに埃っぽいとは思わなかったんです」

何だか会話が空回りしているなと思いながら、瀧は目を閉じた。この話はどこへ行くのだろう……仮に二十年前の事件について何か分かったとしても、恵の行方につながるとは思えない。それに、時間がどんどん経ってしまっているのも心配だ。先ほど思い出した統計の件ではないが、捜索願が出されてから一週間以内には、過半数の人が見つかる。人質事件で言うところの「四十八時間のタイムリミット」――これを過ぎると犯人が自暴自棄になって悲劇が起こりがちだ――と同じように、失踪事件には「一週間のタイムリミット」がある。それは確実に近づきつつあった。

「そうか。悪かったな」素直に謝り、ついでにもう少し懐柔《かいじゅう》しておこうと思った。これから会う相手は既に一線を退いており、一日のほとんどの時間を自宅で過ごしている。いつ行っても会える確率が高いから、多少遅れてもいいだろう。「少し早いけど、昼飯を食っていかないか？」

「いいですよ。どうします？」

「東急百貨店の駐車場に入れてくれ」

「はあ」あかねは何故か不満そうだった。

「車を停めておけない場所にある店なんだよ」

「行きつけですか？」

「行きつけじゃない」瀧はうつむいて苦笑した。「特別な時だけに行く店だ」

井ノ頭通りで車を走らせていたあかねは、中央線のガードをくぐり、吉祥寺駅前交差点を左折した。駅の周辺はごちゃごちゃしている……現在、駅そのものが再開発中のせいもある。構内はどこもかしこも工事中で、非常に歩きにくい。それに合わせるように、周辺では商業施設の新設が続いており、駅を中心にした空間全体が、ざわついた雰囲気になっていた。瀧にすれば、あまり新しい建物ができるのは好ましくないのだが……吉祥寺には、適当な「古さ」が合っている。歴史を上塗りし、ひたすら新しい物を求めるのは、新宿や六本木辺りに任せておけばいい。

車を駐車場に入れ、いったん外に出て大正通りを歩き出す。一つ目の角が、目的の店だ。

「ここですか？」

あかねは明らかにたじろいでいた。それはそうだろう。見た目からして明らかに入りにくい。レンガの壁に青銅の看板。入口のところに巨木があるせいで、小さなビル全体が鬱蒼《うっそう》とした森に埋もれたように見える。

「そうだよ」

「あの……高いですよね」

「確かに安くない。でも、払えないほど高くはないんだ」普段の昼食の約二倍、というところか。

「あの、でも……」

「ああ、心配ない」瀧は顔の前で手を振った。「たまには俺が奢《おご》るよ。美味い物でも食べて、気合いを入れよう」

「……はい」

あかねはどこか釈然としない様子だったが、瀧は気にせず店に入った。地下二階から地上三階まで、フロアごとに出す料理が違うのだが、経営母体は同じである。瀧は迷わず二階へ上がった。夕食には地下二階のしゃぶしゃぶや三階の焼肉屋を利用することもあるが、ランチはだいたい二階のステーキハウスだ。

店内はアンティークな雰囲気で統一されており、瀧はいつ来てもかすかに緊張させられる。席についたあかねも、緊張したままだった。

「あの……何がお勧めですか」

「ステーキだな」瀧はメニューを閉じた。「ここの肉は美味いよ」

「それでいいです」

運ばれてきたステーキは、瀧にとっては馴染み深いものだった。格子柄《こうしがら》に焼き目がついたオーソドックスなもので、つけ合わせのジャガイモのグリルが丸々一個というのも嬉しい。野菜は他に、人参とブロッコリー。当たり前過ぎる組み合わせだが、これでいいのだ。古い物は古いままで——いつまでも変わらない物があると、ほっとする。あかねの顔がかすかに緩むのを、瀧ははっきりと見た。やはり、美味そうな肉は人を喜ばせる。

「美味しいですね」一口食べると、あかねの声が軽くなった。

「昔から、気合いを入れる時にはここによく来たんだ」

「そうなんですか……」

あかねがライスを頬張った。三千円を超えるランチだが、少し凝ったサラダにライス、飲み物までついているから、よく考えればそれほど割高ではない。とにかく肉が上等で美味いのは間違いないのだし。

あっという間に食べ終え、瀧は皿を脇へ押しやった。それが合図になったように、すぐにコーヒーが運ばれてくる。紙ナプキンで唇を拭い、コーヒーに口をつける。この店はコーヒーも美味かったのだ、と思い出して頬が緩んだ。

「さっきの保管庫の仕事……あれが『気合いを入れなくちゃいけないこと』なんですか？」

「分からない。分からないけど、今回の一件はまだまったく手がかりがないんだから、何でも手をつけてみるべきだと思う」

「……はい。でも、ちょっと気味が悪いです」

「まあな」十年ごとに繰り返される行方不明事件。本当にそれだけなのかどうか気になり、瀧はあかねに、さらに古い失踪事件を全て割り出すように指示しておいたのだ。「で、他には似たような事件はなかったのか？」

「ないです」あかねが即座に断言した。「今のところは……過去三十年の失踪事件を確認しましたけど、全部片がついています」

瀧はうなずいた。発見、死亡……「片がついた」とはそのどちらかだ。

「分からないのは三件だけか」

「今のところは、そうです」あかねがうなずく。

「担当の刑事とは連絡が取れたか？」

「まだなんです。ちょっと追跡が難しくて」あかねが唇を嚙んだ。

「もう退職していてもおかしくないな」瀧はコーヒーを一口啜った。

「そうだとしたら、話を聴くのは面倒ですよね。昔の事件だったら……」

「そんなことはないよ」瀧は楽観視していた。「刑事は、昔の話をするのが大好きだ。退職して暇になった人なんか、ちょっと水を向けると延々と話し続けるぞ」

「そんなものですか？」

「ああ。だからむしろ、退職してくれていた方がありがたいぐらいだ。現役だと、仕事が忙しくて時間が取れないからな」

三十年前の一件の担当者も、まだ現役の可能性はある。その頃、所轄の交番勤務を終えて刑事課に引き上げられるには、どれぐらい時間がかかっただろう……今とさほど変わらないとすれば、二十代半ばや後半の刑事が担当していてもおかしくはない。行方不明事案は、捜査のいろはを学ぶのに最適だし。もしもそうだとすると、そういう刑事たちは今、五十代半ばから後半ということになる。自分とさほど年が違うわけではない。そろそろ、目の回るような忙しさからは解放されるはずだが……。

「担当者は、引き続き探してくれ」

「あの、ちょっといいですか」あかねが遠慮がちに手を上げた。

「どうぞ」遠慮せずに、と言いたかったが、言葉は呑みこむ。

「十年に一度ずつ、変質者が活動を再開する、とは考えられませんか」

「まさか」すぐに否定してしまったが、言った後で自信がなくなってしまった。それはちょっと……小説だとしても設定に無理があり過ぎる。しかし、十年という切りのいいタイミングで失踪事件が起きているのは事実なのだ。

「ちょっとこれを見てくれ」瀧は、手帳に挟んだ四枚の写真を見せた。一九八三年から十年おきに失踪した、四人の女性の写真。もちろん全てカラーだが、最初の一枚は既に相当色褪せている。つい最近撮られた、晴れ着姿の恵の写真に比べると、白黒写真のようなものだった。「どう思う？」

「似て……ますかね」自信なげにあかねが言った。

「何となく、な。髪型なんかは違うけど、共通点はあるだろう」

「丸顔で、実年齢よりも若い感じですよね」

「全員、高校生と言っても通じるぐらいだ」

「そういう人ばかりを狙う変質者、ということですか？」

「可能性としては否定できない」瀧は四枚の写真をトランプのように並べた。腕組みをし、写真を見下ろす。「それに、十年ずつ間隔が空いているのは、いかにも不自然だよな」

「そうですね」

「まあ、頭の片隅に入れておいてくれ。それともう一つ、『秘書』のこともな」

「ええ……でも、何の秘書でしょうね。バイトでも、秘書の人がいきなりいなくなったら、問題になりそうですけど」

「どういうことだ？」

「秘書って、あの、何ていうんですか？　秘書をしている相手のスケジュールに合わせて動くものですよね？　社長秘書なんか、四六時中くっついているんじゃないでしょうか」

「社長秘書ね……女子大生を秘書に雇う社長はいないと思うけど」

「分かりました。撤回します」あかねがクソ真面目な口調で言った。

「いや、撤回する必要はないよ。可能性は可能性なんだから、頭の片隅に入れておいてくれれば。でも、確かに何か変だ」

「何がですか？」

「塾の方では、恵さんがいなくなって騒いだじゃないか。俺たちに直接言ってきたわけじゃないけど……他のバイト先でも、いきなりいなくなったら騒ぐのが自然だ。そういう情報は、警察には入ってこないものかね」

「どうでしょう」あかねが首を捻った。「でも、確かにおかしいですね。人が一人いなくなって、騒がないのは変です」

「仕事にも差し障るだろうしな」

瀧は、順調に転がる会話に軽い快感を覚えていた。始めは、クソ真面目で空気が読めないと思っていたが、あかねも案外役に立つ。論理的に考えるタイプなのは間違いなく、会話を交わしている間に自分も考えを整理できるのだった。議論の相手がいると助かる。刑事は歩き回っては証拠を探し、時に立ち止まって考える。そういう時、一人だとつい偏向した考えに傾きがちだ。自分が欲しい結論を先に置き、それに合わせて証拠を探そうなどと考えたりする。だが、議論の相手がいれば、そういう危険性は減るのだ。

「そっちの方も、何とか考えてくれよ」

「はい、でも、どうやって……」

「それは自分の頭を使うんだな」瀧は伝票を摑んだ。自分もノーアイディアなのだが、それを後輩に知られてもしょうがない。「まず、平公夫に会いに行こう。一つ片づけて、それから次だ」

その「次」が見えてこないのが、ストレスの原因なのだが。

平公夫の実家は、元々吉祥寺で広い土地を持つ一族だった。そのせいもあって、戦前から貸家の経営なども含めて不動産業を営んでいる。高度成長期には宅地分譲の波に乗り、一気に業務を拡大したらしい。

そして一族は、昔から政治に深く首を突っこんでいた。政治家になるのではなく、政治家とくっつき、金銭的に援助し、地元の権力者として影響力を行使した、ということだろう——というといかにも田舎の話のようだが、東京でも数十年前までは、そういう「地元のドン」は珍しい存在ではなかった。

家業を息子に譲ったためだろうか、平は井ノ頭通りから一本引っこんだ場所にある小さなマンションに引っ越していた。場所的には杉並区との境で、最寄り駅は京王井の頭線の三鷹台駅。武蔵野市の外れの外れという感じだ。

平一家が営む不動産会社は、元々吉祥寺駅の北口にあった。瀧の記憶では、店の裏にある建物が本来の家だったはず……何となく侘《わび》しい感じがする。年を取れば、大きな家よりこぢんまりとしたマンションの方が使い勝手はいいのだろうが、「押しこめられた」感がないでもない。

今は仕事からも政治活動からも足を洗い、悠々自適の生活らしい。もっとも仕事に関しては、自分で会社を経営していた時期も政治活動にばかり打ちこみ、元からほどほどだったのでは、と想像できるが……総選挙で候補者の選対責任者を務めるのは、簡単なことではない。時間も労力も金も吸い取られる。

政治にかかわる人間には、精力的な印象が強い。午前中会った勝村も、老いたとはいえ、まだ鋭さが見えた。しかし平は、確実に衰えていた。年齢は七十二歳。瀧の父親より数歳年下だが、ずっと年老いて見えた。髪の毛はほとんどなくなり、わずかに残った分が両耳の上で渦巻いている。昔――数年前は結構太っていたのではないか、と瀧は想像した。古びて袖の擦り切れが目立つシャツは、明らかに二サイズほど大きいのだ。老いとはこういうものか、と鬱々《うつうつ》たる気分になる。体形が変化するのは仕方ない。瀧だって、十年前に着ていたワイシャツは、今では首のボタンが留まらない。しかし、「萎《しぼ》む」のも悲しいものだ。

「瀧先生はお元気で？」

溜息をつくように、平が訊ねる。息をするのも大変というわけではないが、話をするのはいかにも面倒臭そうだった。何か病気でもしたのでは、と瀧は疑った。

「何とかリハビリを頑張っています」

この男は勝村と違って、瀧家に対する微妙な感情はないようだ、と判断する。もちろん、明らかに「勝村派」だったはずだが、勝村本人に比べれば、父への対抗意識は薄いようだ。気遣う台詞には、気持ちが籠っている。

「瀧先生に限っては、病気には縁がないと思ってたがね」

「私もですよ。驚きました」

「まだ何年か、現役で活躍していただけると思っていたんですが」

「それでは若い人が育たないでしょう」

「あなた、何で選挙に出なかったんですか？」

またか。この質問には苦笑せざるを得ない。もしも父がしつこく、強く勧めてきたら……と想像することもある。いや、もしかしたらこれからも、そういうことがあるかもしれない。父は志半ばで政界から引退せざるを得なかったのだから、「後を継いで欲しい」と言ってくるのでは？　それはないだろう、と瀧は自分を安心させようとした。昔から父は、自分の意見を強く押しつけようとはしなかった。ただし、こちらで意図をくみ取って反応してやらないと、突然不機嫌になる。ある意味扱いにくい人間なのだが、この件に関してはとうに諦めているだろう。だいたい、五十歳の警察官が政治家に転身するなど、リアリティがない。キャリアならともかく、自分は一地方警察官に過ぎないのだし……人前で話をする度胸もないし、裏で小賢《こざか》しく立ち回ることなど、絶対に無理だ。やはり表裏なく、警察の世界で真面目に仕事をしているのが合っている。父も当然、そんなことには気づいているだろう。出来もしないことを無理に押しつければ、誰もが不幸になるだけだ。

「いやいや」瀧はもごもごと誤魔化した。「仕事がありますからね」

「そう……で、何でまた二十年も前の選挙の話を？」

「今調べている案件に関係があるかもしれないんです」

「二十年前ねえ……痛恨の極みだ」

沈痛な表情で言って、平がお茶を一口飲む。湯呑みをテーブルに置いた瞬間、体が少し揺れた。眠いのでは、と瀧は想像した。リビングルームは南向きで、向かいに高い建物がないために、陽光が遠慮なく入りこんでくる。今日は少し暑いぐらいで、平が座っているソファでは背中が焼けるかもしれないが……それぐらいの温度が心地好いのかもしれない。瀧は既に、額に汗が滲み出すのを感じた。背広の前を開けて、何とか体温を調整する。

「あれはねえ……私の人生で最大の失敗だったよ」

「それは大袈裟じゃないですか？」

「いや、あれで、一人の偉大な政治家を失ってしまったんだから」

古川が偉大な政治家？　瀧は心の中で首を捻った。武蔵野地区からは多くの政治家が出ているし、父親の影響からか、瀧も動向や言動に気を配っていたつもりだが、古川についての記憶は全くない。それでなくても、参院議員というのは目立たない存在なのだし。

「古川先生は、その後選挙には出なかったですよね」

「あの落選が応《こた》えたんだろうねえ。政治家にとって一番辛いのは、落選して只《ただ》の人になることだから。老けこむ年ではなかったけど、ショックは大きかったと思うよ……」

「でも、そんな昔の話を聴いて、何の役に立つんですか？」

「選挙というより、選挙スタッフのことなんですが」

「ああ？」

平の顔が歪《ゆが》んだ。その目つきを見て瀧は、かつての彼は猛禽類《もうきんるい》のような鋭い顔つきだったのでは、と想像した。今は顔の筋肉が緩んでいるせいか、表情が曖昧《あいまい》になりがちなだけだ。

「当時の選挙スタッフで、大学生がいましたよね……保井和佳子さん」

「ああ」平の表情が険しくなった。おそらくかつては、これが普通の顔だったのだろう。政治家たちの当落を一手に背負っているという自負心を持っていたのではないか。

「覚えていますか？」

「選挙の後に失踪した」

瀧はうなずいた。「金鉱」とまではいかないが、この男はいい情報源になるかもしれない。打てば響くように答えが返ってくるのは、記憶が未だに鮮明な証拠である。

「選挙の投開票が七月十八日。その十日後の七月二十八日には、家族が捜索願を出しています」

「覚えていますよ」平がうなずく。表情はまだ深刻だった。「我々も手を尽くして探したんだが、とうとう行方は分からなかった。まさか、今になって見つかったんじゃないだろうね」平がソファの肘《ひじ》かけを摑んで、身を乗り出す。

「残念ながら、そういうわけではありません……当時の状況について、覚えていることを教えてもらえませんか？」

「覚えていることと言っても、ねえ……」平が顎を撫でた。剃《そ》り残しの白い髭が何本かあるのが見える。

「最後に会ったのはいつですか？」

「投開票の翌々日……つまり、七月二十日だな。火曜日」

二十年前のことなのに、こんなに素早く出てくるものか……しかし、投開票日は日曜日だから、翌々日が火曜日になるのは当たり前だと気づく。

「それは、何の用件だったんですか？」

「アルバイト料の精算」

「その時は、普通に顔を出したんですね」

「元気はなかったけどね」

「どういうことですか」あかねが身を乗り出した。

「いやいや……」勢いづいたあかねの態度を見て、平が苦笑する。「バイトといっても、選挙になると感情移入しがちなんですよ。当選すれば万々歳だけど、落ちたら、ねえ……それに古川先生は、バイトのスタッフも大事にする人だったんです。紳士でねえ。だからスタッフも、家族を応援するみたいな気持ちになって。落選が決まった後の事務所も大変だったけど、二日経ってもまだ気持ちが上向かなくてね。彼女も泣いて大変だった」

「行方不明だと分かったのは、いつ頃ですか」あかねが続けて訊ねる。

「七月二十六日」

平がきっぱりと言い切る。あまりにもすぐに答えが出てきたので、瀧は警戒して目を細めた。

「まだ頭はしっかりしてるよ」平が人差し指で耳の上を叩いた。「それに、自分の知り合いが行方不明になるなんて、滅多にないことだ」

「分かります」瀧は応じた。

「親御さんが——島根だったかな？　わざわざ出て来て、探していたんだ。古川先生のところでバイトしていることは知っていたから、訪ねて来たんだね」

「平さんも、その時に初めて、失踪したことを知ったんですね？」

「驚いたよ」平が力なく首を振った。「選挙のバイトが終わったら里帰りして、向こうでもバイトだと聞いていたしね……保井和佳子さんは、政治の世界に進むつもりだったんだよ」

「そうなんですか？」初耳だった。これは大事な情報であり、二人の刑事が聞き逃していた――あるいは記録していなかったのが意外だった。

「親御さん――お父さんが、島根の市議会議員なんだ。うちで選挙スタッフをやっていたのも勉強のためだったし、夏休みのバイトというのも、地元の代議士の事務所で働くことだったようだね」

「そういう話は、本人から聞いていたんですか」

「そう。そもそも自分からそういう話をしてましたから。色々アドバイスもしましたよ。やる気がある若者は、積極的に後押ししてあげないとね。二十年前は、まだまだ女性は選挙にかかわるのが大変な時代だったけどね」

そうだっただろうか、と瀧は首を捻った。和佳子は、言ってみれば「二世」である。政治の世界に首を突っこむための基盤は、既に持っていたといっていい。市民運動的に当選を目指すなら、何もない状態から始めなければならず、大変だったとは思うが。

「とにかく、そういう意味でやる気に溢れていた人だからね。失踪なんかするわけがないんだ。だから私も驚いてね……結構長い時間、一緒に戦ったわけだから、こっちも必死で探したよ」

「私がこういうことを言うのも変ですが、当時、警察はちゃんと捜査したんでしょうか」

突然、あかねが割りこんできた。余計なことを……と瀧は心の中で舌打ちをした。先輩のミスを教えて下さい、と頼むようなものではないか。

「警察？　うん……」急に平の歯切れが悪くなった。「まあ、悪口は言いたくないけど、通り一遍という感じだったかな」

「それは、はっきり事件だと決まったわけではないからですよね」あかねが念押しする。

「そういうことです」平がお茶を一口飲んだ。それで「喋りにくさ」を一掃《いっそう》できたようで、また饒舌《じょうぜつ》に続ける。「あちこち探してみたし、警察の尻を叩いたりもしたんですけど、結局まったく手がかりがなくて……変質者じゃないかっていう話もあったんだけど、当時は立ち消えになりましてね」

瀧は、あかねがさらに質問をぶつける前に口を開いた。

「男女関係のトラブルはどうですか」

「恋人？　つき合っていた人はいたみたいですよ、地元に」

「島根に？」

「そう。確か、高校の同級生だったんじゃないかな。彼の方は、地元の大学に進んで田舎に残ったようですが……結婚の約束もしていたそうです。確か、彼の方も地元のいい家の子でね。実家は、彼女のお父さんの選挙をずっと応援していたはずですよ」

となると、一種の政略結婚のようなものだろうか。彼女自身が決めたことなら別に構わないが、今聞くと何となく窮屈な感じがする。学生のうちは政治と接する現場のバイトで経験を重ね、将来政治の道へ進む前提で、父親の支持者の息子と結婚する……それが上手くいくかどうかは分からないが、ずいぶんとハードな道のりである。こういう風に、早いうちから自分の人生をきっちり規定してしまう人は、一つの小さな挫折で一気に崩れてしまうこともあるだろう。

「その恋人とのトラブルがあったとか？」

「ないと思うけどなあ……その彼も、わざわざ東京に出て来て探してましたしね。本当に心配そうでしたよ」

「実は、東京に別の恋人がいたということはないですか？」

「そこまでは分からないなあ」平が禿《は》げ上がった頭を撫でた。「真面目な話はよくしたけど、その手の話は……ね？　迂闊に話せないでしょう。セクハラって言葉がよく出るようになったのは、その頃からじゃないかな」

それぐらい話してもセクハラにはならないとは思うが……あるいは和佳子は、その手の話に過敏だったのかもしれない。

「では結局、何が何だか分からなかったわけですね」

「そう——消えたんです」平が右手を左から右へ水平に動かした。「ぱっと。何の手がかりも残さずに」

「そこですか……」瀧は手帳を見下ろした。乱暴な文字で、わずかな情報が書きつけてあるだけである。「選挙のアルバイトは、和佳子さんのお父さんの紹介ですか？」

「正確に言うと、お父上に頼まれて、勝村先生が紹介してくれたんだけどね」

「勝村さんが？」

「全国市議会議長会で知り合ったらしいですよ」

それ自体は別に不自然でも何でもない。地方議員同士のつながりもあるだろう。

だが、何故勝村自身は、そのことを俺に言わなかったのだろう？　隠しておくような話題ではないはずなのに——瀧は、心に暗雲が漂い出すのを感じていた。

第6章　消えた女たち

「どうしたの？　全然食べてないじゃない」

皿の上でサンドウィッチが干からびている。これぐらいの年頃の女の子は、スタイルのことばかり気にしているから……ダイエットなんて馬鹿馬鹿しい。ちゃんと食べてちゃんと運動すれば、健康的でいられるのに。

「何が食べたいの？　何なら食べられる？　何でも作ってあげるから」

無言。これだから……首をゆっくり横に振り、じわじわとこみ上げてくる怒りを何とかねじ伏せた。こんなことで怒ってはいけない。女の子は何かと扱いにくいのだから……それは分かっていても、自分が作った料理をきちんと食べてくれないのは我慢できない。

「あなたはそんな子じゃないでしょう。昔は、私の作った料理は何でも美味しいって、喜んで食べてくれたのに……駄目よ、ちゃんと食べないと。体、壊しちゃうから」

やはり返事はない。立ち上がり、相手を見下ろす。自分の筋張った拳が、怒りでかすかに震え出すのが分かった。

「どうしてちゃんと食べないの！」思わず怒声が迸《ほとばし》った。喉は弱いのに……無理はできないと分かっていても、この怒りは抑えられない。我がまま過ぎるのだ。出されたものをちゃんと食べて、言うことを聞いてくれないと。

ふいに涙がこぼれる。私の育て方が間違っていたのだろうか。もっと素直な、朗らかな子に育てたつもりだったのに、どうしてこんなことになってしまったのだろう。

「どうして……どうして私の言うことを聞いてくれないの？　何でそんなに頑になるの？」

思わず手を取る。相手がすっと手を引こうとしたので、慌てて摑んだ。若い、滑らかな手。こんな綺麗な手をしているのに、あなたの心は汚れている。

こんな子に育てた覚えはなかった。

井崎冬子。一九六三年生まれ。福島県出身。一九八三年五月失踪。

保井和佳子。一九七三年生まれ。島根県出身。一九九三年七月失踪。

御園友里。一九八四年生まれ。山形県出身。二〇〇三年一月失踪。

長崎恵。一九九三年生まれ。群馬県出身。二〇一三年五月失踪。

瀧は、手帳に並んだ四人の名前をじっくりと眺めた。失踪した四人の女性の共通点は、多いとも少ないとも言える。地方出身で二十歳前後、吉祥寺在住。そして顔立ちや雰囲気には、そこはかとなく共通点がある。

犯人は、吉祥寺在住で、二十歳前後の女性ばかりを狙っていた？

いや……やはり対象が曖昧過ぎる。

仮に失踪したのが幼女なら、まず変質者の線を考える。幼い女の子を腕力で自由にするのは難しくないし……しかし二十歳の女性が相手だと、そう簡単にはいかない。「拉致」と言葉で言うのは簡単だが、二十歳前後の女性を一人で襲い、どこかに連れ去るのは難しいものだ。もしかしたら複数の犯人による犯行かもしれない、と瀧は考えた。

いやいや……それさえ少し想像が飛躍し過ぎだ。最初の犯行から三十年。その間、同じ複数犯が十年おきに犯行を繰り返していたという推理は、あまりにも現実味が薄い。

瀧は腕を組み、舌打ちした。失踪者の共通点はまだある。選挙絡みの仕事をしていたことだ。少なくとも保井和佳子と御園友里に関しては……恵も気になる。「秘書」の実態が何だったのか、是非調べ出さなくては。

だがまず、瀧は過去を遡ることにした。ひっくり返した資料から写し取った、友里のデータを確認する。実家の電話番号、それに父親の携帯電話の番号があった。実家に電話を入れて母親から話を聴くか、父親の携帯にかけるか……しばし悩んだ末、父親に連絡を取ることにした。

果たして、当時と同じ携帯を使っているかどうか。呼び出し音を聞きながら、瀧は刑事課の部屋をぐるりと見回した。素っ気ない部屋の中で、唯一のアクセントと言える神棚……若い刑事たちは出かけてしまっていて、部屋にいるのは課長の田沢と瀧、それにあかねだけである。どこか弛緩《しかん》した空気が流れている中、瀧は自分だけが緊張しているのを意識した。

「はい」低い、用心深い口調で相手が電話に出た。

「突然お電話して申し訳ありません」瀧は早口でまくしたてた。「こちら、東京の武蔵野中央警察の瀧と申します。御園さん……御園剛志《たけし》さんでいらっしゃいますか」

「武蔵野中央警察って……娘のことで何かあったんですか」

嚙みつくような激しい口調。それを聞いて瀧は、この男がまだ生々しい傷を抱えたままなのだと悟った。娘が失踪して十年——長いようで短い歳月だったに違いない。話し始める前に、瀧はちらりと手帳に視線を落とした。御園剛志、五十六歳。娘が元気ならば、何の心配もなく、今も、自分の土建会社の仕事に集中できるはずなのに。

「申し訳ありませんが、娘さんの件では特に動きはありません」

「そう、ですか……」

電話の向こうで御園が深々と溜息をつく。十年分の悲しみと苦しみが伝わってきて、瀧も一気に暗い気分になった。

「実は、吉祥寺で同じようなことが起きているんです」

「行方不明ですか？」

「ええ。当時の娘さんと同じ年頃の女性で、やはり大学生です。地方出身で、こちらで一人暮らししているという点も共通しています」

「まさか」御園がつぶやく。「じゃあ、同じ犯人が？」

「それはまだ分かりません。事件かどうかもはっきりしないんです。ただし、娘さんが失踪した時と状況が似ています。それで、参考までにお話を伺いたいんですが……」

「ちょっと待ってもらえますか」御園が慌てて言った。「今、仕事中で……車を運転してるから。後でかけ直させてもらっていいですかね」

「もちろんです。電話番号は――」

「そちらの番号は分かってます。すぐかけ直します」と言って、御園がいきなり電話を切ってしまった。

携帯に登録されたままの、武蔵野中央署の代表番号——それを考えると、瀧はまたも暗い気分になった。しかし、折り返しの電話を待つ間、今日は電話作戦に徹しようと決めた。同じように娘が行方不明になった親から話を聴くのはしんどい仕事だが、ここは避けては通れない。

あかねが何故か恨めしそうな表情を向けてくる。指示待ちか……。

「三件の事件を担当した刑事の割り出しは？」あかねに声をかけた。本当は、自分がやるべきことを自分で考えて欲しいのだが。

「終わりました」

「だったら電話を突っこんで、話を聴けるようにアポを取ってくれ。こっちから訪ねて行くことにするんだ。どうしても都合が悪いようだったら、電話である程度話を聴いてくれ。当時の捜査の様子とか、個人的な感触とか」

「個人的な感触でいいんですか？　そういうの、データとしては当てにならないのでは？」

「データが全てじゃないし、感触は数値化できないだろう」

「はあ、まあ」

曖昧な言い方は、彼女が数字に頼るタイプの証明かもしれない。

「とにかく——」声を張り上げかけた瞬間、目の前の電話が鳴る。説教しなくて済んだな、とほっとして、あかねに「頼んだぞ」と一声かけて受話器を取り上げる。

「すみません、お待たせして」御園の声は、先ほどよりも落ち着いていた。

「いえ、こちらこそ――お仕事中にすみませんでした」

「いったいどういうことなんですか」

「事情は、こちらでもよく分かっていないんです。実は、二十年前と三十年前にも同じような行方不明事件があって……当時、そういう話は出ませんでしたか」

「何だか、聞いたことがあるようなないような」御園の口調があやふやになる。「なにしろ、娘のことで精一杯だったので」

「それはそうですよね……」

この記憶は当てにならない、と瀧は判断した。類似事件が起きているというのは極めて重要な情報で、聞いたら忘れるはずがない。だからおそらく、聞いていなかったのだ。そもそも担当していた刑事たちも、摑んでいたかどうか――この件に関しては、条件が悪かったと言える。十年経つと、未解決の事件はほぼ風化する。さらにこの一連の案件に関しては、「事件」と言えるかどうかすら怪しいのだ。三件とも、結局「事件性なし」と判断されて、途中で捜査が打ち切られたのだし……だとしたら、偶然でもない限り、過去の事件に気づかないのも不思議ではない。刑事は案外、目の前の出来事以外は意識しないものだ。

「もう一つ、娘さんは当時、選挙関係の仕事をしていませんでしたか」

「ああ、ありました。はい。珍しいバイトがあるなと思って……」

「どういう選挙ですか？」

「確か、地元の市議選だったかと」

「武蔵野市議選？」

「そうなんでしょうね……」御園は微妙に自信なげだった。

二〇〇三年の市議選は、四月投開票だったはずだ。ということは、かなり前から選挙準備を始めていた候補がいたことになる。

「どの候補の事務所で働いていたか、分かりますか」

「ええと、あれです……ちょっと待って下さい」

会ったこともない御園が必死に考えている様子が脳裏に浮かんだ。田舎で羽振りのいい土建業の社長……十年前に行方不明になった娘は見つかるはずだと、今でも信じているに違いない。だからこそ、脳みそを絞るように必死で考えているのだろう。

「確か、中野《なかの》さんという人なんですが」

「中野？　間違いないですか」

瀧は仰天して、脳天から突き抜けるような声を出してしまった。武蔵野市議で「中野」は一人しかいない。よりによって、瀧の高校の同級生である。いわゆる二世議員で、三十六歳で初当選を果たし、二〇〇三年の選挙は二期目をかけた戦いだったはずだ。そういえば父がよく言っていた。「政治家は二期目が最も大事」。初当選の時は勢いで突っ走れる。しかし最初の任期を終えれば、後援会も有権者も冷静な目で候補者を見るようになる。駄目な奴は駄目、と早々に烙印《らくいん》を押されるのが、二回目の選挙なのだ。二回目を無事に乗り越えれば、それ以降は安定して選挙を戦える——そういう状況を見越して、早々に事務所を立ち上げて選挙準備を進めていたのかもしれない。

「たぶん……下の名前は覚えていませんが」

「それなら心当たりはあります。ちなみに娘さんは、どんな仕事をしていたんでしょう」

「詳しくは聞いていませんが、一般的な事務なんじゃないですか。選挙はまだ先の話だって言ってましたから」

「なるほど」

「どう……なんですか？　娘は見つかるんでしょうか」探るような口調。

「申し訳ないですが、保証はできません。でも、今捜査していることが、娘さんの行方につながる可能性がないとは言えません」ぎりぎりの言い方だ。実際には、十年前に失踪した人間が、今になって見つかる可能性はゼロに近い。それが刑事の常識だ。しかし親に対しては、口が裂けてもそんなことを言ってはならない。

「そうですか……よろしくお願いします」

「全力は尽くします」

御園はこの言葉を額面通りに受け取っただろうか、と瀧は考えた。何度も繰り返される絶望、それではいけないと気持ちを持ち上げても、また落ちこむ——そんなことを繰り返して、御園の気持ちはいつしか、諦めに沈んでしまったのではないか。十年間、信じて希望を持ち続けるのは、どんな人間でも無理だ。

長崎には——そして彼の兄夫婦にも、そんな思いを抱かせてはいけない。そう考えると、時間はないのだと意識せざるを得なかった。

瀧は受話器を置いて立ち上がった。上着を引っ摑むと、こちらも電話を終えたばかりのあかねが、何か言いたそうに視線を向けてくる。上手くアポが取れたのか、表情は明るかった。だが今は、そちらは後回しだ。できるだけ「当事者」に話を聴く方が効率的なのだから。

「行くぞ」

「どこですか？」

「政治家に会いに行くんだ」

あかねが慌てて髪を撫でつける。特に乱れていたわけではないが……瀧はあかねに向かってうなずきかけた。なかなか先が見えないのには苛々《いらいら》させられたが、それでも確実に前進しているはずだ、と自分に言い聞かせる。

そうでなければ、刑事の仕事などやっていられない。


「何だよ、いきなり」

まさにいきなりだろうな……中野に文句を言われて、瀧は自分でも納得した。最後に会ったのはいつだっただろう。高校の同窓会のはずだが、それが何年前だったか思い出せない。少なくともその時中野は既に、市議になっていたと思う。

中野はワンルームマンションの一室を事務所にしていた。十畳ほどの部屋には、巨大なデスクと応接セットが鎮座し、壁にはファイルキャビネットと本棚が並んでいて、本来の広さが損なわれている。何もこんな狭いところで仕事しなくても……確か彼の父親は、一戸建ての自宅に事務所を置いていたはずだ。それを訊ねると、中野が嫌そうに答える。

「追い出されたんだよ」

「何か悪さでもしたのか」

「そうじゃないけど、独立したら家を出て行くのが普通だ、とかぬかしやがってさ」

苛ついた口調で言って、煙草の封を切る。

「じゃあ、あの家は今どうなってるんだ？」

「まだオヤジが住んでるよ。部屋なんか余ってるんだぜ。あの年代の人間は、元気で困るよ……って、お前のオヤジさんはどうなんだ？」

「まあ、何とか。リハビリを頑張ってるよ」

「あんな元気な人がなあ……人間、どこでどうなるか分からないな」芝居じみた動きで首を振る。この男は昔から大袈裟なところがあったが、政治の世界に身を置いてからは、さらに極端になったようだ。動きを大きくしないと目立てない、とでも思っているのだろうか。確かに政治家は、目立ってこそだ。

「で、今日は何だよ。久しぶりに電話してきて、いきなり警察の用事って言われても」中野が煙草の煙を噴き上げる。部屋には空気清浄機がないようで、空気にはニコチンの臭いが濃厚に残っていた。デスクには、巨大なガラス製の灰皿。それが吸殻で埋まっている。その横には使い捨てライターが五個……ああ、ヘビースモーカーとはこういうものだ、と瀧は合点がいった。手近にライターがたくさんないと不安になるのだろう。

「とにかく申し訳ないな、忙しい時に」瀧は少しだけ椅子に体重を預け、煙草の煙と距離を置いた。横に座ったあかねは、平然とした様子でボールペンを構えている。

「いや、ほかならぬお前の頼みだからいいけどさ」そう言いながら、中野の目は不審気に細くなっていた。

「お前の二回目の選挙の時なんだが……二〇〇三年」

「ああ。もう十年も前だな」

「その時の選挙スタッフの話を聞かせてくれないか」

「何だよ、いきなり」中野が大袈裟に両手を広げる。「そんな昔の細かい話、今になって聞かれても困るぜ。俺はスタッフの管理までしてないし」

「名簿か何か残ってるだろう」

「それは俺のところじゃなくて、後援会長の石田《いしだ》さんが持ってるんじゃないかな……いや、十年も前のことだから、あるかないか分からないけど」

「そうか……御園友里という大学生のこと、覚えてないか」

「御園友里……って、いなくなった子か？」

「ああ」やはり覚えていたか。瀧は顎を引き締めた。「行方不明になって、当時、家族が捜索願を出してる」

「そうだった」中野が膝をぴしりと叩いた。「ただあれは……選挙のずっと前だぞ」

「お前個人のスタートは早かったんだろう？」

「ああ。前の年の秋にはもう動き始めていた。いつ選挙があるかは分かってるわけだから、早く動くに越したことはなかったんだ――勝村さんから発破をかけられてね」

また勝村だ。この街では、どこへ行っても彼の名前が出てくる。もちろん彼は、武蔵野市の政界の実力者だから、若手の選挙に首を突っこみ、厳しく指導してもおかしくないのだが。

「勝村さん、ね」

「悪いけど、お前のオヤジさんとは……まあ、勝村さんには世話になってたんだ」

それはそうだろう。今回は、たまたま勝村に関係のある人間と会う機会が多かったのだが、瀧の父親も派閥を形成していた。通称「平成研」。これと、勝村をリーダーにする「武蔵野政経研究会」が、長年武蔵野市議会民自党会派の二大グループだった。

もちろん、政治に関係のない瀧にすれば、中野が「平成研」に属していようが、「武蔵野政経研究会」で活動していようが、どうでもいいことだった。欲しいのは事実だけである。

「あれ、おかしな話だったんだよ」中野が煙草を灰皿に置いて、目を閉じた。腹の上で手を組み、ゆっくりと椅子を揺らす。そのリズムが、記憶を呼び戻すとでもいうように。

「おかしな、とは?」

「確か、冬休みでバイトをかけ持ちしてたんだ。うちと、ファミレスと。よく働くなと思ったけど、小遣い稼ぎにはいいバイトだったんだろうな」

「かけ持ちなんて、そんなに簡単にはできないだろう」しかし、恵も塾と「秘書」の仕事をかけ持ちしていた可能性が高い。

「いやあ、若けりゃ大丈夫だよ」中野が目を開け、にやりと笑った。「とにかく昼間はうちに顔を出して、夜はファミレス、という感じだったと思う。あの年末、うちの御用納めは……」

「日にちか？」瀧は手帳を広げた。前後関係を整理するために、古いカレンダーを手帳に貼りつけてある。

「ああ」

「二〇〇二年は、十二月二十七日が金曜日だった。この日が御用納めだったんじゃないかな」

「そうだな」

「間違いない？」いきなり断言され、瀧は聴き直した。

「だんだん思い出してきた。選挙の前後のことはよく覚えてるもんだよ……そうそう、その年って、年末年始の休みが長かっただろう」言いながら、中野が机の引き出しを開けて古い手帳を取り出した。使い古してページがよれよれになり、膨《ふく》らんでしまっているが、表紙の「2002」の文字は読み取れる。中野がぱらぱらとページをめくり、十二月のページを見つけ出した。「そうだな……二十七日の金曜日が、御用納めだった。この日は……軽く忘年会というかご苦労さん会をやったんだよ。間違いない。場所は『金龍』だった」

「ああ、あそこか」パルコのすぐ近くにある中華料理店である。

「選挙事務所の人間とうちの家族と……七人ぐらいだったかな」

「そこには彼女も来た？」

「来た」

「で、事務所は冬休みに入って」

「そう……」中野がまた手帳をめくった。「一月の六日が仕事始めだったんだけど……」

「彼女、来なかったんだな？」

「そうそう。それでいきなり、山形のご両親がうちを訪ねて来たんだ」

「警察に捜索願を出す前だと思う」

「ああ、そうだった」中野が音を立てて手帳を閉じた。「ご両親、えらく心配されててな。警察に行く時、つき添おうかと思ったんだが、ご両親にそこまでしてもらう必要はないって断られたんだ」

「そうか……」横であかねが必死にペンを走らせているので、記録は心配あるまいと思ったが、瀧は自分でも手帳に時間軸を整理しながら書いた。

「結局見つかってないんだよな？」

「ああ」

「ご両親も心配だろうな」中野がゆっくりと首を横に振る。それがどうしてもまた、わざとらしく見えてしまう。

「さっき、電話で話したよ。何とも……」瀧も首を振った。こちらはもちろん、演技でも何でもない。

「大変なことだな」

「その後、お前の方で何か動きはあったか？」

「警察には話を聴かれた。どこかに名刺があると思うけど……見つけるにはちょっと時間がかかるな」

「ああ、それはいい」瀧は手を挙げて、引き出しを引き始めた中野の動きを停めた。

「担当刑事はこっちでも分かってるから」

「そうか」

屈みこんでいた中野がすっと背筋を伸ばす。姿勢はいいな、と瀧は場違いなことを考えた。

「覚えてるかどうか分からないが……どんな子だった」

「どんなって、真面目な子だよ。選挙事務所で仕事しようっていうぐらいだから、真面目に決まってるけど」

「何でお前のところに伝ができたんだ？　地元の子でもないし……バイトでも募集してたのか？」

「いや、選挙に関しては、そういうことはしない」中野が苦笑しながら首を横に振った。「身元がしっかりした子じゃないとまずいからな。最近はアルバイトの質も良くないし」

「誰かの紹介か」

「もちろん。そういう子じゃないと、危なくてね」

「もしかしたら、勝村さんですか」あかねがいきなり質問した。ずり落ちた眼鏡を人差し指で上げ、真顔で中野を見詰める。

「そうだけど……」中野がすっと身を引いた。あかねの勢いに気圧された様子である。

「勝村さんは、どういう関係で御園さんを紹介したんですか」あかねがさらに突っこむ。

「どういう関係って言われても、とにかく選挙の準備を始める時に、真面目な女の子がいるから使ってやってくれって……勝村さんにそう言われたら、受け入れるしかないだろう？　それに、どこの誰だか分からない子より、勝村さんの紹介なら間違いないから。実際何の問題もなかったし、よく仕事してくれましたよ」

瀧は胸の中に、再び暗い雲が湧き出すのを感じた。また勝村……どうしてだ？　確かに勝村はこの街の実力者であり、その影響力は広範に亘《わた》っている。しかし、彼が関係した――候補者に紹介した若い女性が二人とも消えているのはどういうことだろう。

瀧は質問を継げなかった。あかねが矢継ぎ早に質問を重ねたが――要点は勝村と御園友里の関係だ――中野は答えられなかった。忘れたわけではなく、当時も詳しく事情を聴いていなかったのは間違いない。

沈黙――あかねが質問を出し尽くし、中野も答える材料を失っている。瀧はゆっくりと顔を上げ、最後の質問をぶつけた。

「彼女に、何かおかしな様子はなかったか？」

「いや……分からないな」

「四六時中一緒にいたんだろう？」

「それはそうだけど……」中野の顔が曇る。

「どんな仕事をしてたんだ？」

「主に名簿の整理だな。選挙では、名簿が何よりものを言うから」

「彼女、何でここでバイトをする気になったのか、話してたか？　勝村さんの紹介は分かったけど、本人も政治に興味がないと、こういうバイトなんか選ばないんじゃないかな」

「どうだろう……」中野が顎を撫でる。「そういう突っこんだことを話すまではいかなかったんだよ。彼女がうちで働いていたのは、実質的に年末の一週間ぐらいだったから。てきぱきしていたし、仕事にミスがなかったのは覚えているけど」

「そうか」

「それよりお前、何でこんなに古い事件を調べてるんだ？」瀧の質問が途切れたタイミングで、中野が逆に訊ねてきた。「地元の警察に来たら、こういう古い、細かい事件も調べるのか」

「いや……これはもっと複雑な話なんだよ」

肩が凝る……嫌な予感が頭の中で渦巻いたが、それが具体的に「犯罪」に結びつくまではいかない。もっとはっきり方向性が示せればいいのだが。

署へ戻る途中、瀧はずっと無言だった。「話しかけるな」というオーラが出ているのか、あかねも何も言おうとしない。瀧としてはむしろ、声をかけて欲しかったのだが。あかねとの間で、小気味よいやり取りが成立していると思ったこともあるが、まだまだ当てにはできない。推理のラリーは、続けてこそ意味があるのだ。

署に戻って、瀧は今後の方針を考えた。まず、恵の両親に事情聴取。もう一つのバイト先を本当に知らないのか、確かめる必要がある。それから、一番最初に——これが本当に連続失踪事件ならだが——姿を消した井崎冬子の関係者への事情聴取、そして当時捜査を担当した刑事に話を聴くことだ。

直接足を運んで会わなければならない相手もいる。どの順番でやるのが一番効率的か……しばし考えた末、瀧は思い切って群馬へ行くことにした。やはり両親から直接話を聴き、恵の「秘書」のアルバイトの実態を知らなければならない。それにはまず、課長の説得が必要だ。

田沢はのんびりと新聞を読んでいる。まったく呑気なことで……と苦笑しながら、瀧は立ち上がった。まあ、忙しくしている時にややこしい仕事を持ちかけるよりも、こういう状況の方が話しやすい。

「課長、ちょっといいですか」

「お」田沢が新聞を畳む。「面倒な話か？」

「捜査の途中経過の報告を」

「ああ……ちょっと煙草を吸いながらでもいいか？」

「はあ……まあ」喫煙室か。煙草を吸わない瀧にとっては拷問《ごうもん》部屋のような場所だが、短い時間なら我慢できる。

最近は、「庁舎内完全禁煙」の署も多くなっているが、武蔵野中央署には二か所に喫煙室がある。署員が外で、しかも制服姿で煙草を吸っているのを見られるよりは、署内に喫煙室を置いた方がいいという判断なのだろう。幸い、他に煙草を吸っている人はおらず、染みついた臭いさえ我慢すれば、何とか話はできそうだった。

瀧は手短に事情を説明した。十年に一度の失踪の事実を告げると、途端に田沢の顔が蒼褪める。煙草を吸うのも忘れ、茫然《ぼうぜん》として瀧の顔を凝視した。

「初耳でしたか?」

「それは……特に申し送りもなかったな」

「通常の失踪事件——家出として処理されたようです。いずれも、事件性を疑う材料はなかったたですからね」

「今回もその流れなのか?」

「まだ分かりません」瀧は首を横に振った。灰皿の周囲に散った灰が気になる。床を汚さないで煙草ぐらい吸えないのか、と何だか腹が立ってきた。「取り敢えず、過去三回の案件に関して家族への聴き取りをしながら、当時の担当刑事にも事情を聴いてみます。それと、長崎恵に関しては、群馬にいる家族とも直接話してみるつもりです。これから向かおうかと思うんですが」わざとらしく左手を持ち上げ、腕時計を見やる。「今から行けば、夜までには戻って来られますから」

「ああ、いいよ。しかし、もしも十年ごとの失踪が事件だったら……」難しい表情で、田沢が顎を撫でる。

彼が何を心配しているか、瀧にはすぐに分かった。単なる「家出」として処理されていたものが、改めて「事件」として再浮上したらどうなるか。もちろん、当時捜査を担当した刑事たちは手を尽くしたはずだが、「事件を見逃した」と批判を浴びてもおかしくない。それは現職の署員にも跳ね返ってくるだろう。

「その心配はいらないと思いますよ」

「そうか？」田沢の指先で煙草の灰が長くなり、落ちそうになっていた。案の定、彼が気づかぬうちに床に落ち、さらに灰皿の周囲を汚してしまう。

「対外的にはまずいかもしれませんね……最近は、警察の不手際を叩いて喜ぶ人間が多いですから。ただ、内部的には問題ないでしょう。むしろ、消えてしまった事件に光を当てたということで、評価されるかもしれませんよ」

「そこはあまり期待できないだろうが」田沢が苦笑した。「まあ、あんたの手柄にはなるかもしれないけどな」

「そんなことより、長崎恵を早く見つけないと。もう、失踪してからだいぶ時間が経っているんです」

「そうだな」田沢がようやく煙草を灰皿に押しつけた。「人命優先だ」

「それでですね……」瀧は遠慮がちに申し出た。強気に出られないのは、自分でもまだこの一件の行く末に自信が持てていないからである。「動きが激しくなってきたので、そろそろ応援を貰いたいんですが」

「野田一人じゃ頼りないか」田沢がにやにや笑った。

「いや、あいつが悪いというわけじゃないんですけど、まだ難しいですね。空気が読めないというか、いきなり突っこんできたりして、ちょっと場の雰囲気を悪くすることがあります」

「ああ、まあ、あれはそういうタイプだな。厳しくやってもらっていいんだけど」

「何もない時ならそれでいいですけど、このケースはね……」瀧は肩をすくめた。

「とにかく、話を聴かなければならない人間が多くなりました。一気に攻めたいんです」

「分かった。二、三人使っていいから一気に進めてくれ」

「ありがとうございます」瀧は素直に頭を下げた。

「で、大丈夫なのか？」田沢が慎重に切り出す。

「何がですか？」

「最初に届け出を受けた女の子――長崎恵だよ。無事だと思うか」

「無事だと思いたいですね」それしか言えない自分が情けない。

「そこが肝だな」

新しい煙草を取り出したものの、田沢はすぐにパッケージに戻してしまった。武蔵野中央署の刑事課長として、普段はあまり感じないプレッシャーを受けているのは間違いない。それについては多少同情したが、同時に彼の野心のようなものも透けて見えて、醒めた思いを抱く。以前この署に在籍した刑事たちのミスは過去の話で、田沢には直接関係ない。自分がひっくり返して真相を探り出せば、もう少し上に行ける──と色気を出し始めるのも当然かもしれない。刑事がどのポジションでやりがいを見出すかは、人それぞれだ。瀧は、所轄の現場キャップである「警部補」という今の階級を気に入っていたが、常に上を目指す人間がいるのも、また事実である。

それはそれでいい、と瀧は思っていた。出世欲が動機であろうが、そのために捜査に熱が入るのはいいことではないか。

前橋《まえばし》──この街に来たことがあっただろうか、と瀧は記憶をひっくり返した。高崎《たかさき》で新幹線から両毛線《りょうもう》に乗り換えるというのは、いかにも交通の便が悪く、県庁所在地としてはいかがなものかと思う。

東京から百数十キロ北に来ただけなのだが、空気は三鷹よりもわずかに冷たかった。両毛線のホームに降り立った瞬間、思わず首をすくめてしまう。そのせいか、急に侘しくなった。あかねを署において一人で来たのだが、相棒がいた方がよかったかもしれない。

駅の北口はだだっぴろいロータリーとして整備されており、小綺麗だが人はほとんどいない。官庁街などはこちら側にあるはずだが……やはり群馬県は車社会ということなのか。駅は必ずしも街の玄関口にはならないようだ。

瀧はタクシーを拾い、指定された病院に向かった。恵の父親——長崎の兄の長崎淳《じゆん》は、地元の大きな税理士事務所に勤めている。しかし最近は、妻の看病のために病院に詰めている時間が長いという。

しかし——と気が重くなる。長崎は病室の番号まで教えてくれたが、そこで話は聴けまい。闘病中の妻に精神的な負担をかけるわけにはいかないのだ。どこかに連れ出そう、と決めた。病院内に食堂か喫茶室でもあれば、そこでいい。

病院は、県庁に近い住宅街の中にあった。タクシーで走っているうちに、前橋市には古い建物が多いことに気づく。街が古びているというより、横浜市のように、歴史的に価値のある建物を保護しているのでは、と思った。その中にあって、県庁の建物はひどく目立った。周囲で唯一の高層建築物と言っていい。隣が県警本部か、と観察しているうちに、タクシーは病院に到着した。

総合受付で病室の場所を確かめ、最上階に食堂があるのを見てから、瀧はエレベーターに向かった。

病室は七階の七〇二号室。個室だった。ノックに「どうぞ」と返事があったので、ゆっくりとドアを引き開ける。ベッド脇の椅子に腰かけていた男が慌てて立ち上がる。ああ、長崎そっくりだ、と瀧は感心した。兄弟だから当たり前とはいえ、それにしてもよく似ている。長崎に何歳か年齢を加え、少し白髪を増やしたら瓜《うり》二つである。ポロシャツに薄い空色のジャケットという軽装で、背筋はしゃんと伸びているが、顔には疲労の色が濃い。妻は静かに眠っていた。様々な管につながれていなければ、穏やかに睡眠を取っているようにも見える。

やはり、病人の前で話はできない――どう切り出すか瀧が迷っていると、長崎がすぐにドアの方に向かって来た。

「外でいいですか？」

「もちろんです」

瀧はほっとして脇にどいた。長崎がドアの隙間をすり抜けるようにして外に出て、ゆっくりと引き戸を閉める。わずかな音さえ立てないように、と気を遣っている様子だった。ドアを背にして溜息をつくと、瀧に弱々しい笑顔を向けた。

「大変ですね」

「大変です。こんなにいろいろなことが同時に起こるとは……」

「分かります。上に食堂があるようですけど、そこでお話ししませんか」

「そうですね」

すぐ上の階なので、エレベーターではなく階段を使う。消毒薬の臭いが充満していて、瀧は少しだけ気分が悪くなってきた。昔からこの手の臭いは苦手だ。刑事になって、捜査で病院には散々通ってきたが、未だに慣れない。

長崎は階段を上がるのも難儀そうで、ずっと左手で手すりを摑んでいる。後ろからついていった瀧は、曲がった背中に疲労感がべったりと張りついているのをはっきりと見た。妻は脳梗塞で倒れ、娘は行方不明……しかし仕事を完全に休むこともできないはずで、まさに踏んだり蹴ったりの状態だ。

最上階にある食堂は広々として、眺めがいい。しかも消毒薬の臭いがしないので、瀧はほっとした。窓際に陣取ると大きな公園を見下ろす格好になり、目の保養になる。やはり緑はいい――武蔵野市も、井の頭公園に象徴されるように、都内の街では緑が多い方なのだが、やはり地方都市に来るとそのスケールが違う。

瀧は長崎を座らせ、飲み物を買いに行った。二人ともコーヒー。瀧は常にブラックだが、念のためにスティックシュガーとミルクを持っていく。

飲み物を置くと、長崎はさっと頭を下げた。砂糖とミルクを無視して、ブラックのまま一口飲む。飲み下す際に、しっかり味わおうとするかのように目を閉じた。

「何か、コーヒーも久しぶりですよ」

「お忙しかったんですね」

「ええ……」

「奥さんの容態、いかがですか」

「意識は戻って今は安定してますけど、先は長いでしょうね。後遺症も残るみたいなので、リハビリが大変そうです。息子はまだ高校生なので、あてにできませんしね」

「そうですか」父の話を出すべきかどうか、一瞬迷ったが、話すことにした。リハビリが上手くいっているケースは、同じ病気で苦しむ患者の家族にとって、慰めになるだろう。

話し終えると、長崎の顔がわずかに明るくなった。この話に乗ろうとぐっと身を乗り出してきたが、自分を抑えるように、すぐに椅子に背中を押しつけた。

「症状は人それぞれですから、安心はできないですよね」

「それが、あの病気の怖いところです」瀧も認めざるを得なかった。やはりこの話は、しない方がよかったか……。

「それで、娘のことですよね？　どう……どうなんですか？　何か手がかりはあったんですか」

「残念ながら、今のところいい手がかりはありません」こういう説明――瀧が一番嫌う瞬間だ。もちろん、自分の仕事が上手くいっていないのを、喜んで話す人間はいないのだが。「一つ、どうしても気になることがあるんです。ご家族ならご存じではないかと思うんですが……」

「何でしょう」

わずかな救いにすがるように、長崎が今度こそ本当に身を乗り出した。急いで動き過ぎて肘がコーヒーカップにぶつかり、中身が少し零れてしまう。瀧はテーブルに置いてあった紙ナプキンを抜き取り、コーヒーを吸い取らせた。

「すみません……」長崎が申し訳なさそうに肩をすぼめる。

「いえいえ」瀧は茶色くなった紙ナプキンを丸めて、自分の傍らに置いた。「実は、恵さんのバイトのことなんですけど」

「塾、ですか？」

「いえ。塾以外にもう一つ、秘書のようなバイトをやっていた、と聴いています。それについて、何かご存じではないですか？」

「その話は弟からも聞きましたけど、まったく知らないんですよ」長崎の肩が落ちる。「秘書って言っても……大学生で、そういうバイトがあるんですか？　ちょっと考えられないんですけど」

「恵さんは、この件を友だちに話していたんですが、それほど詳しい内容ではなかったんです。むしろ、あまり話せない感じだったようですが……」

「まさか、何か秘密のバイトですか？」長崎の顔が蒼褪める。

「それは分かりません。割がいいバイトだと、羨ましがられるのを嫌って、友だちにははっきり言わないこともありますよね。秘書のバイトがどれほどの金になるかは分かりませんが」

「そうですよね……あの、風俗とか、そういうことではないんですか？」

「分かりません」自分もそんな想像をしたな、と思い出しながら瀧は首を横に振り、コーヒーを一口飲んだ。「何とも言えないんです。ただ、一つだけ気になるのが――」

「何ですか」

長崎が両手をテーブルについて身を乗り出した。瀧は彼の必死の形相《ぎょうそう》と正面から対《たい》峙《じ》した。

「そのバイト、政治家絡み、ということはあり得ませんか？」

「政治家って……」長崎が困惑した表情を浮かべ、ゆっくりと身を引いた。「想像もつきませんね」

「選挙の手伝いのバイトもあるみたいですよ」

「そんな仕事……恵が興味を持っているとは思えない」

「割のいいバイトではあるようですが」

「分かりません」長崎が力なく首を横に振った。「全然聞いていません」

「そうですか……」やはり無駄足だったかと考え、瀧は体から力が抜けるのを感じた。あまり期待はしていなかったが、刑事も時には奇跡にすがりたくなる。

「私が知らないだけで、女房は聞いていたかもしれませんけどね」

「そうなんですか」今度は瀧が身を乗り出した。

「娘と母親ですから……父親とは話さなくても、母親とはよく話す、ということもあるでしょう。メールもよくやり取りしていたようですし」

「奥さんとは今、話はできますか?」

「無理です。いずれ喋れるようになるだろうと医者は言ってるんですが、今の段階ではっきりした言葉は……まだ時間がかかると思います」

「そうですか……」自分が直接事情聴取できなくても、長崎に聴いてもらう手はある。だが今は、それも難しそうだ。いや——メールはどうだろう? 携帯にメールが残っていれば、手がかりになるのではないだろうか。「奥さんの携帯をお借りすることはできませんか?」

「携帯ですか?」

「ええ。メールに手がかりが残っているかもしれません」

「いや、しかし……」

長崎が渋ったのは、理解できないでもない。携帯電話やスマートフォンは、極めてプライベートなメディアだ。夫婦の間でも、覗き見禁止というのは基本的なルールだろう。つい相手の携帯のメールや通話履歴を見てしまい、そこから浮気などがばれるのもよくある話だし――しかし今は非常時だ。

瀧は強烈に押した。母娘のつながり――それに賭けたい、という気持ちは強い。終いには、長崎も折れた。妻の携帯は自宅にあるというので、瀧は彼に同行して家まで行くことにした。

車に乗りこむ瞬間、思いついて訊ねてみた。

「勝村という名前に心当たりはありませんか？」

長崎の答えは「ありません」だった。

恵の母親の携帯電話はほぼ放電していたので、東京へ戻る道中では内容を確認できなかった。両毛線で高崎まで出て、上越新幹線で東京駅へ。さらに中央線で三鷹まで戻ると、二時間以上かかる。その時間がほぼ無駄になってしまったので、瀧は少し焦り始めた。しかし、こういうどうしようもない時間もあるのだ、と自分に言い聞かせる。

午後七時過ぎに署に戻ると、既に刑事課に人はいなくなっていた。応援の刑事たちに指示は出したが、自分が戻るのを待つ必要はない、と申し渡していたので、これは仕方ない。詳しい打ち合わせは明日にすることにして、瀧は充電器を探し出すと——警察では携帯電話の解析のために、何種類もの充電器を用意している——電話に接続し、電源を入れた。無事に立ち上がってほっとし、メールの確認を始める。

娘の恵と交わしたメールは残っていた。一番古いのが三か月前……最新は先月——四月二十五日だった。失踪する四週間ほど前である。

送信者：恵
GW
2013/04/25 2:25 PM
連休、バイトで帰れそうにないです。ごめんね。

送信者：晶子
re:GW
2013/04/25 4:05 PM
そんなに忙しいの?

送信者：恵
re:GW
2013/04/25 4:25 PM
急に忙しくなりました。でも、ちゃんと教職の準備もしてるから。

送信者：晶子
re:GW
2013/04/25 4:32 PM
塾の仕事って、今頃忙しくなるの？

送信者：恵
re:GW
2013/04/25 4:43 PM
塾じゃなくて、もう一つの方の仕事。こっちも結構面白いから、ちょっと考えてます。教員免許は取るけど、仕事には……採用、厳しいみたいだし。

送信者：晶子

re:GW
2013/04/25 4:54 PM
根詰めないでね。
教員採用の方は、お父さんが佐藤先生に話してもいいって言ってるから。

この件に関するメール——そして母娘の間で交わされたメールはこれが最後だった。念のため残っているメールを全て読み、さらに自分のメールアドレスに転送して保存する。

母親の晶子《あきこ》は、恵がもう一つのバイトをやっていたことを知っていた。仲のいい母娘だったことは、容易に想像できる。最近、親離れできない子ども、子離れできない親が増えているというし……いや、それは偏見か。単に仲がよく、何でも相談し合えるいい関係だったのかもしれない。

しかし結局、恵のバイト先は分からないままだ。「もう一つ」「結構面白い」。これだけでは何なのか推測もできない。秘書の仕事がそんなに面白いとも思えない……もちろん、瀧は警察の仕事しかしたことがないので、想像でしかないのだが。

しばし迷った末、瀧は自分の携帯電話を取り上げた。さらに迷って、群馬にいる長崎に電話をかける。病室で妻に寄り添っていたら……いや、この時間は、大概の病院では面会時間が終わっているはずだ。

長崎は呼び出し音が二回鳴っただけで出た。

「今日お会いした瀧です」

「ああ、どうも」丁寧だが、疲れて用心したような口調。

「奥さんの携帯電話を調べました。お話しした恵さんのアルバイトについてやり取りしたメールがあります。バイトの内容までは分かりませんでしたが……」

「そうですか」

「奥さんから話が聴ければ、何かヒントになるはずなんですが」

「今は、ちょっと無理です。医者の方でも何とも言えないと……話しかけるのがいいらしいんですけどね」

「ああ、そんな風に聞きますね」ふと思いついて訊ねてみた。「佐藤《さとう》先生という方に心当たりはないですか？　長崎さんの知り合いのようですが」

「佐藤先生……」すぐにはぴんとこないようだった。

「教職の採用について、いざとなったら話をすれば、というような内容のメールがありました」

「ああ、はい。まあ、こんなことは大きな声では言いたくないんですけど……前橋市議の佐藤先生のことだと思います。うちは前から応援しているので」

「要するにコネですね」

「まあ、その、はっきり言えばそういうことです。でも最近は、そういうコネも昔ほどではないようですけどね」長崎の言葉は妙に言い訳めいていた。

「恵さんは、地元で就職しようとしていたんでしょうか」

「本人は、東京が——吉祥寺がいいって言ってましたけど、そんなに簡単じゃないでしょう。教員の採用も狭き門なんです。東京でも前橋でも、とにかく受かったところで働くようにと言っていたんですけどね」

「なるほど」また政治家か。何なのだろう？　この件では、頻繁に政治家の名前が出てくる。もちろん、選挙事務所でのアルバイトならば政治家絡みで当然なのだが、偶然というには頻度が高過ぎるのではないか。恵の件は……。「恵さんは、佐藤先生と接点はありますか？」

「集会へ連れていったことはありますよ。高校生の頃ですけどね。若いうちからちゃんと政治の現場を見せておくのは大事でしょう？」

「まあ、そうでしょうね」いくら何でも少し早過ぎる気はしたが。「面識はあるんですか」

「一度だけです。私はもちろん、先生のことはよく存じ上げてますが、娘は……」

「そう、ですか」

だが、親が子どものすべてを知っているとは限らない。この佐藤という市議とは、できるだけ早く話をするべきだ、と瀧は決めた。

第7章　混迷

佐藤という前橋市議に連絡を取ろうと電話番号を調べ始めた瞬間、あかねが刑事部屋に入って来た。ゆっくりした足取りと余裕のある顔つきを見て、美味い夕食でも食べてきたのだろう、と瀧は想像した。しかしあかねの方では、瀧の顔を見た瞬間に表情を引き締めた。

「いらっしゃったんですか？　連絡しようと思っていたんですが」

「すればいいじゃないか。俺は二十四時間営業だし」

「これから、昔の事件の担当の刑事さんと話ができます。瀧さんが戻って来なければ、私一人で行こうと思っていました」

「おいおい」そういうことなら、早く連絡してもらわないと。きちんとアポを取ったのはいいが、相手はベテラン刑事だ。彼女一人で話を聴くには荷が重いだろう。「報告・連絡・相談」の基本を教わらなかったのだろうか。「相手は？」

「村上さんと言ってます。二〇〇三年に、御園友里さんの失踪事件を担当していました」

「今、どこにいる？」

「第三機動捜査隊です」

瀧は首を捻った。初動捜査を担当する機動捜査隊と捜査一課の刑事は、しばしば現場で一緒になる。主に、機動捜査隊から捜査一課への引き継ぎという形で、だ。しかし瀧は、この村上という刑事を知らなかった。第三機動捜査隊と仕事をしたことは……なかったかもしれない。

「立川《たちかわ》にいるんだな？」

多摩地区の犯罪捜査を担当する第三機動捜査隊の本部は、立川市にある。立川駅北口に広がる官庁街の中で、第四機動隊、航空隊立川飛行センターなどが集まった一画だ。

「はい。自宅が国立《くにたち》なので、その近くで会える、という話でした」

「分かった、すぐに行こう」

本当にあかねは、一人で会いに行くつもりだったのだろうか。きちんと話が聴ける自信があったのか……彼女の心はどうにも読めない。

国立と吉祥寺の共通点は、中央線沿線の街というだけだ。国立の方が、吉祥寺よりずっと上品である。南口には飲食店が集まった賑やかな商店街が広がっているのだが、必ずしも一橋《ひとつばし》大の学生向けではなく、高級なイメージだ。一方で、南武《なんぶ》線の谷保《やほ》駅に近づくと、いかにも多摩地区らしいのんびりした住宅街の表情を見せる。

村上はその南武線のさらに南側、国道二十号線を超えたところに自宅を構えていた。結構不便な場所だが、立川にある第三機動捜査隊の庁舎に通うには、南武線で一本だから楽なのだろう。本部勤務になった時は大変だな……村上は、国道二十号線沿いにあるファミリーレストランを会談の場所に指定していた。

瀧は人の顔を覚えるのが得意だが、村上の顔はまったく記憶にない。つまり、面識はまったくないのだ。年齢は三十五歳ぐらい。ということは、武蔵野中央署にいた頃は、駆け出しの刑事だったことになる。鋭い顎に髭の剃り痕《あと》が目立つ頬、短く刈り上げた髪型が、精悍《せいかん》な印象を与えた。

「どうも、休みのところ申し訳ない」瀧はできるだけ愛想よく挨拶した。

「いえ、こちらこそ……わざわざ遠いところまで」立ち上がった村上も丁寧な口調で言って頭を下げる。

腰を下ろして、それぞれコーヒーを頼み——あかねも今度はコーヒーだった——何となく相手の様子を観察し合う。刑事同士が仕事で初めて顔を合わせると、よくこういう風になる。「こいつはどんなタイプなのか」と腹の探り合いが始まるのだ。

「話は聞いてると思うけど、古い案件なんだ」コーヒーが運ばれてきたタイミングで、瀧は切り出した。

「はい」村上がぴしりと背筋を伸ばした。

緊張しているな、と思いながら、瀧は詳しく事情を説明した。村上は当時の様子をよく覚えていて、「御園友里ですね」と名前もすぐに出てきた。

「結局、見つからなかった」

「残念です」

「署に残っていた君のメモを読んだ」

「はい」背中はほぼ垂直になっていると思っていたが、村上はさらに背筋を伸ばした

——このままだと反り返りそうだ。

「君の個人的な印象だと思うんだけど、『自分探し？』という一節があった。あれはどういうことなんだろう」

「ああ、それは……」村上が一瞬天井を仰いだ。それで当時の記憶を完全に蘇らせたようで、淀みなく話し始める。「短期でたくさんのバイトをしていたようです。ブティックの店員や試験監督、家電量販店とかコンサートスタッフなんかですね。傾向がばらばらでしょう？」

「そうだな」

「特に給料がいいバイトだったとは限らないんです。バイト先にも話を聴いたんですけど、どこもトラブルで辞めたわけではありませんでした」

「お試しだった？」

「そうです、そんな感じでした」村上がうなずく。

この男の記憶は確かだなと思いながら、瀧はうなずき返した。

「その中に、選挙のスタッフもあったはずだ」

「ああ、武蔵野市議の中野さんですね」

「よく覚えてるな。大したもんだ」腕組みしたまま、瀧はうなずいた。

「いや……変な案件でしたから」村上の緊張した表情は崩れなかった。

「事件性があるとは思わなかった？」

「残念ですが、事件だと判断できる材料は何もなかったんです」

「そうだよな……それだったら、もっと積極的に動いているはずだ」

「結構調べたんですが、当時の課長に『いい加減にしておけ』と文句を言われて」

「管理職だったら、そう言うのが普通だよ。事件かどうかも分からないのに、刑事をいつまでも自由に動かしておくわけにはいかないだろう」

「ちょっと後悔してました――いや、今でもしてます」村上が渋い表情でうなずく。

「それは……事件かもしれないと思ったから？」

「というより、すみません、不謹慎《ふきんしん》な話なんですが……」

「いいよ」瀧は先を促した。「ここだけの話だから」

「はい」村上がうなずき、言葉を探した。ほどなく、意を決したように話し出す。

「言葉は悪いんですけど、面白かったんです」

「ああ」瀧は表情を緩めた。「それは分かるよ」

基本的に刑事は、好奇心旺盛《おうせい》な人種である。そうでなければ務まらないとも言えるのだが……失踪者は珍しくも何ともないが、今回の一連の事件のように、何の手がかりもなく忽然と消えてしまうケースは、そう多くはない。好奇心をかき立てられても当然なのだ。

「特定失踪者かもしれないと思って、警備課の連中にも協力してもらったんですが、さすがにその筋はありませんでした」

「で、君はどういう結論を出したんだ？　というより、今はどう考えてる？」

「いや、分からないんですけど……」村上が唇を舐《な》めた。「自分探しをしていたわけではなかったと思います」

「というと？」

「そういうのは、いつか結論が出るじゃないですか。理想の仕事や理想の街を見つけてそこに落ち着くか、この程度でいいやって諦めて現状維持のままになるか……どっちにしても、ずっと姿を隠したままというのはあり得ません。家族との関係も悪くなかったようですから、まったく連絡がないというのは考えられないんです」

「それで事件か」

「ええ」村上が眉をひそめた。「それでも、不自然だとは思いますけどね。事件だったら、何の手がかりもないのはむしろおかしいと思います」

「そうだよな……ところで、この一件の前にも二件、同じような案件があったのは知ってるか？」

「ああ、はい」村上がうなずく。「十年前と二十年前……今からすると、二十年前と三十年前ですよね。行方不明の案件については知ってましたけど、あまり深く調べてはいないんです」

「気づいていただけでもましだよ。共通点についてはどう思った？」

「いや、特には……十年ごとに繰り返されているというだけで、偶然だと思ってました。十年に一度だけ起きる犯罪なんか、リアリティがないでしょう？」

「そうだよな」うなずいて同意してから、瀧は二人がいずれも「選挙絡み」のバイトをしていたことを指摘した。

「そうなんですか」村上が目を見開く。「御園友里だけかと思っていました」

「それがそうでもないんだ。何なんだろうな」

「そう言われましても」困ったように、村上が目を細める。

「中野にも話を聴いた。あいつも詳しくは事情を知らない様子だったけど」

「あいつ？」

「ああ、昔からの知り合いなんだ。俺は吉祥寺が地元だから」

「あ、そうなんですね」納得したように村上がうなずく。

「当時、他に何か気づいたことはなかったか？」

「うーん」村上が腕組みをし、首を捻る。「申し訳ないですけど、ぴんときていたら、その時点で調べています」

「ああ、そりゃそうだな」瀧は苦笑した。村上が、そこそこ鋭いのは間違いない。疑問点を見逃すようなことはないだろう。

「他の市議……勝村さんにも話を聴いたんですけどね」

「ああ、紹介したのは勝村さんだと言っていたな。で、どうだった？」その事実は、彼が残した捜査資料にもなかった。記載するほどのこともないと思っていたのか。

「はっきりしなかったんですよ。紹介したかどうかも認めませんでした」

「どういうことだ？」瀧は眉根を寄せた。

「認めないというか、『よく覚えていない』と言ってました」

「本当に？」

疑われたせいか、村上が少しむっとした表情を浮かべる。

「そういうことでは、勘違いはしません」

「失礼」瀧は拳の中に咳をした。「ちょっと妙だと思うんだけど」

「どうしてですか」

「勝村さんは、『覚えていない』なんて言う人じゃないんだ」

「個人的にご存じなんですか？」

「まあな」父との因縁を話す気にはなれず、瀧は言葉を誤魔化《ごまか》した。「地元では有名な人だし、俺が話した印象でも、記憶ははっきりしている」

「この件について聴いたんですか？」

「いや、別件なんだ。別件というか、別の失踪事件」

「ちょっと待って下さい」村上が身を乗り出した。「勝村さんがハブなんですか？」

「ハブ？」

「事件の中心にいる人物なんですか？」村上が言葉を変えて聞き直した。

「そういうわけじゃない。ただ、あちこちで名前が出てくるんでね。どういうことなんだろう」

「それは分かりませんけど……」

「君が会った時の印象はどうだった？」

「ぬえ、かな?」

いきなり聞きなれない言葉を耳にして、瀧は黙りこんでしまった。すぐに妖怪の「鵺《ぬえ》」だと分かって苦笑したが。得体の知れない人物を評するのにはいかにも適した表現だ。

「政治家は、誰でもそうかもしれないよ」自分の父親にも、そういう一面がある。昔から威勢がいい、裏表のなさそうなタイプに見えるのだが、腹の底には別の本音を隠しているはずだ。息子の自分でさえそう感じるのだから、他の人から見ればなおさらだろう。「それとも、何か隠している感じだった?」

「そうじゃないんですけど……いや、多分本音は隠しているんでしょうけど、自分には、探り出すのは無理でしたね」

謙虚というか、弱気な態度。だが瀧は、それを責める気にはなれなかった。自分だって、勝村と直接対峙した時には、少しだけ弱気になった。やはり、長年の経験で身につけた迫力には、簡単には対応できないだろう。

「何を隠してたんだろうな」

「まさか、勝村が関係しているとでも言うんですか」

「そうは言ってないけど……勝村が御園友里を中野に紹介したのは間違いない。だとしても、そもそも勝村はどうして御園友里を知ってたんだろうか」

「それを、よく覚えていないと言ったんです。今考えると変な話ですね」

「どうしてそれ以上突っこまなかった？」

「いや、それは……」村上が口を濁した。

瀧には、事情が簡単に想像できた。その頃の村上は、今よりずっと若くて経験が少なかったのだ。真面目そうだが、押しが強いタイプではない。それに、いくら好奇心に突き動かされて調べていたとはいえ、正規の事件と決まっていたわけでもない。事件に対して腹が据わっていなかったのは当然だ。自分も……これが明らかに事件なら、今よりずっと積極的に動いていただろう。

「別に責めてるわけじゃないんだ。はっきりした事件だと分からなければ、そう厳しくは突っこめないよな」

「まあ、そうなんですけどね……」

曖昧な言い方に、彼がこの件をずっと気にしていたのではないか、と瀧は想像した。疲れたような口調で、村上が打ち明ける。

「実は、その年の春に異動だったんです」

「そうか。じゃあ、あまりじっくり捜査している暇もなかったんだ」

「どうしても、気もそぞろになりますよね」

「所轄からどこへ？」

「捜査三課です」

それで自分はこの男のことを知らなかったのだ、と合点がいく。同じ刑事部であっても、課が違うと一緒に仕事をする機会は少ない。それどころか、顔を合わせることもないのだ。人間関係が濃密な所轄で一緒だった、というような特別な関係がない限り、警察では、同僚との関係などそんなものである。

「そこから機動捜査隊か」

「ええ……この件は、ずっと気にしてはいたんですけどね」村上が喉元を指さした。小骨のように……その感覚は分かる。「機動捜査隊にいると、どうしても毎日の仕事に追われますから」

「ローテーション勤務だから仕方ないよな」機動捜査隊は、「遊撃隊」と言い換えてもいい。普段は覆面パトカーで街を流し、何か事件が起きたら真っ先に現場に駆けつける。事件が起きるのは圧倒的に夜が多いから、昼夜逆転の生活になるのも珍しくない。あくまで目の前の事件に対処するのが仕事で、一つの事件にじっくりと取り組むような余裕はないし、そんなことは期待されてもいない。

「そうなんですけど、引っかかっていたのは間違いありません」むきになって村上が言った。

「分かるよ」自分は「引っかかる」ことのないように気をつけないと。何としても恵を無事に探し出さなければならない。「とにかく、同じような事件が起きて、困ってるんだ」

「また行方不明なんですね」

「ああ」

瀧は詳しく事情を話した。村上が、次第に目を見開いていく。

「十年ぶり、ということですか」

「そうなるな」

「法則性は……」

「手がかりになりそうな法則性はない」行方不明者は全員地方出身、吉祥寺在住、年齢二十歳前後。もう一つつけ加えれば、そのうち二人——もしくは三人は選挙にかかわっていた。恵に関しては「秘書」の実態がまだ分からないのだが。

「勝村さんに対する突っこみが弱過ぎたんじゃないですか」

あかねがいきなり、厳しい声で指摘した。見る間に村上の表情が険しくなる。こいつはまた……瀧がなだめにかかろうとした瞬間、あかねがまた言葉をぶつける。

「少しでもおかしいと思ったら、突っこむべきです。疑問を疑問のままにしておいたら、事件が大きくなるんじゃないですか。事件の芽が小さいうちに摘み取るのも警察の仕事だと思います。そうしないと、犠牲者が出ることにも……」

あかねの言葉が揺らいだ。ちらりと横を見ると、目に涙が滲んでいる。こいつは……感情移入し過ぎだが、今時、こんなに被害者のことを考える刑事もいない。今は感情と仕事のバランスが取れていないだけで、上手く育てればいい刑事になりそうだ。

「まあ……そうですね。勝村さんに対する突っこみは弱過ぎたかもしれません」あかねの勢いに押されたのか、村上が認めた。

「いや、その時点では仕方ないと思う。強く突っこめるだけの材料はなかったんだから」瀧は彼を慰めたが、同時に「今ならある」と思っていた。勝村がついたいくつかの小さな嘘。致命的ではないが、瀧の頭の中にはずっと残っている。

「今はどうなんですか」

「ちょっと気になることがある……たぶん、もう一度事情を聴くことになるだろうな」

「御園友里、見つかりますかね」

瀧は村上の顔を正面から凝視した。村上の顔が、先ほどよりも険しくなっている。見つかるはずがない……二人の頭の中で結論は共通しているはずだが、口に出せることではなかった。

「もう少し踏ん張ってみるよ」瀧は伝票に手を伸ばした。

「自分も……」

「無理はしない方がいい。今の仕事を放り出す訳にはいかないだろう」

「それはそうなんですけど、瀧さんがやってるのを黙って見てるだけというのは、気が引けます」

「気にするな」瀧は薄い笑みを浮かべた。「人それぞれに仕事があるんだから」

しかし、もしも村上が手伝ってくれるなら大きな力になるだろう。十分経験を積んだ年齢だし、自分がやり遂げられなかったことに負い目を感じている。こういう人間は、叩かれた鉄のように強くなるものだ。

しかし現状では、手持ちの戦力で頑張らなければならない。人手を集める方法を考えているうちに、さっさと捜査を進めるべき——それは紛れもない原則だ。

一度署へ戻って、午後十時過ぎ。前橋市議の佐藤と話しておこうと思ったが、電話をかけるには少し気が引ける時間だ。明日に回そうと決めて、瀧は荷物をまとめた。あかねは何故か愚図愚図《ぐずぐず》している。

「どうした、何もないなら早く帰れよ」

「はあ」生煮えの返事だった。

「何かあるのか」

「気になってるだけです」

「何が」

「いろいろなことが」

「考えてても、何にもならないぞ。考えてる暇があったら手を動かした方がいい」

「どこから手をつけたらいいか、分からないんです」

いきなりお手上げか。まあ……経験の少ない彼女ならそれも仕方ないだろう。ただし、頭の中でまとまらない考えの中に、真実に近づくためのヒントがあるかもしれない。

「そんなに仕事がしたいなら、やるよ」

「何でしょうか」あかねが真顔で反応した。

「気になっていることが何なのか、まとめて書き出しておいてくれ。箇条書きでいい。その一つ一つを検討して整理しよう。もしかしたらどうでもいい話かもしれないし、手がかりになる話があるかもしれない」

「分かりました」あかねの顔に生気が戻った。「明日の朝までにやっておきます」

「まあ……無理しないでな」彼女とつき合い辛いのは、どこまで本気か読めないからだ。冗談が通じないというか、融通がきかないというか。近い将来には、自分以外の人間と一緒に働くこともあるはずだが、このままでは上手くやれるとは思えない。しかし、評価できる部分も少なくない。

「君は、刑事の仕事をどう思う？」

「どうって……」あかねの顔に戸惑いが広がる。

「何のために刑事をやってるんだ」

「それは……被害者を助けるためです」

「基本だな」瀧はうなずいた。「全員、同じことを思ってるはずだ。やり方が違うだけで……君には君のやり方がある。それを早く見つければいい」

「はい……」

あかねは納得できない様子だった。こういう話は、仕事が一段落した時に、呑みながらするものだろう。素面《しらふ》で話していると、照れ臭くなって話が途中で途切れる。

先に刑事部屋を出て、快適な五月の夜気の中、自転車を漕ぎ出す。しかしすぐに携帯が鳴り出して、足を止めざるを得なかった。まったく……夕食がまだなので、一刻も早く家に帰りたいのだが。

「もしもし？」

「ああ、俺だ」長崎だった。

「おう」後ろめたい気分になり、自転車から降りた。自転車を体で支えたまま、電話を右手から左手に持ち替える。

「悪いな、遅い時間に」

「いや、大丈夫だ」長崎からの電話を拒否する権利は自分にはない。彼のために捜査しているのだから。

「あまりこういう電話はかけたくないんだけど……どうなんだ？」

「あまりうまくないな。あちこち動き回ってるんだけど」

「そうか」長崎が溜息をついた。

「悪いな。いい知らせがなくて」

それきり何も言えなくなってしまう。腹が減って少し苛立っているので、そのまま電話を切ってしまう手もあったが、長崎の気持ちを考えるとそんなことはできなかった。

それにしても、本当に腹が減った……目の前がちょうど、ホテルに入ってるステーキハウスである。ここも何回か来たことがあるのだが、瀧の記憶ではステーキよりもハンバーガーの方が美味い。ただし、サラダバーつきで二千円以上と高価だ。

「恵さんのお父さんに会って来たよ」

「兄貴に？　わざわざ前橋まで行ったのか？」

「ああ」

「どうだった？」

「疲れてたな」

「そりゃそうだ。何だか申し訳ないよ。東京にいる間は、俺たちが保護者なのに」

「分かるけど、あまり入れこむなよ」あくまで「姪」であり、実の娘というわけではないのだから。もちろん大事な血縁ではあるし、二人の愛する吉祥寺で事件が起こるのは残念だという気持ちもあるだろうが、長崎は少し入れこみ過ぎている気がする。

「そうも言っていられないんだ」

「どうして」

「どうしてって、姪っ子だろうが。心配するのは当たり前だよ」

「そうか……」

瀧にも姪が一人いる。真希の妹、貴美子《きみこ》の娘、奈津《なつ》である。まだ十四歳、親が鬱陶しくなってくる生意気盛りだが、瀧たちに対しては愛想がいい。普段会わないせいもあるだろうが……自分の子どもとはまた違う可愛さがある。長崎にとっての恵も、同じような存在なのかもしれない。

「とにかく、精一杯やっているから。もう少し待ってくれ。何か分かればすぐに連絡する」

「悪いな。馬鹿みたいに思えるかもしれないけど」

「そんなことはない。身内のことなら、心配するのは当然だ」程度の問題はあるにしても。

「遅い時間に悪かった」

「いや、大丈夫だ。俺は二十四時間営業だから」

「そういうわけにもいかないだろう」長崎は、さらに「申し訳ない」と謝って、ようやく電話を切った。

背広の内ポケットに電話を落としこんだ時、瀧ははっきりと疲れを感じた。長崎の焦る気持ちも分かるが、それ以上に、この件の進展のなさに自分は焦っている。早いところ何とかしないと、互いにストレスで参ってしまいそうだ。

翌朝、瀧は早めに署に出勤した。まだ誰もいない刑事課で、受話器を取り上げ、佐藤の自宅の電話番号をプッシュする。

「はい、佐藤です」本人とおぼしき人間が電話に出た。元気一杯、一日の準備万端といった様子である。

「朝からすみません。警視庁武蔵野中央署の瀧と申します」

「警察の人ですか？」

「そうです。ちょっと教えて欲しいことがあって電話したんですが」

「構いませんが、あまり時間が……今日はこれから、委員会の仕事があるんですよ」

「お手間は取らせません。先生のお仕事が大事なのもよく分かっています」

「ええ、それはもちろん」佐藤の声にかすかな誇りが滲む。

「実は、行方不明事件を捜査していまして……そちらのご出身の長崎恵さんという大学生なんですが」

「ああ、長崎さんのところの娘さん」

「ご存じですよね」すらすら名前が出てくるのが少し怪しい、と瀧は訝った。父親の説明では、一度会っただけのはずだが……それも集会で。佐藤についてもう少し詳しく話を聴いておけばよかった、と悔いる。もしかしたら佐藤は、田中角栄《たなかかくえい》並の記憶力の持ち主なのかもしれないが。あらゆる意味で希代のあの政治家は、一度会った人間の顔と名前を決して忘れなかったという。

「ええ。一年か二年前だったかな？　集会に来てくれましたよ。長崎さんは昔からうちの家と関係が深くてですね」

「そうなんですか？」

「二代にわたっておつきあいがありますから。うちの父親と、長崎さんのお父さんと……高校の同級生だったんです。それで、選挙の時もだいぶ助けてもらいまして。その関係は今も続いているんですよ」

「なるほど」父親の財力がどの程度かは分からない——勤め人だから大したことはな

いだろうが、そういう深い関係があるなら、娘のことをよく知っているのも理解できる。

「恵さんと会ったのは……」

「直接話したのはその一回だけですけど、話は以前から聞いていましたよ。それこそ生まれた時から」

「それだけ長崎さんの家とはつき合いが深いんですね」

「よく支えてもらっています……あの、恵さんが行方不明になっているんですよね？」

「ええ。長崎さんから聞かれたんですか？」

「そうです……それで、どうなんですか？　家出するような子ではないと思いますが」

「私どもも、そのように判断しています」

「事件にでも巻きこまれたんでしょうかね」佐藤は心底心配している様子だった。

「それも含めて、まだ何とも言えないんです」

「そうですか……ところで、私に何をお聞きになりたいんですか」

改めて指摘されると答えに窮する。自分でもはっきり説明できない、もやもやしたもの……適当に話しているうちに、突然疑念が具体的な形になる時がある。瀧としては、そういうひらめきを期待していたのだが、今のところ、ぴんとくるものがない。そしていつまでも、こんな曖昧な会話を続けていくわけにはいかなかった。とにかく相手は忙しい人間なのだから。

「その後、恵さん本人と話をしたことはないんですか」

「恵さんとは、ね」

曖昧な表現に引っかかった。

「今のはどういう意味ですか」

「ある人に、恵さんを紹介したことはあります」

「ある人？」

「恵さんの今の地元……武蔵野市の市議で、勝村さんという先生がいらっしゃるんですが」

思いがけない情報が、瀧の胸に刺さった。また勝村……何故この男の名前ばかり何度も出てくる？　逸《はや》る気持ちを抑えて、瀧は何とかまともな質問を絞り出そうとした。

「勝村さんならよく知っていますが、佐藤先生もお知り合いなんですか？」

「地方議員同士、いろいろネットワークもありましてね。十年来、ご指導いただいていますよ」

「勝村さんに恵さんを紹介したんですか？」

「そうです。事務所に若いスタッフを入れたいので、誰か適当な人はいないか、と頼まれましてね」

奇妙だ——そして佐藤は奇妙と思わなかったのか、という疑念が残る。事務所スタッフなど、簡単に見つかるだろう。わざわざ前橋市の知り合いに電話して紹介してもらう意味が分からない。

「地元の子ではなくて、前橋の人が希望だったんですか？」

「そういうわけではなくて。勝村さんは昔から、若い人が大好きなんです。いや、変な意味ではないんですけどね」

佐藤が声を上げて笑ったが、その場に相応《ふさわ》しい冗談ではないと気づいたようで、すぐに黙りこんだ。瀧は構わず突っこみ続けた。

「すみません、もう一つ意味が分からないんですが」

「若い人を積極的に使おうとする政治家は珍しくないですよ」佐藤も真面目な口調に戻って説明した。「チャンスを与えるというんですかね。それと、優秀な人材を確保するためでもあります。身元がしっかりしている子じゃないとまずいので、普通のアルバイトのように募集をかけるわけにもいかないんですよ。議員同士でお互いに紹介し合ったり、ということも結構あります」

「今回もそういうことだったんですか？」

「勝村さんは、地方出身の人の方が好きなんですね。東京はそういう街でしょう？元々地方出身者が集まっているわけだし」

「ああ、そうですね」ある意味、東京というのは日本最大の「田舎」なのかもしれない。実際、「東京出身者」よりも、地方から出て来て東京に住み着いた人の方が、割合としては多いのではないだろうか。「田舎」という言い方がまずければ、「地方出身者の集まり」。

「とにかく、こちら出身の大学生で、身元のはっきりした優秀な子はいないか、という話でした」

「それで恵さんを紹介したんですね？」

「たまたま東京の大学に行ってましたからね」

「そう、ですか」これで一つ、大きな謎が解けたと言っていい。恵が周囲に漏らしていた「秘書」のアルバイトは、勝村の事務所スタッフのことだったのだ。確かに「秘書」と言えないこともない。ただのかばん持ちだって、秘書的な仕事と言っていいだろう。

しかし、気になる。「若い人が大好き」という佐藤の言葉のニュアンス。

「変な話ですけど、勝村さん、若い女性に対する性的嗜好《しこう》があるんですか？」

「それは——」佐藤が一瞬声を張り上げた。反論しようとしたようだが、しばらく無言が続く。やがて低い声で「失礼な話はやめて下さい」と言った。

「仮の話ですよ」瀧は反論した。

「仮であっても、です」

佐藤の口調は強い。尊敬する政治家を侮辱《ぶじょく》されたと思ったのかもしれないが、瀧はこの話を頭に叩きこんだ。無視できるような軽い情報ではない。

「紹介して、それからどうなったかはご存じないんですか？」話を引き戻した。

「聞いてないですね。私も、人材斡旋《あっせん》業者ではないので」佐藤の口調は、ひどく素っ気なくなっていた。

「それはそうですね……」

話が面倒な方へ流れるのを嫌って、瀧は丁寧に礼を言って早々と電話を切った。鼓動がわずかに高鳴っているのを感じる。

勝村は、間違いなく何か隠している。

何度も「勝村の紹介で」という言葉が出てくる。これは本人に直接突っこむしかないな……しかし今の状態で、正面突破を図っても上手くいかないかもしれない。何か搦《から》め手を考えないと。相手は政治家、しかもしたたかなベテラン政治家である。軽くいなされて話が終わってしまうかもしれない。

どうしたものか……何故勝村は、二十歳前後の若い女性ばかりを雇ったり、人に紹介したりしたのだろう。もちろん、大学生のバイトは使いやすいということもあるだろうし、地方出身の若い人にチャンスを与えたいというのも本音だろう。しかし……固執《こしつ》していたとも言える。その理由が知りたいと、瀧は強く思った。

そして、この男の性癖を知るために、話を聴ける相手がいる、と気づく。仲間よりもライバルの方が、事情をよく知っていだりするものだ。

すなわち、父親。

「おはようございます」やけに元気な声であいさつしながら、あかねが刑事課に飛びこんできた。声は元気だが、顔色はよくない。昨夜、かなり遅くまで疑問点をメモにまとめていたのは間違いない。間が抜けている割に真面目なところがあるから、もしかしたら徹夜した可能性もある。

「昨日の疑問、まとめてきました」

バッグをデスクに置くなり、中から書類を取り出す。箇条書きのはずなのに、A4サイズで三枚あった。

「悪いけど、その話は後回しだ」瀧は背広を摑んで立ち上がった。「ちょっと署で待っててくれ。今日は忙しくなるかもしれない」

「あの、ちゃんとまとめたんですけど」あかねが唇を尖《とが》らせる。

「分かってる。でも今は、それより重要な問題があるんだ」

——仕事を投げておいて申し訳ない、とも思う。彼女の疑問点の中に、重要な道標《みちしるべ》があるかもしれないのだから。しかし瀧は、素早くうなずいて部屋を出た。朝出て来た自宅の近くへ戻るために。

父親は、畳の上で胡坐《あぐら》をかいていた。正確には「ハーフ胡坐」とでも言うべきだろうか。まだ不自由な右足を折り曲げるのは難しいようで、前に投げ出している。どこか不自然なその格好で、新聞を熟読していた。周りには、切り取った記事が散乱している。この習慣は昔から変わらない。毎朝、少なくとも一時間はかけて新聞三紙を読みこみ、必要な記事をスクラップするのだ。スクラップブックに張りつけるのは夜と決まっており、瀧は小学生の頃、「バイト」と称してその仕事を任されたことがあった。とはいっても、三日ほどで馘になったのだが。どうやら張り方が気に入らなかったらしい。

「何だ、こんな朝早く」新聞から顔を上げもせず、父親が言った。

「ちょっと聞きたいことがあるんだ」

瀧は、一人がけのソファに腰を下ろした。見下ろす格好になって、むしろこちらが落ち着かない。しかし父の方では気にする様子もなく、静かに顔を上げた。

「何だ」

「勝村さんのことなんだけど」

「嫌な名前だな」父親が顔をしかめる。まだ顔の筋肉を上手くコントロールできないようで、それほど不機嫌な表情になったわけではないが、元気な頃だったら、嫌悪感が露わになっていただろう。

「それは置いておいて、ちょっと教えて欲しいんだ」

「嫌な話ならいくらでも知ってるぞ」

瀧は無意識のうちにうなずいた。これは嫌な話……それは間違いない。嫌というか、無責任に口に出せない話題ではある。しかしこの話は、事件の肝になるかもしれないのだ。意を決して話し出す。

「あの人の性癖なんだけど」

「嫌な奴だよ」父親がきっぱりと言い切った。「虚栄心の塊《かたまり》だな。裏では嫌らしい駆け引きを何とも思わない男だし――」

「そういう意味の性癖じゃない」

「だったら何だ?」

言いにくい話だ。父親は勘のいい男で、これだけ話せば分かってくれると思っていたのだが。

「性的な問題だよ。例えば、若い女の子が好きだとか」

「嫌いな男がいるか？」父親が声を上げて笑ったが、すぐに声を引っこめ、慌ててキッチンの方を見た。大袈裟に咳払いし、「ここだけの話だぞ」と小声で告げる。

「分かってる」瀧は苦笑した。父親に女性問題があったかどうか……少なくとも瀧が知る限り、そういうことはなかったはずである。「英雄色を好む」などというが、それは何もしなくてもいい英雄の嗜好だろう。父親ほど忙しい人間なら、女性とのつき合いに割く時間などなかったはずだ。

「真面目な話、どうなんだろう。勝村さんは、若い女性に興味があるんじゃないかな？」

「現在進行形の話か？　勝村も、いい加減年を取ったぞ。俺たちの年齢だったら、五十歳でも若い女性になる」

「いや、年齢差の問題じゃなくて」

「ロリコンとか、そういうことを言ってるのか」

「相手はそこまで若くない……法的には問題ない年齢、二十歳とかそれぐらいの子の場合、どうだろう」

「そんなことを知ってどうする」

瀧は口をつぐんだ。疑問に思っているから知りたい——しかし、気をつけないと勝村の名誉を棄損《きそん》してしまう。

「それは、捜査の都合上——」

「際どい話だな。それに、答えにくいことでもある」

「それは分かってる。でも、取り敢えず聴く相手は父さんしかいないんだ。あまり話を広めるわけにもいかないし」父は答え——噂を知っているな、と既に分かった。

「答えにくい」というのは、答えを知っているからに他ならない。

「噂でも何でもいい。ことは、人命にかかわるんだ」

「それは、例の行方不明事件のことか?」

「ああ」瀧は認めた。いかに父親とはいえ、捜査の秘密は明かしたくなかったのだが……昔から父親は、「圧迫感のある」人間だった。病気をしたとはいえ、それに変わりはない。黙っていることは難しい。

「行方不明になったのは、二十歳ぐらいの娘さんだと言ったな」

「そう。十年前、二十年前、三十年前……十年置きに行方不明になっている人は、全員が二十歳前後だ。しかも、勝村さんとかかわった人もいる」

「どういうことだ?」父親が目を細める。

ここは捜査の肝になるところだが、やはり隠してはおけない。現段階ではまだ証拠のない推測に過ぎないが、それでも瀧は話してしまった。いかに父親が相手とはいえ、情報を与えないと話を聞き出せない。

「何があったのかは知らない」父親がぴしゃりと言った。

「噂は――」

「勝村が何かしたとは言わないよ。そんな話はない」

「そうか……」さすがに想像が走り過ぎたか、と反省する。

「あいつは、家では肩身の狭い思いをしているはずだからな」

「そうなんだ」

「養子だから」父親がうなずく。「それと関係あるかどうか……あいつの事務所にいつも若い女の子がいたのは、誰でも知っている話だ」

「え？」瀧は身を乗り出した。

「そんなに驚くことじゃないだろう。あいつは手広く仕事をしていたからな。他の市議連中よりは、抱えているスタッフも多かった。その中に、いつも若い子がいたよ。それこそ、二十歳前後の女子大生とか」

そう言えば彼の事務所を訪ねた時も、若い女性の声に出迎えられた。あれもスタッフだったのだろうか……姿は見かけなかったが。

「それは、どういう意味なんだろう。家で息苦しい分、周りに若い女性を置いておきたかったとか？」

「知るかね」吐き捨てるように父親が言った。「いつもあそこには若い子がいるな、という話はしてたけどな。冗談交じりで」

「冗談って、どういう冗談？」

「冗談は冗談だ」父親の口調が急に険しくなった。「そこをあまり突っこまれても困る。お前こそ、何を考えてるんだ」

「いや……」瀧は膝に両肘を置いた。散乱する新聞記事を見詰めながら、考えをまとめようとしたが、散らばった記事さながらに、頭の中の考えはばらばらだった。

いや、ばらばらではない。ストーリーを一つ作り上げるのは簡単だ。例えば……勝村は、二十歳前後の女性に対する強い性的嗜好を持っていた。だから自分の事務所にスタッフとして迎え入れるよう、あちこちに手配もしていた。「苗床《なえどこ》」を絶やさないようにするため……一瞬、ぞっとした。だとしたら、今までの「苗」はどこに消えてしまったのか。

そもそも、行方不明になっている四人の中には、勝村の事務所で働いていない人もいる。勝村の紹介で、別の議員の選挙を手伝っていただけ――「苗床」の推測は、そこで崩れる。

「性的に問題があるんだろうか」堪え切れず、瀧は訊ねた。

「それは誰にも分からない」父親がゆっくりと首を振った。「中で何が起きても、外には漏れてこないからな。性的犯罪と言っても、盗撮や痴漢とは訳が違うだろう」

「でも、皆何となく知っていたんじゃないのか」

「噂だ、噂」父親が首を横に振った。「そんなものに惑わされてはいけない」

惑わすようなことを言ったのはあなた自身ではないか。思わず非難しそうになったが、言葉を呑みこむ。

「たいていの噂は、根拠がないわけじゃないけどな」あっさり前言を撤回するように父親が言った。「ためにする噂もあるけど、こんなきわどい――下ネタのような話は、根拠がなければ広がらないよ。誰かがそういう場面を目撃したとか、そういうことがあったかもしれない」

「そんな噂、いつ頃から流れてたんだろう」

「古いな」父親が手を上げ、指を折った。「十年……二十年前だろうか」

「いったい勝村さんは、何を見られたんだろう」

「その話……そもそもの出どころは俺も知らないな」父親が首を振る。

「そうか」瀧は膝を叩いた。自分に気合入れをしないと、立つのも面倒な感じだった。「悪かった、忙しいところ」

「何が忙しいもんか」父親が声を破裂させるようにして笑う。「暇でしょうがないよ。何だったら、毎日話をしに来てくれてもいい」

「こっちはそれほど暇じゃないんだ」立ち上がりながら瀧は言った。本当は、武蔵野中央署に来る時、毎日のように家に来てリハビリを手伝うつもりだったのだが……。

「また顔を出すよ」

「暇じゃないんだろう?」

ああ言えばこう言うか。この父親と長年連れ添った母親は、どうやって円満な家庭を維持してきたのだろう。

家族の事情でも、分からないことは多い。


武蔵野中央署に戻り、瀧は一人自席で考えこんだ。あまりにも危険な想像、可能性であり、迂闊に人には言えない。

もちろん、相談できる相手がいれば話はするのだが……過去には必ず、こういう時に頼れる話し相手がいた。先輩だったり同期だったり、時には後輩だったこともあるが、洞察《どうさつ》力に富み、鋭い推理を見せてくれた人間が、必ず一人は周りにいたものだ。今は、当てになる人間は誰もいない。あかねは経験不足だし、小熊は軽量級で当てにならない。課長の田沢でさえ、警察で積み重ねた年数ほどには知恵が回らない感じなのだ。まあ、優秀な刑事をかかえる必要もない署だから……と皮肉に考えてしまう。

本部にいる知り合いに相談してみようか、とも思う。しかし今の段階で話を広めてしまうと、面倒なことになるかもしれない。いきなり捜査一課が食いついてきて、大挙して刑事を送りこんできたら、田沢が右往左往するのは目に見えていた。まあ、課長が慌てようがどうしようがどうでもいい。それよりもっと大事な問題を解決しなければならない。

「あの、瀧さん……」あかねが遠慮がちに声をかけてきた。

「ああ？」

「リストの検討なんですが」

「それはちょっと……それより、二十歳ぐらいの女の子が好きなオッサンのこと、どう思う？」

「はい？」あかねの顔が歪んだ。「何のことですか」

「だから、若い子が好きなオッサンだよ」

あかねが、上から下まで瀧の姿を舐め回すように見た。

「いや、俺のことじゃない」瀧は慌てて咳払いした。「一般論としてだ」

「それは、趣味は人それぞれですから」あかねが顔を強張らせながら言った。

「そうだよな……でも、そのオッサンが七十歳を超えているとしたら？」

「オッサンではなくおじいさんだと思いますが」

「そうなるよな……」男の性欲はいつまで続くのか。五十歳の自分では見当もつかない世界だが、七十歳になって二十歳の女性を愛でるというのは、どういう性癖なのだろう。想像しても、気持ちのいいものではない。

電話が鳴った。どこだ……と見渡すと、田沢が受話器を取り上げる。横柄な口調で「はい」と応じたが、すぐに真顔になった。眉間に深く皺が寄っている。

「ええ、はい、分かりました。すぐ下ります」

下ります、という言葉から、署長か副署長に呼ばれたのだろう。あるいは警務課長か。彼らの席は、署の一階に固まっている。

「何かありましたか？」思わず声をかけた。

「いや、署長に呼ばれたんだ」

「そうですか」課長が署長に呼ばれるのは珍しくも何ともない。だが、田沢の顔色は悪く、通常の業務に関係あるような話でないことは明らかだった。

だが、自分が口を出すことではない。課長には課長の仕事がある。

しかし、妙に引っかかる。あかねはなおもしつこくリストのことを持ち出してきたが、瀧は生返事しかできなかった。意識が、田沢の方に向いている。

田沢はほどなく戻って来た。先ほどよりも顔色は悪く、うつむいたまま瀧と目を合わせようとしない。一度自席についたものの、すぐに立ち上がって瀧をちらりと見た。自分に関係ある話だな、とぴんとくる。

「どうかしましたか、課長」耐え切れなくなって声をかけた。

「ちょっと話がある」

ろくな話じゃないな、と瀧は思った。署長から呼ばれた直後に「話がある」……瀧は首を捻った。署長から何か言われるようなことがあっただろうか。だいたいこちらがヘマをしたら、直接言ってくればいいものを。

田沢の後について、廊下に出る。午前半ばの時間、署内は静かだった。それがかえって不気味な感じがする。

「お前、勝村市議の周辺を嗅ぎ回っているそうだが」

「まだ容疑は何もありませんよ」瀧は機先を制して言った。こういうのは、時々ある……地元の実力者が、警察の捜査に首を突っこんでくることが。その都度はねつけてしまうのだが、今回は嫌な予感がした。

「容疑のあるなしは関係ない。やめておけ」

「――そういう風に、署長から言われたんですか」

「まあ……そういうことだ」

「勝村が署長に抗議してきたんですか」

「いや、直接そういうことはなかった。然《しか》るべき筋から、だ」

「権力者にへばりついてゴマすりをする人間は、どこにでもいるんですね」瀧は鼻を鳴らした。「どこのどいつですか？　何だったら、俺が話をつけてきますよ」

「だから、そういう乱暴なことはやめろって言ってるんだ」低いがぴしりとした口調で田沢が言った。「とにかく、下手に手を出すな。面倒なことになる」

「もしも勝村が、何か犯罪に関係しているとしても、やめなくちゃいけないんですか」

「そんな容疑があるのか」

「今のところ、具体的な容疑はありませんが――」

「だったら尚更《なおさら》、嗅ぎ回るのはやめておけ」

瀧は田沢の顔を凝視した。本気か？　本気だろう。ここで自分が無理をすれば、署長にも迷惑をかけることになる。組織の人間としては、そういうのは絶対に避けなければならない。

しかし署長や課長の仕事とは何だろう。

何かあった時に謝ることだ。それなら今回は、思う存分謝ってもらおう。

もしかしたら、謝るのは勝村の方になるかもしれないのだし。

第8章　隠された性癖

「駄目よ、ちゃんとしなければ。そんな子に育てた覚えはありません」

無反応。怯えた目。どうしてこんな風になってしまったのか……。

「どうしてもできないなら、しょうがないわね。罰《ばつ》があります。それは分かるでしょう？　悪いことをしたら罰を受けなくちゃいけないの」念押ししたが、やはり反応はない。どうしてこんなことに……と考えると溜息が漏れてしまう。

一歩、前に進んだ。床がぎしりと音を立て、かすかに埃が舞う。窓から射しこむ西陽の中で、細かい埃がしっかりと見え、鼻がむずむずしてくる。

「どうしてきちんとできないの？　黙ってないで、ちゃんと言って！」

声を荒らげたが、言葉は返ってこない。本当に、情けないったらないわ……。

やはり罰が必要だ。罰を与えなければ、人は成長しない。またこんなことを……私の人生は、同じことの繰り返しだ。

席に戻ってすぐ、瀧はあかねに目配せした。何のことか分からない様子で、あかねが目をしばしばさせる。まったく、こいつは……一連の流れを見ていれば、何か様子がおかしいぐらいは分かりそうなものだが。仕方なく、手帳を破いて「五分後に正面玄関で」と書きつけて渡す。それを見たあかねが「これはどういう……」と言いかけたが、首を横に振って黙らせた。ここで話ができないから、外へ出ようとしているのに。

「とにかく、あとで」瀧は背広を肩にかけて、席を蹴るように立った。あかねの視線が追いかけてくるのを意識したが、無視する。

外へ出ると、一分もしないうちにあかねが追いついて来た。

「早過ぎるよ」

「何なんですか」

瀧は無言でうなずき、三鷹駅の方へ向かって顎をしゃくった。歩き出すと、慌ててあかねがついて来る。信号が点滅し始めたので、途中から駆け足になった。

武蔵野中央署がある三鷹駅の北口は、賑やかな吉祥寺と打って変わって、基本的に閑静な住宅街である。瀧が子どもの頃から、ほとんど印象が変わっていない。最近、署のすぐ近くに、この辺ではまだ珍しいタワー型マンションができて風景が変わりつつあるが、全体には静かで穏やかな感じだ。午前も半ばのこの時間には、人通りも少ない。

「何が起きたんですか？　さっき、課長が——」

「署長が捜査をストップさせた」瀧は喰いしばった歯の隙間から押し出すように言った。歩くスピードがさらに上がる。

「え？」あかねが追いついて来て横に並んだ。「どういうことですか」

「誰かにとって、俺たちのやってることが気にいらないんだろう」

「誰かって……」

「勝村だ。本人が言ってきたとは思えないけど、取り巻き連中が気を利かせてプレッシャーをかけてきたのかもしれない」

「どうするんですか？」

「君はここで降りろ」

瀧は立ち止まった。一瞬行き過ぎてしまったあかねが振り返る。緊張のせいだろうか、眼鏡の奥の目は険しい。

「降りろってどういうことですか」

「この捜査から降りろ、という意味だ。他に何がある？」

「嫌です」

予想以上に強硬な態度に、瀧は少したじろいだ。

「それは通用しない」

「だって、おかしいじゃないですか。何か容疑があって、勝村を調べたわけじゃないですよね。それなのにいきなり圧力をかけてくるなんて、自分から怪しいって認めてるみたいなものじゃないですか」

瀧は思わずにやりとしてしまった。それを見たあかねが、怪訝そうな表情を浮かべる。

「何……ですか」戸惑った口調で訊ねる。

「今の考え方は、理路整然としていていいね」認めて、瀧はまた歩き出した。このまだと駅まで行ってしまうので、途中で左に曲がり、住宅街の中に入る。

「そんなことで褒められても、嬉しくありませんけど」

「そうか？　君は褒められて伸びるタイプじゃないのか」

「そういうことじゃなくて……」

あかねは、語彙《ごい》が豊富ではない。自分の感情を上手く説明する言葉をまだ持っていないようだ。しかしそんなことは、問題ではない。語彙など、仕事を続けているうちに自然に増えていくものだ。彼女のやる気と正義感は、教えて身につくものではない。

「ま、何でもいいよ。君の言う通りだと思う。でも、変な圧力があったのは事実だ

――君は、それを覚えておいてくれ」

「瀧さんはどうするんですか」

どうもこうもない。やることは決まっている――捜査続行。そして瀧は、あかねよりも一段深読みしていた。仮に、署長なり田沢なりが、勝村からの忠告を真剣に受け止めたとすれば、瀧に仕事をさせないためにさらなる手を打つだろう。方法は簡単。どうしても断れない他の仕事を押しつければいいのだ。悲しいことに警察官は宮仕えである。いくら自分のやっている仕事が正しいと信じていても、命令されれば別の仕事もやらざるを得ない。警察上層部がよく使う手だ。それは何も悪いことではなく、勘違いして間違った仕事をしている若手を引き剝がすために、しばしば行われている。瀧も、見当違いの犯人を追いかけている後輩に、露骨に「お前は間違っている」と指摘するのではなく、別の仕事を与えたことがあった。後輩は、そちらの仕事にすぐに没頭し、元の捜査を忘れてしまった。

今回は、署長も課長も何も命じなかった。ということは、圧力は百パーセントではない。まだ動き回る余地がある。

ただしそこに、あかねを巻きこんではいけない。もしも何かあった時には、オセロのように裏表が一気にひっくり返る。そのタイミングにいてもらえば、それでいい。だいたいそんな状況になったら、署長も課長も掌返しで勝村の攻撃を始めるだろう。

いくら何でも、日本の警察は性犯罪を見逃すことはない。
――これが性犯罪だという証拠は、まだ一切ないのだが。

地方政界の人間関係は、複雑に入り組んでいる。敵だと思っていた人間が実は味方、あるいはその逆ということもままある。不倶戴天《ふぐたいてん》の敵が、歳月による変化で最大の盟友になることも珍しくない。もちろん中央政界でも事情は同じはずだが、地方政界の場合、地縁と血縁も密接に絡み合うので、事情はさらに複雑になる。
そして地方独自の問題――情報の伝達速度の速さがある。口コミは馬鹿にすべきものではなく、誰かに話した情報が、一時間後には街中に広まってしまうのも珍しくない。

それ故、政治家絡みで話を聴く時には慎重を期さなければならなかったのだが、瀧は敢えて大胆に動くことにした。自分が勝村を苛つかせているのは明らかである。さらなる矢を放った時、相手がどんな反応を示すか、見てみたいという気持ちもあった。

となると、彼の派閥である「武蔵野政経研究会」に所属する人間に突っこみ、嫌な噂を耳に入れてやるのが効果的だ。ターゲットは――中野。
瀧は中野を昼食に誘いだした。口を緩めさせてやろうと、少しだけ気取ったフレンチの店を選ぶ。ここも昔から吉祥寺に根を下ろした店だ。

「何なんだ、いったい」中野は居心地悪そうだった。元々、フレンチやイタリアンを好む男ではない。どちらかと言えば焼肉で、締めは冷麺というタイプだ。

「まあまあ、まずは飯を食おうよ」瀧は何とか焦りを押さえ、できるだけゆったりした口調で言った。腹を膨れさせて、気が緩むのを待つ――中野は、強引に迫るよりも少し時間をかけた方が本音を話すタイプだ。

昼のコースは前菜の盛り合わせから始まり、冷たいかぼちゃのスープ、鮮魚のグリルと続く。味はいい――バター控え目で軽い味わいが、昼飯にはちょうどよかった。ただし、自分たち以外の客は全員が女性である。そのせいで、やはり自分たちが浮いているのは意識してしまう。

「こういう気取った店は、苦手だな」メインまで進んだのに、中野はまだ文句を言っている。

「昼から焼肉ってわけにはいかないだろうが」

「俺はそれでもよかったけど」

「でも、美味いだろう？」

「……まあな」

認めざるを得ないだろうな、と瀧は思った。今日のメインはイサキのグリルなのだが、皮がパリッとしていて歯ごたえが心地好い。普段はフレンチなどあまり食べない瀧も、素直に「美味い」と褒められる味だった。ただし、しっかり味わう余裕はなかった。やはり「早く知りたい」と焦る気持ちが先に立つ。

デザートの抹茶のムースが出てくると、ようやく中野の表情が緩んだ。そうか、こいつは甘い物も好きだったんだ、と思い出す。これならどこか喫茶店で、パフェでも奢ればよかったかもしれない。男二人でパフェに長いスプーンを突っこんでいたら、かなり不気味な光景ではあるが。

あっという間にムースを平らげてしまい、中野がコーヒーカップを引き寄せた。ブラックのまま一口飲み、満足そうに吐息を漏らす。

「いい店だな」

「来たことないのか?」

「初めてだ。吉祥寺の飲食店探訪を始めたら、回り終わる前に寿命が尽きるよ」肩をすくめてみせた。ふいに真面目な表情になり、「で、本当の用件は?」と切り出す。

「勝村さんは、若い女性が好きなのか?」

中野が目を見開いた。口も半分開いている。次の瞬間には噴き出して、目を糸のように細くした。

「まあ、若い女の子が嫌いな男はいないだろう」

「彼の年になっても？」

「おいおい」中野が両手を広げた。「何なんだ、それ？　若い女が好きだと何か問題でもあるのかよ。だったら、世の中の男は全員犯罪者だろう」

「度を越していれば」

「度を越すって、どういう意味なんだ？　ジイサンになったら、若い娘と寝たらいけないのか？」

「寝ているのか？」

沈黙。気をつけないといけない、と瀧は自分を戒めた。周りの視線を痛いほど意識した。女性客が多い店では、誰が聞き耳を立てているか、分かったものではない。低い声で話すために、瀧はデザートの皿を押しのけてテーブルの上に身を乗り出した。

「どうなんだ？　そういう話があるのか？」

「知らないよ」中野が目を逸らして否定した。

「お前の親分の話じゃないか」

「ちょっと待てよ」中野が身を引いた。「お前、オヤジさんのためにやってるんじゃないだろうな？」

「まさか。オヤジはもう、引退した身だぞ」

「政治家は死ぬまで引退しないんだ」

元気でさえいれば。しかし瀧の父親は、未だに全快状態には程遠い。確かにあれこれ相談してくる人は多く、未だに来客は引きも切らないが、それでも既に「政治家」ではない。

「オヤジは関係ないよ」

「だったら何で、そんなことを調べてる？」

「申し訳ないけど、それは言えない」

「おいおい」中野がおどけたように両手を広げる。「俺とお前の仲じゃないか。何で秘密にするんだよ」

「捜査の秘密だ」

「捜査って……」中野がぱたりと手を脇に落とす。「まさか、勝村先生が捜査の対象になっているんじゃないだろうな」

「捜査の秘密だ」瀧は繰り返した。「だから、こうやって会っていることも秘密にしてもらわないと困る。もしもこのことを勝村さんに話したら、お前から情報が出たことはすぐに分かるからな」

「脅《おど》すのかよ」中野の顔から血の気が引いた。

「これが普通なんだ……俺たち警察官にとっては」

中野の喉仏が上下する。この男も半世紀生きてきて、しかも今は武蔵野市議として権勢をふるっている。まさか、刑事に脅されるようなことがあるとは想像もしていなかっただろう。だが瀧は、後悔していなかった。友だちを一人なくすことになっても、守らなければならないものがある。

「参ったね」中野が引き攣った苦笑を浮かべる。「お前に取り調べを受ける日が来るとは思わなかったよ」

「これは取り調べじゃない」

「だったら何なんだ」

「ブリーフィング。お前には、背景説明しか求めていない」

「なるほど……だったら『その筋によれば』という感じにしてくれよ。俺の名前が出たら困るからな」

「分かってる」あくまで今の段階では。実際に事件にでもなったら、彼の名前が入った調書が必要になるかもしれない。瀧は敢えて、「保証」はしなかった。単に理解していると言っただけ……この言葉をどう受け取るかは、彼次第である。

「まあ……お前も、いい情報源を摑んでるみたいだな」

「それが仕事だから」

「――そういう噂はある。でも俺は、自分の目で見たわけじゃないから、信じてない」

「それは基本だよな」

「……昔から勝村さんを知ってる人の間では、そういう話はよく出るよ」

「問題を起こすほどに？」

「ない。それは絶対にないから」中野が強硬に否定する。「そんなことになったら、いくら何でも隠しておけないだろう」

「そうか？　勝村さんなら、何かあっても揉み消すぐらいは簡単じゃないのか」署長に圧力をかけるとか……もしかしたら、それをやったのは中野かもしれないが。この男は当選を重ね、現在、「武蔵野政経研究会」の重鎮《じゅうちん》になっている。しかも勝村の右腕と言っていい。確実に権力の階段を上り続けているのだ。

「そんなことはしないだろう。破廉恥《はれんち》なことで揉み消しでもしたら、ばれた時にかえって大きな問題になるじゃないか」

「政治家っていうのは、揉み消しぐらいは平気でやりそうだけどな」

「それは、お前らの偏見だよ」中野が唇を尖らせる。「俺たちは、まっとうに仕事してるんだぜ」

「お前はそうかもしれないけどな」

「誰だって同じだよ。税金泥棒と呼ばれたくないから」

瀧はうなずき、彼の言い分を受け入れた。そう、世間から非難を浴びがちな仕事に就く人の大多数は、真面目にやっている。一部、おかしなことをする人が目立ってしまうので、全体の評価が低く定まってしまうのだ。そしてそういう風に決めつけてしまった方が、話は面白い。今は、ストレス解消のために他人を貶《おとし》める話題を好む人が多い。

「だいたいそんな話があったら、奥さんが黙ってないだろう」

「そういうことに耐えるのも、政治家の奥さんの仕事なんじゃないか？」これも素人の「決めつけ」だろうか。喋りながら瀧は自問自答した。型にはまって、単なるイメージだけで話をしている……確かに母親は、父親をよく支えてきた。特に選挙の時は、父親よりも靴底をすり減らして歩き回っていたぐらいである。しかし、「耐えてきた」感じは一切ない。結構ずけずけと物を言って、父親がたじたじになった場面を瀧は何度も目撃している。

「それは、漫画の世界だなあ」中野がまた苦笑する。

「そう言えば、勝村さんの奥さん、見たことないな」

選挙の度に、日本では家族が駆り出される。選挙カーに乗って声を張り上げたり、集会や辻立ちでも側に寄り添ったり。自分の両親が政治の世界に身を置いていたせいか、瀧は他の候補の家族についても注意深く観察していた。

「基本的に政治に首を突っこむ人じゃないから。内助の功、のタイプだよ」

「お前は会ったことがあるんだ」

「会ったことがあるというか、しょっちゅう会ってる。実際、俺が結婚したのも、奥さんが勧めてくれた見合いでだからな」

「じゃあ、勝村さんには夫婦揃って頭が上がらないわけだな」

「まあな」中野がコーヒーを一口啜った。上目づかいに瀧を見て、「だからあの家のことは、よく分かってる」とつけ加えた。

「じゃあ、おかしなことはないんだな」

「お前が想像してるようなことは、な」

「だったらどうして、勝村さんが若い女性が好きだ、なんていう噂が立つんだ」

「それは、事務所を見れば分かるよ」

「常に若い女性がいるんだよな？」父親が語った話を、瀧は言葉にしてみた。「今も若い子が勤めてるだろう」

「ああ。でもそれは、バランスの問題なんだよ」

「バランス？」

「政治活動には——特に選挙では、ベテランの経験と力が絶対必要だ。勝村さんのところには榎《えのき》さんというベテランの秘書がいて、ずっと選挙や議会活動の実務を取り仕切っている。でも、若い力は必要だからね。力仕事になる時もあるし」

「だったら、若い男の方が役に立ちそうだけど」

「むさくるしい男と若い女性、事務所にいて明るくなるのはどっちだ？」

「そりゃあ、まあ……」

「女性がいた方がいいだろう？　そういうレベルの問題だよ」

多少のスケベ心があるにしても、説明としては理に適《かな》っている。真面目に理想論で語れば、あらゆる職場で男女比率は五分五分であるべきだろう……だが典型的な男社会である警察では、なかなかこうはいかない。

「だいたい、スケベ心をもって若い女の子を雇っていたとしたら、奥さんは気づくじゃないか。むしろ奥さんも、事務所には女性がいた方がいいって言ってるんだ」

「そうか……」

「なあ、いったいどういうことなんだ？　何で勝村さんのことがそんなに気になる？」

彼の行動が不自然だからだ。いくつかの噂。わざわざ知り合いの前橋市議に頼んでアルバイトを紹介してもらったこと……瀧に言わせれば、どうしてそこまでしなければいけないのか、理由が分からない。

「まあ……いろいろ調べるんだよ、警察は」

「そうか。ところで、行方不明の女の子、まだ見つからないのか？」

「ああ」この会談の最大のポイントがきた。瀧はコーヒーを一口飲み、心の準備を整えた。

「実は、勝村さんの事務所でバイトしていたらしい」

「何だって？」中野が目を見開く。

「知らないのか？　勝村さんにはしょっちゅう会ってるんだろう？」

「だけど、事務所にはそんなに頻繁に行くわけじゃないから」言い訳するように中野が言った。「そう言えば、ここ半年ぐらいはご無沙汰してるな……お前、何か疑ってるのか？」

「いや」疑うまでの材料はない。

「しかし、行方不明になった女の子が――」声を張り上げた中野が、いきなり言葉を切る。自分の甲高い声が、周囲の注目を集めていることに気づいた様子だった。「どうなんだ？」

「どうだろうな。勝村さんにも確認していないから、何とも言えない。お前なら知っているかもしれないと思って、こうやって会ってるんだが」

「知らない」必要以上に強い口調で中野が否定した。

「彼女――長崎恵さんが働いていたのは間違いないと思うんだ」

「あくまで『思う』か」

「本人に確認していない以上、はっきりしたことは言えない。だけど、このまま曖昧にしてはおけないんだ。だから――」

「だから？」瀧の台詞を遮って、中野が言葉を被せた。不安そうに、視線があちこちをうろついている。

「だから、お前に協力をお願いしたいんだ」

「俺？」中野が自分の鼻を指さした。それからはっと気づいたように、顔の前で慌てて手を振る。「勘弁してくれよ。俺にとって、勝村さんは恩人なんだぜ。第二の親と言ってもいい。スパイみたいなこと、できないよ」

「勝村さん、あるいは勝村さんの周辺の人が、俺たちに圧力をかけてきた」

「まさか」瞬時に中野の顔が蒼褪める。「今時、そんなことをする人間はいないだろう」

「普通は、な。だけど俺は、この一件で確信した。勝村さんは、俺たちに腹を探られたくないんだよ」

「そりゃあ、痛くもない腹は探られたくないだろうさ」

「違う。実際に痛いんだと思う。そうじゃなければ、笑ってやり過ごせばいい。それができなかったのは、調べられると都合の悪いことがあるからだ」

「それは、お前の決めつけだろうが」

「決めつけていない」瀧はすっと息を呑んだ。「疑っているだけだ」

「まさか、勝村さんが行方不明事件に関係していると思ってるんじゃないだろうな」

「まだ何も言えない。必要なら話は聴くけど、そのためにはもう少し材料が必要なんだ。お前に探りを入れて欲しい」

「無理だ。恩のある人なんだぞ」中野が強硬に言い張ったが、目は泳いでいる。

「恩のある人なら、罪を犯していても見逃すのか」

「そうだと決まったわけじゃ——」

「仮にお前が、助けてくれないとしよう」瀧は人差し指をぴんと立てた。頭の中で、何故かホワイトスネイクの「バッドボーイズ」が鳴り響く。悪い奴ら——そういう連中を炙《あぶ》り出すには、こちらもワルにならねばならない時がある。「その後で、勝村さんが何かしていたと分かったらどうする。恩人を見捨てるのか？」

「それは——そうなるかどうか、分からないじゃないか」

「確かに分からないな」瀧はうなずいて同意した。「何もなければ、今まで通りにつき合えばいいじゃないか」

「そんなこと、できるかよ」

「お前は——政治家はタフだと思うけどな。感傷的な気持ちなんか、簡単にコントロールできるだろう」

「簡単に言うな」中野が唇を尖らせた。

「正義と恩と、どっちを重視する」

「俺に選ばせるのか？」

「俺が指示する問題じゃない。俺は単に、お願いしているだけなんだ」瀧は頭を下げた。十分過ぎると思えるより少しだけ長い時間、額をテーブルに擦りつけ続ける。

顔を上げた時、中野の顔にはまだ戸惑いの表情が浮かんでいた。


一つ、手は打った。しかしこれで安心はできない。まだまだ餌をまかないと……そうすることで、かえって自分の首を絞めてしまうかもしれないが、何もしないわけにはいかない。

瀧はその日、勝村の関係者を訪ねて回った。遠慮がちな言葉を選びながらも、わざと相手の心に不快な思いを植えつける。「勝村は、若い女性とトラブルを起こしていないか？」

夕方、署に戻って長崎に電話をかけた。一度切って、会議を抜け出してから電話をかけてきた長崎は、ひどく切羽詰った様子だった。

「政治家の秘書なのか？」

「秘書ではないと思う。事務所のスタッフ、ということだろうな」まだ実態は分かっていないが、瀧は説明した。「本人は秘書のつもりだったかもしれないけど」

「聞いてないな、そんな話は」

「それがおかしいんだ。秘密にするようなバイトじゃないだろう。むしろ、安全で堅《かた》い仕事じゃないかな」

「政治家なら、そうだろうなあ……」長崎の口調からは戸惑いが消えない。「武蔵野市議だって？」

「勝村。知ってるだろう？」

「知ってるよ」驚いたように長崎が認める。「地元では大物じゃないか。そんな人が、何かしたっていうのか？」

「そういうわけじゃないが」瀧は言葉を濁した。多くの人の頭に疑念を植えつけるために、午後一杯を費やしてきたが、長崎はある意味「被害者」である。この時点で、先入観を持って欲しくない。普通のサラリーマンである長崎が、いきなり勝村の事務所に怒鳴りこむとは考えにくかったが。

「しかし、そんなところでバイトしているとは考えもしなかったな。金には困ってないと思ってたんだが」

「金じゃないかもしれないな」

「だったら、何なんだ？」

「社会経験を積みたかったとか」

瀧は、恵と母親が交わしたメールの内容を思い出していた。「こっちも結構面白いから、ちょっと考えてます」。恵は、政治の世界に興味を覚え始めていたのではないか。政治家としてなのか、スタッフとしてなのかは分からないが。

「とにかく、そういう状況が分かってきた」

「そうか……」

長崎はどこか不満気だった。依然として彼の印象では、捜査はまったく進んでいないのだろう。瀧も同じ苛立ちを抱いていたが。

「とにかく、もう少し待ってくれ」

「もう少しって……当てはあるのか？」

「行方不明者を探す時は、足取りをたどるのが基本なんだ。恵さんの第二のバイトが分かったんだから、これは大きな一歩だよ」

「そうか」長崎はまだ不満気だった。「……お前に頼んだんだから、お前に任せるのが筋だよな」

「頼りなくて申し訳ないが」

「いや……とんでもない」

長崎は否定したが、瀧は自分の力のなさを実感していた。自分はこの街の守護者になる——その決意が、いつの間にか萎み始めているのを意識する。

瀧が守護者だとすると、勝村はこの街にとって何なのだろう。あるいは彼も、守護者なのかもしれない。何十年にもわたって市に影響力を及ぼし、この街を守ってきたのは間違いないのだから。

守護者同士がぶつかり合った時、何が残るのだろう。

夕方、少し肌寒い風が頰を撫でていく。瀧は自転車のハンドルを持ったまま、じっと待ち続けた。今は午後五時……今月は定例会もなく、市議の仕事は暇なはずである。スタッフも当然、残業などないだろう。次は内側から崩しにかかる——瀧の中では、作戦は第二フェーズに入っていた。

五時十五分、立派な門から一人の若い女性が出て来た。これが、先日来た時に応対してくれた女性だろうと気づく。すらりと背が高く、膝丈のワンピースのウエストをベルトで絞っている。細面の顔立ちで、髪は長かった。一目見て、行方不明になった女性たちとはタイプが違う、と判断する。

瀧は自転車を押して彼女に近づいた。向こうも気づいてちらりとこちらを見たが、すぐに目を伏せ、少しだけ歩く速度を上げる。瀧は途中で、歩道を塞ぐ形で立ち止まった。女性が顔を上げ、迷惑そうな表情を浮かべる。

「勝村さんの事務所の方ですね？」

「はい？」

「警察です」

瀧はバッジを掲げて見せた。途端に女性の表情が引き攣る。

「何ですか」

「ちょっとお聞きしたいことが」

「私、何もしてませんよ」

それはそうだ。そもそもこっちは、あなたの名前さえ知らない——瀧は言葉を呑みこみ、相手にうなずきかけた。

「とにかく、少し時間を下さい。三十分で済みます」

「警察へ行くんですか？」

「その必要はありません。どこかでお茶を奢りますよ」

何とか相手を納得させた。住宅街の中にある勝村の事務所から、吉祥寺駅の方へ——駅が近づき、街が賑やかになるに連れ、瀧は緊張感が緩んでくるのを感じた。住宅街の中では、誰かから監視されているような気がしてならない。人の流れが速い繁華街では、匿名《とくめい》の陰に隠れられるのだ。

会話は途切れがちになる。八幡宮《はちまんぐう》の前を通り過ぎる時、相手をリラックスさせようと話しかけた。

「ここ、出版の神社らしいですよ」

「はい？」

「ここ一番、大事な本を出す時に、出版社の人が祈願に訪れるそうです」

「初耳です」

「私も最近、知り合いの出版関係者から聞いたばかりですけどね」ここで祈願すると、あっという間に重版がかかる、という伝説がまことしやかに言い伝えられているらしい。

いつまでもぶらぶらしていても仕方がない。早く腰を落ち着けないと——消防署の裏手の方に小さなカフェがあるのに気づき、瀧は彼女——名前は藤沢奈々《ふじさわなな》だと聴き出していた——を誘った。歩いているうちに覚悟が固まったのか、奈々は特に抵抗もせずについて来た。

席に落ち着き、瀧は改めて相手の様子を観察した。やはり、過去の行方不明者には似ていない。もっと都会的な感じがした。

「地元の方ですか？」

「はい？　ええ……西久保《にしくぼ》です」

「西久保の何丁目ですか」

「……一丁目ですけど」

「じゃあ、浄水場の近くですね」駅で言えば、三鷹と武蔵境の中間地点ぐらいの場所だ。

「ええ」

「静かなところだ」

「よくご存じですね」

「私も地元の人間ですから」瀧は微笑んで見せた。それで奈々の緊張が解れるわけではなかったが。相変わらず彼女は、強張った表情を崩そうとしない。

「勝村さんの事務所には、いつから勤めているんですか」

「一週間前です」

それを聞いて、突然思い出した。相手をリラックスさせられるかもしれないと思い、瀧は真希から聞いた話を持ち出した。

「あなた、ちょっと前に市の広報課を訪ねて、見合い話を勧められませんでしたか？」

「ああ……はい」奈々の顔が奇妙に歪む。

「お見合いを勧めた人、知り合いでね。お節介な人でしょう」

「それは、まあ……はい、そうですね」奈々が苦笑した。どうやら少しはリラックスしたようである。

「あの人は、単なるお節介だから、話を聞く必要なんてないですからね……それで、勤め始めたのは最近なんですね」

「はい」

「どういうきっかけで？　ああいう事務所は、普通に求人をしているわけじゃないでしょう？」

「あ、父の仕事の関係で……」

奈々がぽつぽつと話し始め、瀧は彼女の経歴を知った。地元の高校を卒業後、短大に進学。しかし就職不況の今、短大は就職に圧倒的に不利であり、仕事が決まらないまま、卒業して一年以上が経ってしまった。仕方なく父親――三鷹で雑貨店を営んでいる――が旧知の間柄である勝村に頼みこんだところ、ちょうど事務所のスタッフに空きができたのですぐに働きに来られないか、と誘われたという。

「私が一度、事務所に行ったのを覚えていますか」

「いえ、ちょっと分かりません」

「声を聞いただけだからかな……いずれにしても、まだ入ったばかりなんですね」

「はい」

「仕事は慣れましたか？」

「電話番とか、お客さんにお茶を出したりとか、資料の整理をするぐらいですから、難しくはないです」

その資料の「中身」を理解するのは大変だろうが。もしかしたら、市政を左右するような大変な情報が書きこんであるかもしれないのだ。

「どんな様子ですか？　忙しい？」

「今はまだ……忙しい時はすごく忙しいって聞かされていますけど」

「今は何もない時ですからね」

瀧の言葉に、奈々がぼんやりとうなずいた。まだ仕事を始めて一週間だから、仕事のリズムも内容も分かっていないに違いない。

「選挙の時は大変だと思うよ」

「選挙も、しばらくはないじゃないですか」

「あー、武蔵野市議選挙だけじゃなくて、国政選挙も。たぶん、この夏の参院選では、かなり忙しくなるんじゃないかな」

「そうなんですか」奈々の顔が暗くなった。まるで忙しい仕事、イコール悪いことでもあるかのように。

「ま、詳しいことは私もよく分からないけど……ちなみに、事務所には人は何人いるんですか」

「いつもいるのは、私と榎さんという男性の方と、二人です。忙しい時は、他にも人が来るそうですけど……あとは、奥さんが時々顔を出すぐらいで」

「奥さんも手伝いに来るんだ」

「ええ」

となると、やはり勝村は「悪さ」ができないはずだ。だいたい、自宅と事務所が同じ敷地内にあるし、常に他のスタッフもいるのだから。

「榎さんって、どんな人ですか」

「あ、もう三十年ぐらい、先生のところで働いている人で……榎さんがいないと何も分からないって、先生もよく言ってます」

「五十歳……五十五歳ぐらいの人かな？」瀧はようやく、先日事務所で顔を見た「榎」のイメージを思い出すことに成功した。常にぴたりと勝村にくっついている影武者。そう言えば選挙カーや演説の現場などでも、ガードするように寄り添っていた。自分より少しだけ年上で、小柄で眼光の鋭い男である。まさか、あの男もグルになって犯行に加担していたとか……いやいや、いくら有能で忠誠心の強い秘書とはいえ、政治家の犯罪に手を貸すとは限らない。金の関係ならともかく、性犯罪となれば話は別である。

「あなたの前に働いていた人のこと、知ってますか」

「いえ。入れ違いになったので」

「あなたと同じぐらいの年齢の大学生だったんだけど」

「聞いてないです」

「結構頻繁に交代しているみたいだけど、事務所の雰囲気はどうですか」

「どうって……」奈々の顔に戸惑いが浮かぶ。「他の先生の事務所で働いたことがないんで、よく分からないんですけど」

「そうか、そりゃそうだよね」瀧は大きくうなずき、コーヒーを一口啜った。この女性に盗聴器をつけて、事務所の中の様子を知ることはできないか、と考える。会話の端々から、何か事件の糸口が分からないだろうか——すぐに無理だと結論づける。

「あの、これ、何の話なんですか」

「ある捜査の関係で……一つ、お願いできないですかね」

「何ですか」警戒するように、奈々が身を引いた。

「あなたの前に、あの事務所で働いていた人……名前は長崎恵さん。二十歳の大学三年生だ」

「知らない人です」素っ気ない口調で奈々が答える。

「その人が実際に事務所で働いていたのか、どうして辞めたのか、知りたい」

「何でですか」奈々は次第に面倒臭そうな口調になってきた。

「行方不明なんだ。勝村さんの事務所で働いていたらしいことは分かっているけど、その後でどうしたか、分からない。いなくなった時期のことを考えると、あなたの前任者のようなんだけど」

「行方不明って……」奈々の顔から血の気が引く。

「いや、何が起きたかは分からないんだけどね」少しだけ彼女の気を楽にしようと、瀧は緩い口調で言った。「でも、行方不明になった人は探さなくちゃいけない。それが警察の仕事なんでね……どうだろう、ちょっと話を聞いてみてくれないかな？　連絡は、電話でしてもらえればいいから」

「はあ……」奈々は納得していない様子だった。

「これは、安全策でもあるんだ」

「安全策？」

「もしもあの事務所で何か起きているなら……君も無事でいられるとは限らない」

奈々の唇が薄く開く。顔面は蒼白になっていた。少し強過ぎたかと思ったが、ことは人命にかかわるかもしれないのだ。

「あくまで念のためですから」瀧はつけ加えた。

「……はい」

「行方不明になった子も見つけ出さないといけない。お願いできますね？」

瀧は、名刺の裏に携帯電話の番号を書きつけた。テーブルの中央に置いたが、奈々は手を伸ばそうとしない。うつむいたまま、どうしたものか迷っている様子である。

「あなたの安全のためでもあります」繰り返し言った。「もちろん、何でもないかもしれないし、そうしたら今まで通りに働けるから。せっかく働き始めたんだし、ね？」

我ながら説得力がない。瀧は、奈々の返事をじっと待った。やがて奈々が、うつむいたまま手を伸ばし、名刺を掴む。しばらく凝視していたが、ほどなくハンドバッグに落としこんだ。それでほっとして、瀧は小さく吐息を漏らした。伝票を掴み、立ち上がる。

「それではよろしくお願いします。お茶、飲んでいって下さいね」

奈々は紅茶にまったく手をつけていなかった。とうに冷えてしまっただろうが、喉は渇いているはずだ。

それだけの緊張を強《し》いられただろうから。

今夜中にやることが一つだけある。今までこんな行動に出たことはなかったが、どうしてもはっきりさせておかなくてはならない。自分の身の安全を守るためでもあった。

武蔵野中央署の署長官舎は、署の最上階にある。当然、普通にエレベーターで上がって行ける場所だが、足を踏み入れることはまずない。瀧にしても初めてだった。署長官舎に行ったことは……ある。瀧が若い頃は、やけに面倒見のいい署長がいたものだ。若手の署員を順番に官舎に招いて、妻の手料理でもてなす——瀧も、駆け出しの所轄時代に何度かそういう経験をしていた。

一度自宅に戻って食事を終え、もう一度庁舎に向かう。緊張で、食事の味も分からないぐらいだった。何しろ、これからやろうとしているのは、明らかなルール違反である。署長にすれば、課長の田沢を通じて忠告した時点で、義務は果たしたと思っているはずだ。そこへいきなり担当刑事が現れたら、どんな反応を示すか分からない。だが瀧としては、署長を守るためにもこのタイミングで会っておかなければならなかった。

既に帰宅していた署長は、ネクタイを外したワイシャツ姿だった。顔に赤みは……ない。署長は地域の「顔」でもあり、頻繁に夜の会合も入るのだが、今夜は素面のようだった。瀧の顔を見た瞬間、険しい表情を浮かべる。ドアを大きく開けたが、中に入れる気はないようだった。

「一つ、ご報告しておこうと思いまして」

「報告なら刑事課長を通じてにしてくれ……勤務時間中に」

「内密の話です」

「……というと？」

「勝村が、何らかの犯罪にかかわっている可能性は高いと思います。私は捜査を進めますので、それを知っておいていただきたいんです」

「ストップするように指示したはずだが」

「遺体でも出たら、どうするつもりですか？」

「何か根拠があって言ってるのか？　そうでなければまずいぞ」

「根拠はないですが、勘は働いてます」

「勘か……お前の勘はどこまで当てになる？」

「結構いい線いってると思いますよ」瀧は右耳の上を人差し指で突いた。「とにかく、もしも実際に事件があって、それが埋れたままだったら大問題じゃないですか。今分からなくても、後から明るみに出たらどうしますか？　署長も事件を見逃した。それどころか、捜査を止めようと圧力をかけたとして、批判される可能性がありますす」

「脅す気か」

「いえ。最近、そういうこともよくあるので、ご忠告です」瀧は平板な声で告げた。署長の喉仏が上下する。この「忠告」は効いた、と瀧は実感した。確かに最近は、過去の不祥事がほじくり返されて、前任者、前々任者の責任まで追及されるのも珍しくない。逆に言えば――。

「もしもここで何か分かれば、大変な手柄になりますよ」

「そうかもしれないが、分の悪い賭けだな」

「私一人が動いているだけですから、署の負担にはなりません。見逃していただければ、それで結構です」

署長が瀧の顔をまじまじと見た。理解できない、という感想が目に浮かんでいる。

「どうしてそこまでむきになるんだ?」

「ここが私の街だからです」瀧は即答した。「私は、この街の守護者でありたいと思っているからです」

翌日午後早く、瀧は一本の電話を受けた。覚えのない電話番号――懸念しながら出ると、奈々だった。どうやら昼食休憩の最中らしい。

「昨日の話なんですけど……」

低い声で遠慮がちに切り出す。背後の雑音もひどいので声が聞き取りにくく、瀧は携帯を耳に強く押し当てた。

「長崎恵さんのこと、ですね」小声につられて声を張り上げてしまう。たまたま瀧も食事のために外に出ていて、三鷹駅前にいたのだ。

「そうです」

「何か分かりました？」

「あの、確かに勤めていたそうです、私の前に」

瀧は歩道の切れ目にある街路樹の陰に身を寄せた。三鷹駅の北口は静かな街で、雑踏に紛れることができない。内密の話がしにくい雰囲気なので、取り敢えず身を隠せそうな場所に入るしかなかった。それにしてもここの駅前には、歩道に放置自転車が目立つ……取り締まりは交通課の役目なのだが、歩きにくいことこの上ない。

今日は汗ばむほどの陽気で上着が邪魔だったので、木陰の存在が非常にありがたい。瀧は額に汗が滲むのを意識しながら、彼女の次の言葉を待った。しかしなかなか話し出そうとしないので、結局こちらから切り出した。

「いつ辞めたんですか」

「辞めたというか、事務所に来なくなったそうです」

「無断欠勤？」

「うん……なんか、そういう感じの……よく分からないんですけど」

「無断欠勤かどうかは、はっきり分かると思いますけどね」

瀧の皮肉は、奈々にはまったく通じていないようだった。急にむきになって、言葉を叩きつける。

「だって、そういう話なんだから、しょうがないじゃないですか。私は聞いたまま、言ってるだけです」

「分かりました」瀧は少しうんざりしながら答えた。話していて分かったのだが、この子は結構子どもっぽいのだ。「出て来なくなったのは、いつ頃ですか」

奈々は、はっきり「いつ」とは聞いていなかったようだが、話の内容から、長崎が姪の失踪を届け出た直前だったと分かる。これで筋はつながる感じだ。

「話を聴いた相手は、榎さんですね」

「もちろんです。普段は二人しかいませんから」

「榎さんは、そのことに関してどんな風に話していたんですか」

「どうって……」奈々が戸惑いがちに言葉を切った。「困ったもんだ、みたいな？」

「ああ、急に辞められたから？」

「無責任だと怒ってましたよ」

「なるほど……でも、無断欠勤だとしても、どうしたかぐらいは調べようとするんじゃないかな。放っておくわけにはいかないでしょう？　金の問題もあるし」

「それは、私は分かりません」奈々の口調が強張る。「どうしてもっていうなら、榎さんに直接聞けばいいじゃないですか」

「それはごもっともだね」

言葉を切り、瀧は天を仰いだ。五月の木洩《こも》れ日が顔をくすぐり、一瞬だけ気が抜ける。いやいや、ここは気持ちを引き締めないと……本丸までもう少しのところまで迫っているはずなのだ。次は榎――その流れは間違いない。

「いろいろ無理してもらって、すみませんでしたね」瀧は労《いたわ》りの言葉をかけた。

「あの……私、あそこで働いていて大丈夫なんですか？」

「今は、どんな雰囲気ですか」

「どんなって……分かりません。他とは比較できないし」

「怖い思いをしたことはないですか」

「ないです、そんなこと」

瀧は一瞬言葉を切った。非常に難しい問題である。このまま働き続けても、彼女が犠牲になる恐れは少ない、と思える。今までの被害者との共通点が多いとは言えないのだ。年齢こそ二十一歳だが、奈々は地方出身ではない――今考えれば、地方出身者が狙われたのは、発覚を遅らせるための工作ではないかと思える。東京で一人暮らしをしていれば、いやでも親とのかかわりは薄くなる。東京に心配してくれる友だちや恋人がいれば別だが、学生の場合、案外他人の動向など気にもしないものだ。見かけなくなって一週間ほどしてからようやく、「あいつ、どうした？」となるのも不自然ではないだろう。

彼女の場合、一日でも連絡が取れなくなれば、家族がすぐに騒ぎ出すはずだ。

「警察的には、今すぐ辞めろとは言えません。具体的に何かあったわけではないですから。ご家族と相談してみたらどうですか?」瀧は逃げを打った。変な噂があると話したら、家族はすぐにでも仕事を辞めるように言うだろう。それはそれで構わない。家族に責任を丸投げするようなものだが、現段階では瀧の口から、はっきりしたことは言えないのだ。

「何だか怖いんですけど」

「怖いと思ったら、辞めた方がいいですね。まず身の安全が第一です」

「本当に、何があったんですか?」

「残念ながら、それはまだ何とも言えないんです……とにかく、教えてくれてありがとう」

電話を切って、一つ溜息をつく。そうしながら、瀧は頭の中でシナリオを考え始めていた——それは全て、勝村の性的な嗜好が根源になったものである。若い女性に目がない勝村は、自分の職業を利用して、事務所職員や選挙スタッフとして若い女性を受け入れていた。そういう女性は全て行方不明になっている——使い捨てられた、という言葉が脳裏に浮かぶ。用無しになり、余計なことを喋らないように処分されたのではないか。

彼女たちはどこへ消えたのか。嫌な予感はどんどん膨らんでいく。

そう言えば、勝村の家の敷地には蔵があった。今時珍しい蔵は、何かを隠しておくには最高の場所ではないだろうか——例えば、ミイラ化した遺体とか。

迂闊に人には話せない推理だ。このシナリオには未だに穴がいくつもあり、それらは埋めがたい感じもする。勝村にしても、名誉棄損だと息巻くより、「馬鹿馬鹿しい」と笑って切り捨てるレベルの話かもしれない。

だったら何故、勝村はプレッシャーをかけてきた？　政治家は案外トラブルを望まないもので、多少名誉を棄損されたと思っても、波風立たないように話を収めてしまうことは珍しくない。問題になった時に「やはり政治家は……」と非難されることになるからだ。しかし彼は、間接的に瀧に脅しをかけてきた。

黒に近い、と瀧は判断した。とにかく今は、榎と会うことだ。彼ならもっと詳しく勝村の性向を知っているはずだし、話せば何か情報が引き出せるだろう。やってみよう。今日の夕方にでもまた待ち伏せし、榎を摑まえる。

だが、相手が先に瀧を摑まえた。

木陰から出て歩道に足を踏み入れた瀧の目の前に、勝村が立っていた。

第9章　闇の戦い

どれぐらい時間が経ったのだろう。

こんな馬鹿なこと、あるわけない。自分が置かれた状況が、まだ信じられなかった。夢を見ているのかもしれない、と思う。

だいたい、起きているか寝ているかも分からない。だいぶ前から意識がぼんやりしていて、時間の経過が分からなくなっていた。喉が渇く……空腹は、いつの間にか気にならなくなっていた。最後に食べたのはいつだろう。ここまで意思が強いなんて、自分でも思わなかった。食べれば相手に屈することになる。それだけは嫌だ。あの人、絶対におかしいんだから。

でも……助かるかもしれないと思ったのに、あの後、何も言ってこない。何なの？　この街には、変な人がうようよしているの？

足首を縛《いまし》める、金属の輪。手錠？　足かせ？　何だか分からないけど、ずいぶん緩くなった。たぶん、痩せたんだ。これって、一番効果的なダイエット？　結局、食べなければすぐに痩せる……もしかしたら抜けるんじゃないか、と思った。黒いパンツの裾から覗く足首は傷だらけだ。何とかこの輪から足を抜こうとして、必死で動かして……自分で自分の足を傷つけて……足首を切り落としてしまえばいいのか、と考えた。実際、そればかり考えて、一晩徹夜してしまったこともあった。

目がかすむ。これも食べていない影響だろうか。咳が止まらないのもたまらない。この部屋は埃っぽく、体中がむずむずするのだ。もしかしたら、アレルギー症状が出たのかもしれない。今まで、こんなことはなかったのに。

壁にかかった緑色のジャケットと白いスカートをぼんやりと見る。あれ、何なの？何で私にあんな服を着せようとするの？　意味が分からない。

何でここが見つからないのかな……誰も捜してないのかな。私、忘れられた？　そう考えると涙が滲み出てくる。しかし体の中の水分が涸《か》れつつあるのか、頬が濡れることはなかった。

——死ねない。死にたくない。こんな訳の分からない状況で、何も知らないまま死ぬなんて耐えられない。私にはやることが——やりたいことがあるんだから。

死なないためにはどうしたらいいのか。あの女は「罰」と言っていたけど、あれは何の意味なんだろう。私を殺す？　そうかもしれない。でも、気分にむらがあるようで、今朝は妙に優しかった。朝ごはんにと持ってきたおにぎりが二つ……手が届く場所にあるのはそれだけだ。

やっぱり食べよう。とにかく体力を落とさないようにしないと。震える手を伸ばし、やっとおにぎりを噛む。冷たくなっていたが、口の中一杯に米の甘い香りが広がった。呑みこみ……直後、突き上げるような吐き気がこみ上げ、吐いてしまった。咳きこみ、よだれが垂れて埃の溜まった床をさらに汚してしまう。それでも顔を上げ、もう一口。今度はゆっくりと、米粒の感覚がなくなるまで噛み続ける。意を決して呑みこみ、しばらく目を閉じてじっとしていた。大丈夫。まだ胃はちゃんと動いている。だったら、他のところも平気なはずだ。若いんだから。病気したこともないんだから。

ゆっくりゆっくり、おにぎりを食べる。少しずつ体に力が回り、頭もすっきりしてくるようだった。

考えないと。どうやってここから逃げるか、誰かに助けを求めるか。

二つ目のおにぎりを食べながら、必死で考える。そうしているうちに、額に汗が滲んできた。そうだ、ここは暑い……どういう部屋なのかは分からないが、熱気がこもり、昼間は真夏のような暑さになるのだ。窓は、自分が座っている壁の反対側の高いところに一か所。手を伸ばしてやっと届くぐらいだろう。

四つん這《ば》いになって——立ったら倒れてしまいそうだった——向かいの壁まで辿《たど》り

着く。壁に手をついてのろのろと立ち上がると、窓の下のガラスに手が届いた。しかし……足かせにつながれた鎖がぴんと伸び切り、それに引っ張られて後ろ向きに倒れてしまった。背中をしたたかに打ち、一瞬呼吸ができなくなる。床に積もった埃が舞い上がって、視界が白くなった。体を丸めて痛みに耐えながら、窓を見上げる。あれが開けば……何とか助けを求められるかもしれない。声を上げれば、外に聞こえるのでは……しかし、試しにと思って声を出してみたものの、蚊《か》の鳴くような声しか出ない。まさか、声が出なくなってしまったのでは。恐怖に襲われ、また涙が滲む。

駄目だ。絶対に手は届かない。

でも、諦めたらそこで終わりだ。諦めなければ、絶対に何とかできるはず……諦めないこと。それが正気を保つ唯一の方法に思われた。気持ちを強く保つために、頭の中で音楽を再現する。ジャーニーを何曲か——古臭いと友だちには笑われるが、親の影響なのだから仕方がない。どうしているのだろう……家族に会いたい。

「どうですか」

どうですかもクソもあるものか。瀧は白け気分半分、怒り半分で勝村と対峙した。結局、刑事としての理性で感情を押し殺す。薄い笑みを浮かべて軽く会釈《えしやく》し、歩道の端で勝村と向き合う。

「どうもこうも、平常運転ですね」

「刑事さんの平常運転は忙しいのでは？」

「まあ、警察はブラック企業のようなものですから」

「そのお陰で、我々は安心して暮らしていける」

何を馬鹿な台詞を……瀧は勝村の顔を凝視して、本音を探ろうとした。一瞬風が吹き抜け、白髪がふわりと揺れる。頼りなげな老人の姿に、強靭《きょうじん》な意志の影が重なって見えた。

「私に何かご用ですか」

「いやいや……たまたま通りかかったもので」

瀧は溢れそうになる言葉を呑みこみながらうなずいた。向こうがそう言うなら、そういうことにしておこう。無理にここで話の腰を折る必要はない。

「例の……行方不明事件の方はどうですか」

「それは、捜査上の秘密なので、簡単には言えませんね」

「だったら、どうすれば話してもらえるかな？」

探るような口調……しかし、瀧にすれば素人臭《しろうと》かった。この男は、一言発すれば、相手が言うことを聞くと思っているのだろうか。長く権力を持ち続けたことで、そんな感覚になってしまってもおかしくないが。

「無理ですね」

「一市民として、知る権利があると思うが。市の治安が乱れているとしたら、私にも責任がある」

私「にも」か。全面的な責任ではないのか、と瀧は怒りを覚えた。いや……多くの矢印がこの男を指してはいるが、決定的な証拠はまだない。ここで感情に任せて言葉を吐き出してしまったら、勝村の思う壺《つぼ》だろう。

「仮にお話しできるとしたら……」瀧は言葉を切り、勝村の目を覗きこんだ。光がない。あまりにも多くの闇を呑みこんで、生気を失ってしまったのか。

「何だろうか」無感情に勝村が訊ねる。

「あなたが事件に関係しているとしたら、お話しすることはあるでしょうね」

「だったら、話をする機会はないだろうな」

「あなたは――」様々な言葉が脳裏に渦巻く。しかし瀧は、一切何も言わないことにした。こんなところで――陽光を浴びる歩道で、この男を追い詰めるわけにはいかない。それに彼は、絶対に逃げないだろう。この街こそが自分の城で、一番安全な場所だと確信しているに違いない。城の中で自分に刃《やいば》を向ける者などいるはずもない――と安心しきっているに違いない。隠していることを全て曝《さら》け出させ、許しを請《こ》うために土下座させたかったが、今この場所でやる必要はない。

「何かね？」

「いや……」

「私は、この街を守りたい。守るものがある時、人は強くなれると思わないかね」

「私もそう思っています。この街の守護者でありたいと思います」

「心強い限りだ」勝村が真顔でうなずく。「君には期待しているよ」

「悪があれば叩く、それだけのことです。それが市民生活を守る基本になりますから」

「そうか」

「人の力が及ぶ範囲は、案外狭いんですよね。でも私は、この街では自分の力を最大限に使って努力するつもりです」

勝村がまたうなずく。相変わらず腹の内は読めない。瀧はうなずき返そうとして、踏みとどまった。この男と気持ちを通い合わせることなど不可能だろう。父が嫌うのも当然——いや、今は二人の因縁は頭から追い出しておかなくてはならない。

「何も用事がなければ——」

「これは失礼」勝村が一歩引く。「仕事の邪魔をしてしまいましたね」

「いえいえ。お話しできてよかったですよ。またお話しすることもあるでしょうね」

「そうですか」

「近々……できるだけ早いうちに」

「刑事は、そういうこともできるんだね」

「ええ。武蔵野市の枠に縛りつけられているわけではありませんから……では、失礼します」

一礼して、瀧は踵《きびす》を返した。署の方へ向かって歩き出す。背中に勝村の視線を強く感じた。しかし、振り向かないことが勝負に勝つ第一歩だと信じて、大股で歩き続ける。勝村は何故、自ら会いに来たのか。しかも謎掛けのように曖昧な話をしただけである——おそらく勝村は、焦っている。だから署長に圧力をかけ、俺の動きを知ろうと待ち伏せしていたのではないか。この状態は……自分の方が有利なのだと確信した。

遠くはない——すぐにまた、あの男と会うことになるだろう。

自転車ではなく、車を持ち出した。張り込みで、多少なりとも自分の姿を隠そうという試みである。勝村の自宅兼事務所を辛うじて視野に収めることができる場所に覆面パトカーを停め、瀧はできるだけリラックスしようと努めた。左腕を持ち上げ、腕時計を覗く。午後四時……長く待つことはないだろう。暇な時期だから、榎も残業しないで出て来るはずだ。

五時五分、山門を思わせる立派な門から、まず奈々が出て来た。どこか不安そうに周囲を見回しながら、こちらに向かって歩いて来る。瀧はうつむき、時折ちらりと顔を上げて奈々の動きを確認した。予想通り、途中の路地を右折して姿を消す。彼女は市内を網の目のようにカバーする関東バスで通勤しているはずで、武蔵野八幡宮のバス停を利用しているだろうと想像していたのだ。

何となく最初の関門を越えたような気分になり、ほっとする。瀧はハンドルを握りしめ、少しだけ背中を丸めた。前方に意識を集中し、門を凝視する。五分……十分……榎らしき男が姿を現す。自分に気合を入れて、ドアに手をかけた。榎の住所から考えると、この道を真っ直ぐ来るのが予想できた。

よし。榎は、先ほど奈々が入った路地を通り過ぎ、こちらに向かって来る。ややうつむきがちだが、歩幅は広く、夕方になってもエネルギー満タンという感じだった。暖かい日なので、上着を脱いで左腕にかけている。緩く締めたネクタイが、一歩ごとに大きく揺れた。

予《あらかじ》め調べたデータでは、瀧より年上の五十五歳。小柄だが非常に精力的な印象を与える男だった。瀧は車のドアを開け、道路に降り立った。その音と気配に気づいたのか、榎が顔を上げる。瀧を認めると、わずかに顔をしかめた。

「榎さんですか」

「ええと……瀧さんですね」慎重な口調。

「覚えておいでですか」

「一度、うちの事務所においでになりましたね」

「ええ」

それだけ？　実際には俺の動向を探っていたのでは、と瀧は疑った。一度だけ訪れた人間をしっかり覚えるのは、案外難しいものだ。おそらく、勝村から話を聞いたのだろう。

「何か、ご用ですか」

「ちょっとお話を伺いたいんですが」

「私に、ですか」榎が自分の鼻を指さした。「警察の方が用があるというのは、ちょっと怖いですね」

怖いと言いながら、彼の顔には余裕を感じさせる笑みが浮かんでいた。瀧が接触してくるのを予想して、心の準備をしていたのかもしれないが、何だか馬鹿にされているようで気に食わない。鋭角的な顎、少し尖った鼻、V字形に後退した髪――何となく悪魔を彷彿《ほうふつ》させる。悪魔がどんな顔をしているかは知らないが。

「時間はかかりません」

「そうですか」肩を一度上下させ、榎が上着を着こんだ。「どちらで？」

「車の中でいいですよ」

榎が右の眉だけを上げた。

「警察へ行くんじゃないんですか」

「そこまで大袈裟な話ではないので」

「どういうことか、よく分かりませんねえ」

「それは、おいおいお話しします」

「……そうですか」

榎は特に抵抗しなかった。抵抗しても無駄だと分かっているのだろう。むしろ、瀧の追及ぐらい軽くかわせる、と甘く見ているのではないだろうか。それなら少しきつく当たってみようと決めた。こういう人間——公権力の内幕を知っている男——は、世の中を舐めている節がある。

榎が助手席に座るのを見届け、瀧はまずドアをロックした。かちり、という軽いはずの音が、やけに大きく響く。ちらりと横を見ると、組み合わせた榎の手に力が入るのが分かった。

「警察の車は初めてですよ」

「普通の車とそんなに変わらないでしょう」

「まあ……いろいろ機材はあるんですね」

主に通信機器が。下手に触られたりすると面倒なことになるが、瀧は特に注意はしなかった。その必要はない……榎はシートに背中を押しつけ、パトカーのフロントパネル付近に集中した通信機器から距離を置こうとしている。

「で、お話というのは？」

「そちらの事務所に、長崎恵さんという方が勤めていましたよね」瀧は直球を投げこんだ。

「はい？」

「長崎恵さんです。群馬出身で、こちらの大学に通っていて……」

「それは分かっていますけど、長崎さんがどうかしたんですか」

「行方不明なんです」

「行方不明」単調な声で榎が繰り返す。

「そうです」

「どういうことですか」

「行方不明は行方不明です。ご家族から捜索願が出されています。それで……彼女が最後に働いていたのが、そちらの事務所なんですよ。何か連絡はないんですか」

「ありません……というより、無断欠勤で連絡が取れなくなったんです」

「それはいつですか」

榎が上着の内ポケットから手帳を取り出し、ページを繰《く》って確認する。長崎が瀧のところへ相談に来た三日前だった。つまり、自宅から彼女がいなくなったと推定される日と一致する。

「警察に届け出ようとは思わなかったんですか」

「いや、そこまで大袈裟なこととは……」

「ご家族に連絡は？」

「していません」

「どうしてですか？　何か事件に巻きこまれたかもしれないとは思わないんですか」

「本人にとっては、ご家族に知られるとまずいことかもしれないでしょう」平然とした口調で榎が言った。「アルバイトをサボって音信不通になるのは、あまりいい話ではありませんからね」

そういう考え方があるのも、分からないではない……しかし普通は、家族にきちんと連絡するものではないだろうか。

「学生のバイトは、結構いい加減なものです」榎が溜息をつく。「ふらりといなくなったりするのは、よくあることですよ。今までにも何度か、それで悩まされました」

「珍しいことではない、と？」

「そうですね。ですから、一々家族に連絡したりしませんよ」

「最近の若者は、そんなにいい加減ですか？」

「いい加減というか……」

榎が身をよじり、上着の左ポケットから煙草を取り出す。一本引き抜いて、「吸ってもいいか」と目線で訊ねてきたが、瀧は首を横に振って拒絶した。公共物である覆面パトカーは、全面禁煙になっている。

「いい加減というか？」瀧はおうむ返しに質問した。

「考え方が変わったんでしょう。若者だけじゃなくて、世の中全部がいい加減になっている」

「勝村さんも？」

「先生は違いますよ」軽い調子で否定して、煙草をパッケージに戻した。「先生は首尾一貫して、この街のために働いてこられた方だ」

「だからあなたも、仕えがいがあった」

「支えるべき人ですよ……私は、喜んで踏まれる石になります」

ご立派なことで、と瀧は白けた気分になった。政治家は、一人では何もできない。それほど大きくない武蔵野市の市議でも、仕事は山積しているのだ。優秀なスタッフがいなければ、すぐにも壁にぶつかってしまうだろう。それは分かるが、榎の言い方は、自分を美化し過ぎているように思う。

「私生活も支えているんですか」

「それは……お世話することもありますけど、基本的には分けて考えています。あの、それがどうかしたんですか？　何をお知りになりたいのか、さっぱり分かりません」

「長崎恵さんは、どんな具合に仕事をしていたんですか」瀧は榎の質問を敢えて無視した。相手の疑問に答えず、こちらから一方的に質問を投げつける——疑念を高めて混乱させ、本音を吐かせるためには、こういうやり方もある。

「どんな、と言いましても……アルバイトの仕事は基本的に同じですよ」

「書類や名簿の整理とか？」

「そういうことです」

「フルタイムではなかったんですね？」

「今は暇な時期ですから……選挙もありませんし」

「週に何回来ていたんですか？」

「不定期ですけど、一、二回……アルバイトというより、手伝いのような感じでしたね。でも、真面目でしたよ。政治にも興味を持っているようだったし——最初はそう思ってたんですけどねえ」

瀧は少しだけウインドウを開けた。夕方のひんやりした風が車内に吹きこんでくる。ともすればかっとなって冷静な判断ができなくなるところだが、辛うじて頭が冷えた。ゆっくりと息を吐き、質問をぶつけ続ける。

「だったら、急に辞める——来なくなるようなことは考えられないんじゃないですか」

「それがよく分からないんですよ、最近の若い人は……不満があるならある、辞めたいなら辞めたいと言えば、こちらでも対処しようがあるんですけど、そういうのが一切なかったんですから」

「そもそも彼女は、どうしてそちらの事務所で働くことになったんですか？」

「先生が、ご自分で」

「連れて来た？」

「連れて来たというか……」榎が首を傾げる。

「そうじゃないんですか」瀧は畳みかけた。相手が横に座っていると、圧力をかけにくいのだが。

「今日から働くことになったから、という話でした。まあ、そういうことはよくあるので、私も慣れていますけど」

「そんなに頻繁にバイトが変わるんですか？」瀧は、背筋を冷汗が流れ出すのを感じた。もしかしたら勝村は、常に「獲物」を探して、「候補者」をキープしていたのではないか？　単純な性犯罪とは言い切れない部分がある。瀧は商売柄、様々な性犯罪に慣れているが、これは刑事としての経験では判別し切れない。勝村は、希代の性犯罪者なのかもしれない。だとしたら、榎はどうして平気でいられるのだろう。彼は勝村の右腕のはずで、性癖に気づかないとは思えない。知っていて知らない振りをしているのか、あるいはこの男も共謀者なのか……。

「バイトはバイトですからね。特に政治家の事務所なんて、他のバイトとはちょっと質が違うでしょう。合わない人は合わないんですよね」

「そんなに頻繁に交代したら、仕事の引き継ぎが大変じゃないですか」

「まあ、そこは……」

「あなたがいるから大丈夫、ということですか」

榎は何も言わなかったが、その自信は無言の波のように瀧の下へ伝わってきた。一心同体というより、むしろ自分が勝村を政治家として立たせてやっている、と自負しているのかもしれない。

「長崎恵さんの行方について、心当たりはないんですか」

「ないですね」

「勝村さんが、どうして長崎さんをバイトに雇ったのかは……」

「地方の、知り合いの議員さんに頼まれたという話でしたけどね」

「前橋の佐藤市議ではないですか？」

「私は、そこまで詳しく聞いていません」榎が肩をすくめる。「先生がそう仰るなら、私にはノーと言う権利はありません」

「なるほど……」瀧は腕組みをし、頭の中で素早く考えを巡らした。今までに行方不明になった他の三人。そのことについて聞くべきではないかと考えていたのだが、今は危ない。もしも榎が共犯者だったら、防御壁を張り巡らせる余地を与えてしまう。もう一つ、突っこむことにした。「ところで、勝村さんが私に会いに来たんですが」

「そうですか」

「どういうことなんでしょう」

「そんなこと、私に分かる訳がありませんよ。話す必要があるなら、先生は話して下さると思いますが、聞いていません。大した話じゃないんでしょう……もう、よろしいですか」榎の声に、かすかな苛立ちが混じった。「私も忙しいもので」

「もう一つだけ」瀧は人差し指を立てた。

「ええ」了解したものの、溜息をついたようにしか聞こえなかった。「何ですか」

「勝村さんは、警察に圧力をかけてきたようですね。あなたも絡んでいるんですか」

「そんな話は知りませんね」即座に断言する。

「聞いてもいないんですか」

「先生が、警察に圧力をかけるような真似をするわけがないでしょう。警察は、市民生活を守るわけで……先生の仕事と同じようなものじゃないですか」

「ということは、私が長崎恵さんの失踪事件を調べていても、何の問題もないんですね」

「そんなことを私に言われても困る。関係ない話ですから」

「そうですか？」

「何が仰りたいのか、よく分かりませんね」

「そうですか？」瀧はわざと間抜けに質問を繰り返した。

「分かりません」榎も同じ答えを返して、ドアに手をかけた。ちらりと瀧を見て、「もう失礼しますよ」と宣言する。

「またお会いすることがあると思いますが」

「そうすることの意味が分かりませんね」

「私には意味があるんです」押して引いて、引いて押しての会話。強く言ってみたものの、相手を動かせるほどの中身はなかった。

「それは、警察には警察の事情があるでしょうから……」

「そうです。その事情は、大抵のことに優先されますから……そのことを頭に入れておいていただけると助かります」

「あなたも、相当無礼な人ですね」無礼という言葉を発したにしては、榎の口調は穏やかだった。

「無礼に聞こえたなら、私の仕事の性質上、仕方ないことだと思って下さい」

「そう、ですか」

ドアを押し開ける。冷たい空気がどっと入って来て、瀧は汗で濡れた背中が冷えるのを感じた。

「一人の人間が姿を消すのは、大変なことなんです」聞いていようがいまいが構わない——瀧は榎の背中に向かって話しかける。彼の動きは停まっていた。「何としても見つけ出したい。心配している人がいるんです。誰かの都合でこんなことになってしまっているとしたら……許せませんね。警察官としてというより、人間として」

「誰かの都合とは、どういう意味ですか」

「彼女は事件に巻きこまれている可能性もあるんです」瀧は彼の背中に言葉を叩きつけた。「そういう犯罪は必ずばれます。自分では上手く立ち回ったつもりでも、絶対にヘマをしているんですよ」

何が「ヘマをしている」だ。犯人は今のところ、決定的なミスはしていないし、証拠も残していない。多くの線が勝村を指しているが、だからといって彼を引っ張るまでの材料はない。

くさくさした気持ちを抱えたまま、帰宅する気にはなれなかった。署に帰るのも気が進まない。頭の中が混乱して、あかねと話しても考えがまとまらないだろう。少しだけ冷静になろうと、瀧はコーヒーを飲むことにした。サンロードの外れにあるコイン式駐車場に覆面パトカーを預け、賑わい始めた夕方の街をぶらぶらと歩き始める。それが多少は、精神衛生に役立った。この街の空気は、いつでも俺を癒してくれる……書店、薬局、老舗の和菓子屋と、用もないのに店先を冷やかし、人波に乗ってゆっくりと歩き続ける。どこでコーヒーにするか……「オウル」に行こうかと思ったが、階段を上がるのも面倒臭く、チェーンのコーヒーショップにした。

しかし今日の瀧は、とことんついていなかった。なみなみと注がれたコーヒーカップを、席に着いた途端零《こぼ》してしまったのだ。慌てて飛び退《すさ》り、ズボンは無事だったが、ネクタイとシャツが派手に汚れる。思わず文句が飛び出しそうになったが、これは誰のせいでもない、自分のミスだ。紙ナプキンで、濡れたネクタイとシャツを必死に叩き、何とか染みを抜こうとしたが、とても間に合わない。諦め、半分ほど残ったコーヒーを飲んだが、もう味が分からなかった。仕方なく立ち上がり、店を出る。外の風に吹かれてシャツがひんやりとし、胸元からコーヒーの香りが立ち上ってくるのがたまらなく苦痛だった。

クリーニングで何とかなるだろうが……ネクタイの方が被害が大きそうだ。よりによって今日は、薄い黄色のネクタイなのである。しかも去年の誕生日に、真希からもらったもの。これはまずい……真希はこんなことで怒る女ではないが、今日のツキのなさを考えると不安が先に立った。

途端に、ずるい考えが浮かぶ。同じ物を買えば気づかれないのではないか。アメリカの有名ブランドのネクタイだから、手に入れやすいだろう。ここだと……百貨店にテナントが入っていたはずだ。

何やってるんだか、と自嘲気味に思いながら、瀧は近くの百貨店に足を運んだ。ここも、子どもの頃からしょっちゅう来ているのだが、テナントは結構変わった。やはり時代の変化で、ブランドにも流行り廃りがあるということなのだろう。

紳士服売り場は五階。エスカレーターで上がる間に、ネクタイを外した。そうすると、ワイシャツに広がった大きな染みがさらに目立つ。しかし、背広にコーヒーを染みこませるわけにはいかないから、ボタンは留められなかった。開き直って上着を脱ぎ、肩にかける。ちらりと下を見ると、大きな染みが目についてうんざりした気分になってしまった。

「瀧君？」

四階まで来た時、いきなり声をかけられた。馴染みのある声……そして制服姿。顔を上げた瞬間、まずい相手にぶつかった、とまた気分が下がる。植田祥子。高校の同級生で、このデパートにずっと勤めている。売り場で顔を合わせると、理由もなく気まずい感じになるのだ。買い物には人間の性向が露骨に現れるものであり、それを知られるのは、あまり嬉しいことではない。祥子はずっと婦人服売り場にいるから、滅多に顔を合わせることはないのだが。

祥子が目ざとく、ワイシャツの染みに気づいた。

「どうしたの、それ」

「コーヒー」

「大損害じゃない」心底同情するような口調。だが瀧にとっては、お節介にしか聞こえなかった。

「シャツよりネクタイの方がひどいんだ」瀧は、上着のポケットに突っこんでいたネクタイを取り出した。色は……黄色ではなく、茶色でもなく、何とも形容しがたい。

「あら、これはちょっと……大変かも」

「まずいな。これ、嫁からもらったんだよ」

「で、どうするの？」

「同じ物を買って、知らんぷりをしてようかと思う」

「それは無理よ」祥子が笑った。「ワイシャツがそれだけひどいことになっていて、ネクタイが無事っていうのは不自然でしょう」

「ああ……」そんなことにも気づかなかったとは。「そりゃそうだ。どうするかね」

「素直に謝るしかないでしょう。それで、一刻も早くクリーニング」

「そうだよな……どうも今日は、調子がおかしいんだ」瀧は思わずぼやいた。

「誰にだって、そんな日はあるわよ」

瀧は、ふっと緊張が解けるのを感じ、しばらく無駄話に興じた。買い物でなければ、祥子と話すのは苦にならない。むしろ、昔馴染みと話すことで、ささくれ立っていた神経が慰められるようだった。

しばらくとりとめもない話を続けていたが、やがて祥子が急に思い出したように言った。

「何か最近、若い女の子が行方不明になっているって聞いたけど」

瀧は思わず周囲を見回し、唇の前で人差し指を当てた。この件は表沙汰にはなっていない。大きな声で話して欲しくはなかった。普通、行方不明の案件では情報を広めるのも大事なのだが、この件は違う。瀧の中では、既に「事件」になっていた。

「それは……あまり大きな声では言えないな」

「噂になってるわよ。昔も同じような事件、あったでしょう」

「まあね」瀧は眉をひそめたが、この件について少し話してみてもいいと思い直した

——あくまで曖昧に、だが。祥子もずっと地元にいる人間で、しかも客商売である。こういう場所が噂の結節点になることもままあるのだ。

瀧はできるだけ抽象的な言葉を使って話を続けた。そのせいではないだろうが、有益な情報は引き出せない——祥子も、こちらが知らない情報を知っているわけではなかった。こういう時、人は噂話に自分なりの解釈と想像をつけ加え、ろくでもない話にでっち上げて広めてしまうものだが、そういうこともなかった。

それを指摘すると、祥子が顔を歪める。

「まあ……地元の子じゃないしね」

「でも、ここに住んでるんだ」

「それはちょっと違うんじゃないかな」祥子が指摘する。「私や瀧君は地元の人間だけど、外から入って来た人って、やっぱり外の人よ。一時的にここに住んでいるだけで、いつかは出て行く可能性が高いし」

「それでも今は、この街の人間だから」つまり、自分が守るべき対象である。

「そうか……最近、変な人が多くて大変よね」

「変質者とか？」

「いや、別に男の人の話じゃなくて」祥子が苦笑する。

「確かに女性の変質者だっているけどね。そういうのは男女平等だよ」

「ひどい平等ね……でも、ちょっと大丈夫かなっていう人、増えた感じしない？」

「まあね」警察官をやっていると、そういう苦情もしばしば耳に入る。犯罪までいかなくても、迷惑行為になれば警察の出番になるのだ。

「この前もね、ちょっと変な女の人が来て」

そういう話を、売り場に近いところでしなくてもいいと瀧は思ったが、祥子はやめるつもりはないようだった。もしかしたらずっと胸の中に抱えていて、人に話したくて仕方がなかったのかもしれない。瀧が促さなくても、ぺらぺらと話を進めた。

「七十歳ぐらい……私たちの親ぐらいの世代の人かなあ。ずっと独り言を言いながら、ちょっと若向けの服を揃えて買って行ったのよ」

「最近の七十歳は若いよ」

「そうじゃなくて」祥子の声には何となく苛立ちが感じられる。「娘さんの同窓会っていう話だったんだけど、二十歳って言うのよ」

「七十歳で二十歳の娘？　それは計算が合わないな」

「でしょう？」祥子が勢いこんで言った。「まあ、五十歳で子どもを産めないこともないでしょうけど、何か話がおかしいのよね。凄く上品で丁寧な感じの人だったけど、どこか一本、筋がずれてるっていうか」

「地元の人？」

「何回か見たことがあるけど、うちで買い物をしてくれたのは初めてかなあ」

「でも、実害はなかったんだろう？」

「そういう問題じゃなくて」祥子が苛立たしげに両手を揉み合わせた。「何か、気味が悪いじゃない。孫なら分かるけど、娘っていうのがね……」

「そうかもしれないけど、それは俺にはどうしようもないよ」瀧は両手を小さく広げた。

「分かってるわよ」祥子の顔に笑みが戻る。「別に警察に相談するようなことじゃなくて……ちょっと愚痴を言いたかっただけ」

「何だよ、俺はゴミ箱じゃないよ」

「税金で給料貰ってるんだから、これぐらい聞いてくれてもいいでしょう」

「……まあな」

「ああ、何だかすっきりした。こんな話、誰も真面目に聞いてくれないから」

真面目に聞くような話じゃないからだろう、と瀧は思った。とんだ時間の無駄である。しかし、「ちょっと相談が」と持ちかけられるとつい足を止めてしまうのは、やはり警察官としての職業柄としか言いようがない。特に世話焼きではなく、面倒見がいいわけでもないのだが、何故か耳を傾けてしまう。

それにしても、こういうどこにもつながらない話は困るんだよな……結局ネクタイは買わないまま、祥子と別れる。真希には、正直に話して勘弁してもらおう。

どこにもつながらない話——そのはずなのに、何故か小さな刺《とげ》のように心に刺さった。

そして刺は、小さいほど抜きにくい。


自宅へ戻り、真っ先に真希に謝罪した。むっとされると思ったが、彼女の反応は「らしくないわね」の一言だけ。確かに自分は、こういうヘマをするようなタイプではないのだが……それだけ精神的に追いこまれているのかもしれない。

夕食は、サバを焼いてトマトのソースで和えたものだった。和と洋の合体。脂の乗ったサバの味を、さっぱりしたトマトが中和しているとも言えるのだが……淡白なのか濃いのか、瀧には分からなかった。

今夜はどうにも箸が進まない。料理自体は美味いのだが。

「何かあった？」先に食事を終えていた真希が、心配そうに訊ねる。

「まあ、ちょっと……気になることがあってね」

「例の件？」

「そんな感じだ」

さすがにここまで捜査が進んでいると、妻にも話せない。瀧は「察してくれ」のつもりでうなずき、合図を送った。会話はそれきりで打ち切りになった。少しだけほっとして、お茶を啜る。

「こういうこと、聞きたくないかもしれないけど、市役所でずいぶん噂になってるわよ」

「そうか……どんな感じで？」

「まあ、『怖い』っていうことなんだけど。高校生ぐらいの子どもがいる人も多いから」

「今回は、大学生だ」

「同じようなものよ。最近の大学生は幼稚だし」

「逆に高校生が大人になってる？」

「うーん、高校生も幼稚かな。だいたい最近は、社会全体が幼稚になってる感じでしょう？」

確かに。自分の二人の息子も、もう大学生なのにずいぶん幼い感じがする。そういえばしばらく話していないが、元気にやっているのだろうか。

「とにかく、パニックにならないうちに何とかしてね」

「パニックは大袈裟だろう」

「でも、噂は勝手に広がるものだから」

「そうかもしれないけど……何か聞いたら否定しておいてくれよ」

「でも、否定できる材料もないから。それにそもそも、何を否定するの？」

確かに。恵が行方不明になっているのは事実なのだから。しかし、この事実を警察は公表していない。本来は公開捜査にすべきだったのではないかと瀧は少しだけ悔いている。それほど大きな事件ではないと思っていたのだが、考えが甘かった。もっと広く情報を公開して、一般市民からの情報提供を待った方が、見つかる確率は高かったかもしれない。今となっては遅い、という感じなのだが。

「しかし、そんな話、どこから出たんだよ」

「分からないけど……」真希はどこか申し訳なさそうにしていた。

「まさか、矢部友美じゃないだろうな」昔ながらの「スピーカー」が性能を発揮したのか。

「彼女の耳に入ったら、秘密にしておくのは難しいわよね」

一瞬怒りがこみ上げたが、これは自分の責任なのだとすぐに気づく。彼女にこの情報を教えたのは自分なのだから。一つ溜息をつき、何とか怒りを押し潰す。

「まあ……そんなにマイナスはないだろう」

「そうね」真希が立ち上がり、食器を片づけた。キッチンから振り向き、「でも、どうなってるの？」と訊ねる。

結局この話から逃れることはできないのか。瀧は目を閉じ、天井を見上げた。心底情けない気分になってくる。一番身近な人間である妻を不安にさせてしまうとは。

「近所の人も心配して、私に聞いてくるのよ。あなたが刑事だって分かってるから」

「言えないこともあるんだ」瀧は言い訳した。我ながら情けない。

自分はまだ頑張りが足りない。今は助けも当てにできない状況で、動ける範囲は限られているのだが、それは我慢できる。ただし、焦りは消えないのだ。恵がいなくなってから、相当時間が経っている。もしも誰かに拉致されているとしたら、一刻も早く救出しないと。

ふいに、「監禁」という言葉が頭の中で大きく膨れ上がる。どうなのだろう……人を監禁するのは、そんなに難しいことではない。適当な部屋さえあれば、吉祥寺のような住宅街でも、人にばれずにずっと押しこめておくことができるだろう。悲鳴を上げようとしても、猿ぐつわでも嚙まされればどうにもならない。ただし、数日も猿ぐつわをされたままでは、被害者はひどく消耗する。ずっと鼻呼吸を強いられるわけだし、食事もきちんと取れないだろう。何より、自由を奪われたストレスは、精神も体力も消耗させるのだ。

仮に、この家で誰かを監禁するとしたら、どうするか。嫌な想像だが、かなり難しいのではないか、と瀧は判断した。手足を縛ってどこかにつなぎ、ドアや窓に近づかせないようにしなければならない。排泄《はいせつ》の問題もある。そう考えると、留置場や刑務所というのはよくできた施設で……逆に言えば、一般民家で人を監禁するのは難しいだろう。戸建ての家ではなく、マンションの一室でも同じことだ。そもそも、ほぼ二十四時間の監視が必要になるだろう。普通の人間は、まずそんなことはできない。

蔵。

失礼な話だが、考えるだけなら勝手だ——勝村の家にあった蔵が、つい頭に浮かんでしまう。相当古い——恐らく戦前から建っているであろうあの蔵の中は、どうなっているのか。昔の造りなら壁も厚いはずで、誰かが悲鳴を上げても聞こえにくいだろうし、逃げ出すのも難しいのではないか。しかも事務所の隣——同じ敷地である。仮に勝村が、何らかの手を使って恵を蔵に誘いこみ、そのまま外から鍵をかけてしまったとしたら。

思わず身震いした。

七十歳を超えた老人に、そんなことができるだろうか。勝村はだいぶ衰えが目立つし、体力的には無理があるような気がする。しかし仮に、「ちょっと蔵から書類を取ってきてくれ」と命じて、恵が中に入った瞬間に鍵をかけてしまったら……不可能ではない、と判断した。

しかし問題は、「蔵の中を見せて下さい」と簡単には言えないことだ。何の容疑もない。もちろん、任意という方法はあるのだが、それでも何の理由もなしに頼むわけにはいかない。

クソ、この件はここまでか。

「何か気になることがあるなら……」

突然真希に声をかけられ、瀧ははっと顔を上げた。知らぬ間に、髪の間に指を突っこんで、きつく握りしめていたことに気づく。普段は、そういうことはしないのだが。

「いや、いいんだ」

「そう？　何か気になって仕方ないっていう顔をしてるけど」

「ああ……まあ」

「署に行きたい？」

「署じゃないんだけどね」

瀧は両手をテーブルに置き、目を閉じた。そう、調べなければならないのはあの蔵だ。もちろん中へは入れない。しかし、外から観察するぐらいはできるのではないか。

「ちょっと出てくる」

「冷えるから、一枚着ていってね」

立ち上がって、洗い物をしている真希の背中をまじまじと見詰める。

「何か……」

「何？」真希が振り返った。

「普通、嫌がると思うけど。一度家に帰って来て飯を食って、それからまた出かけて行くというのを……」

「何言ってるの」真希が声を上げて笑う。「昔は家に帰ってこないことも多かったじゃない。昔っていうか、つい最近まで。逆にこのところ、暇過ぎたんじゃない？」

「何だか邪魔にされてるみたいだけど」こんなことで拗《す》ねるのは馬鹿馬鹿しいと思ったが、ついそんな台詞が口をついて出てしまった。

「そうじゃなくて、この街を守るために必要なことなんでしょう？」

「もちろん」

「だったら私は、黙ってあなたを見送るだけよ」真希が微笑む。「あなたは、この街の守護者なんだから」

　自宅から勝村の事務所までは、自転車で五分ほどだ。自宅の近くに容疑者――まだ「容疑者」と呼ぶべきではないだろうが――がいるのは、警察官であることを抜きにしても嫌な気分ではある。

まだ遅い時間でもないのだが、静かな住宅街は眠りについているようだった。通りを歩く人もほとんどおらず、近くを走る吉祥寺通りなどの大通りの騒音も届かない。静かな――静か過ぎる春の夜。瀧は、鼓動がかすかに高鳴るのを感じた。自転車を降り、押しながらゆっくりと歩いて行く。

家の正面は避けた。裏手に回ると、蔵はブロック塀のすぐ近くまで迫っているのが分かる。二階に当たる部分だろうか、小さな窓があるが、灯《あか》りは漏れてこない。そもそも、電気が入っているかどうか……瀧はしばらく窓を見上げていたが、それだけでは事態は動かない、と悟った。かといって、少し刺激を与えて、相手が動くのを待つわけにもいかない。

どうしたものか。自転車を押してまた歩き出す、その瞬間、後ろから声をかけられた。

「瀧さん」

驚いて振り向くと、あかねが立っていた。彼女も困惑した様子で、右手をきつく握っている。

「何してるんだ、こんなところで」

「はい、あの……」

言葉が実を結ばない。ここでは話せないのだ、と瀧はすぐに気づいた。「容疑者」

の家の前では。瀧はうなずき、また自転車を押し始めた。あかねの足音がかすかに聞こえる。次の路地まで行ってから、ようやく振り向いた。すぐ後ろを歩いていたあかねが慌てて立ち止まり、その拍子に眼鏡がずれて間抜けな表情になった。

「で？」

「ちょっとあの家を見ておこうと思いまして」

「この捜査から降りろって言っただろう。あれは正式な警告だぞ」

「分かってますけど、気になるんです」眼鏡を直しながら、あかねが口を尖らせた。

「あそこに何かあるんじゃないかって」

「で、何かあったのか？」

「調べようと思ったら、瀧さんを見つけたから……」

「そうか」

彼女をさっさと立ち去らせるべきだ、と思った。これからどんな厄介ごとが待っているか分からないし、彼女をそれに巻きこむわけにはいかないのだ。

「何を調べるつもりだったんだ」

「それはちょっと……」あかねが口ごもる。

「特に具体的な疑いがあったわけじゃないんだな？」

「すみません」薄い唇を噛み締める。

「いや、それはいいんだ。俺も何かあるわけじゃない」

「手がかりが見つかったんじゃないんですか」

「だったら、こんなところでのんびりしてないよ。さっさと突入してる」

「突入……」あかねが目を細める。「機動隊の応援とか、いらないんですか」

「ここは普通の家だぞ」瀧は苦笑してしまった。「いったい何だと思ってるんだ」

「いや、何が起きるか分かりませんから」あかねはあくまで真剣だった。刑事事件の捜査で、機動隊が協力することなど、まずないのに。暴力団に対する大規模な家宅捜索の時ぐらいだ。

「どうしてそう思う？」

「勘としか言いようがないんですけど」あかねが唇を尖らせた。

「そうか」

何か少しでも手がかりが見つかればと思って足を運んだのだが、何だか話が別の方へ転がってしまっている。まあ、こういう調子の狂った夜もあるだろう。

「今夜は帰れ」

「はい、でも……」あかねは悔しそうだった。

「この辺を歩き回っていても、何か見つかるとは限らない。逆に、気づかれたら相手を警戒させてしまうかもしれないだろう」そういう自分も、「何か」を見つけるためにここに来たのだが。

「分かりました」あかねがうなずく。

ほっとして、瀧はうなずき返した。その瞬間、かすかな、しかし鋭い音がして顔を上げる。音がした方に顔を向ける……勝村の家の裏、蔵がある方だ。瀧は自転車をその場に残したまま駆け出した。慌ててあかねが後に続く。

「何ですか？」低い声であかねが訊ねた。

「何か音がした。聞こえなかったか？」

「え？　音ですか？　いえ……」

二人は小走りに、ブロック塀の前に到着した。弱々しい街灯を頼りに、アスファルトの上を捜索する。身を屈めて目を凝らしていると、あかねが「これですかね」と声を上げた。見ると、小さな木製の円盤——皿を持っている。

「何だ、それ」

「木の皿ですけど」困惑したようにあかねが言った。

「もしかしたら——」

瀧は蔵を見上げた。窓に灯りは見えない。しかし、何かがかすかに動くのが分かった。誰かが窓を閉めようとしている。

瀧は声を振り絞り、「誰かいるんですか！」と叫んだ。

第10章　救出

何か、声が聞こえた？　自信はなかった。自分の体が床にずり落ちる音、それに窓が閉まる音が大きくて……でもあれは、声だった。間違いなく声だった。

誰かいるんですか！

いるよ。私はここにいるよ。気づいてよ。

声が出せない。普通に喋れないぐらい、体力がなくなっているのだ。そしてわずかに残っていた力は、たった今使い果たしてしまった。近くにあった古い木皿を手に取り、ようやく開けた窓から下へ投げ捨てて……真下じゃ駄目。少しでも遠くへ投げないと。でも、足の縛めが解けない以上、無理はできない。何とか外へ投げて、下に落ちる音は聞こえたけど……あいつらに気づかれたくないから、慌てて窓を閉めてしまったので、外で何が起きているかは分からない。果たして誰かが気づいてくれたかどうか。

でも、声はした。

足が痛い……思い切り伸びをして、何とか窓に手が届いたのだけど、足かせが邪魔になって、足首の皮膚がずるりと剝けてしまった。今は痺れるような痛さに襲われている。これ、放っておいたら絶対感染する。こんな汚い部屋で……。

でも、もういいか。やれることはやったんだから、これ以上努力しなくていいでしょう。私、頑張ったよね。頑張ったんだから、もう許して……次第に朦朧《もうろう》としてくる中、床に直《じか》に頭をつける。埃が舞い上がり、咳が出てくる。咳を一つする度に、体から命が抜けていくようだ。

もうもたないよ……誰か、何とかして。

「誰かいる」

「まさか、監禁されているんじゃ……」あかねの顔が、夜目にも分かるほど蒼褪めた。

「こんなものを蔵の窓から投げる人間が、他にいるとは考えられない」

「どうするんですか」

「突入だ」

「だったら機動隊の応援を――」

あかねが携帯を取り出す。瀧は慌てて彼女の腕を押さえた。どうしてこの娘は、いつでも話を大袈裟にしてしまうのか。

「突入するけど、機動隊っていう言葉は取り敢えず忘れろ」

あかねが携帯を持った右手をぱたりと下ろした。瀧は彼女にうなずきかけ、「署に電話して応援を頼め」と指示した。

「もう、当直の時間ですけど」

「二人か三人でいいんだよ。制服組がいるといい」

「刑事課ではなく、ですか？」

「制服の方が、圧力をかけられるだろう」自分が脅しをかけても、背広姿のオッサンが凄んでいるようにしか見えないはずだ。「とにかく二、三人だ。それ以上は必要ない。パトランプやサイレンはなしで、だ」

おそらく今この家にいるのは、老夫婦二人だけなのだ。本当は自分たち二人でも十分制圧できるだろう。

「もしもし……」

電話で話し始めたあかねをその場に残し、瀧は正面玄関に回りこんだ。あかねが電話で話しながら、慌てて後を追いかけてくる。

例の、山門のような巨大な門、それに高いブロック塀に囲まれているせいで、敷地内の様子は窺えない。どうやら家の窓からは灯りが漏れていないようだが……いくら年寄りとは言っても、寝てしまうには早い時間である。瀧は、木製の門に場違いな最新のインタフォンに手を伸ばした。ボタンを押そうとして、指が止まってしまう。押していいものかどうか……待とう。数で相手を圧倒するのも、警察的には正しい作戦だ。

あかねのところに戻って、もう一度指示する。

「もう一回電話して、梯子《はしご》を持って来るように言ってくれ」

「どんな梯子ですか」

「このブロック塀を乗り越えられるぐらいの梯子だ」

あかねが唾を呑んだ。「やっぱり突入じゃないですか」と文句を言う。

「言葉は何でもいいんだ。とにかく、中に入る必要が出てくるかもしれない。それと、サイレンとパトランプは使わないように言ってくれ」

「分かりました」

あかねが電話で再度応援を依頼している間、瀧は塀に沿って歩いてみた。やはり蔵の中の様子は分からない。いるのか、いないのか。いるとしても無事なのかどうか。それによって状況は変わってくる。仮に勝村も妻も不在の場合、勝手に入ったら不法侵入になる。しかし、蔵から木皿が投げられたのは間違いないのだ。誰かがあそこに閉じこめられ、助けを求めている――だったら躊躇することはない。できたらすぐにでも、門を破って突入したいところだ。

落ち着け、と自分に言い聞かせる。日本の警察のレスポンスタイムは世界一だ。通報を受けてから現場到着までの平均時間は、全国平均で七分程度。しかも今回は、市民からの通報ではなく、同じ警察官からの出動要請である。この時間はさらに短縮されるだろう。そもそも武蔵野中央署からここまでは、車なら五分とかからないのだ。

その五分が長い……しかしとにかく我慢しろと、瀧は自分を戒めた。右手で左手首をぎゅっと握る。そうすることで、時の流れを早めることができるのではないか、と思った。

来た。近くの路地にパトカーが止まり、制服警官が二人、駆けだして来る。一人は遅れて、トランクから折り畳み式の梯子を取り出してきた。よし、あれなら十分塀を乗り越えられるだろう。最悪、肩車でもいいのだし。先頭に立ってやって来たのは、地域課の係長、村内《むらうち》だった。階級は瀧と同じ警部補、しかし年齢は下である。困惑した表情を隠そうともせず、「休め」の姿勢を取って指示を待った。

「この家に、誰かが監禁されている可能性がある。正確に言えば、あの蔵の中だ」

瀧の言葉に、村内が首を巡らして敷地の中を確認する。二階建ての高さがある蔵は、塀の向こうにかすかに見えていた。

「この家は……」

「そう、勝村の家だ。武蔵野市議の勝村の家だ」

「そんなところに監禁されている人がいると？」村内の顔に、疑念と緊張の色が加わった。こいつ、正気なのかと疑っている様子がありありと窺える。

「その可能性が高い」

瀧は木皿を差し出した。村内は、汚い物でも目にしたように、触ろうとしない。瀧も改めて皿を見直してみた。古い……朱塗りなのだが、あちこちに細かいひびが入っている。しかも埃がこびりつき、長年誰も使っていなかったのは明らかだった。道路に落ちた衝撃のせいか、幅一センチほどに亘って欠けが見られる。指紋は取れるかもしれない。それを、予め採取しておいた恵の指紋と照合できれば……いや、今はそんなことをしている暇はない。

「とにかく、あの蔵に誰かがいて、これを投げてきたのは間違いないんだ。その直後、窓が閉まった。家の人間に知られたくないんだよ」

「ちょっと根拠が薄いんじゃないですか」村内がもっともな推測を口にした。「とにかく、インタフォンを鳴らしてみたらどうですか。勝村さん本人に話を聴くのが先でしょう」

「分かってる。応援が来たらそうするつもりだった」

瀧は、今度は迷わずインタフォンを鳴らした。澄んだ音……じりじりと時間が過ぎる。反応はなかった。村内と顔を見合わせ、もう一度鳴らす。やはり返事はない。

「誰もいないようだな」

「もう少し、いろいろ調べてからにした方がいいんじゃないですか」

「時間がないんだ」瀧は強調した。「もしも、行方不明になっている娘が中にいたら、相当衰弱していると考えた方がいい。一刻を争うんだ」

「しかし……」

突然、「ガチャン」と金属音がした。慌てて音がした方を見ると、制服警官から梯子を奪い取ったあかねが、塀に立てかけて、既に上り始めている。

「野田、やめろ!」

瀧は短く、鋭く叫んだが、あかねはあっさり無視した。思いも寄らぬ身の軽さで梯子を上り切り、一瞬だけ塀の上にしゃがんでバランスを取った後、庭に飛び降りる。焦りやがって……と頭に血が上ったが、これで既成事実ができたのも確かだ。瀧もすぐに梯子に取りついた。

「瀧さん!」村内が忠告する。「やばいですよ」

「俺が責任を取る。とにかく、そこで待機していてくれ。何かあったら突入しろ」

言い捨てて、あとは一直線に梯子を上った。もしも蔵の中に誰もいなかったら——少なくとも恵がいなかったら、この侵入自体をなかったことにしてしまうのが一番いい手だ。誰かに見られたとは思えなかったし、外勤の制服組を言いくるめるぐらいは何でもない。

　庭の中は真っ暗だった。街灯の灯りは届かず、やはり家からは光が漏れていないので、ほとんど何も見えない。ぼうっとした灯りが見えて、あかねが携帯電話のバックライトを使ったのだと分かった。しかしあまりにも頼りない。

「目が慣れるまで待て」瀧はあかねに近づき、身を屈めながら言った。「蔵に近づくまでには、障害物がたくさんあるはずだ」

　勝村は、庭を植木で埋めていた。確か、池もあったのではないか。気をつけないと池にはまって前進を阻まれてしまうかもしれない。増築部分——事務所——の端が蔵の方にあったと思い出し、瀧はそちらへ移動した。事務所の壁沿いに動けば、必ず蔵に辿りつけるはずだ。

　瀧は体を屈めたまま最初の一歩を踏み出したが、その場に踏み止まっていたあかねの背中にぶつかってしまう。

「おいおい、前へ行けよ」

「まだ目が慣れません」

「左手の方……建物があるの、分かるか」

「はい」

「それが事務所だ。そこまで行って、後は壁沿いに右手に進め」

「分かりました」

言って、あかねが身を屈めたまま前進する。しかしすぐに、短い悲鳴を上げて立ち止まってしまった。

「どうした！」瀧は低いが鋭い声で訊ねた。

「すみません、蜘蛛《くも》の巣が……」

それぐらい我慢しろ、とさえ言えない。怒るのを通り越して呆れていた。

「いいから、ゆっくり進め」

「はい……」

情けない声で言って、あかねがまた前進を始める。先ほどよりもゆっくり……ほとんど停まってしまいそうなスピードだった。いい加減じれて、瀧は立ち上がって背中を伸ばした。すぐにあかねを追い抜き、事務所の壁に達する。

「いいんですか」

「誰もいないよ」

それに目も闇に慣れた。庭の様子自体は見えない——木は暗い色なのだと改めて分かった——が、右手の蔵は、薄茶色のせいか、闇の中にぼんやりと浮かび上がっている。十メートルほど進んで、蔵の入り口まで辿りついた。階段を三段上がったところに、鉄製の扉がある。しかし、鍵は適当だった。というより、鍵がない。太い木材がかんぬきになって扉を押さえていたが、これを抜きさえすれば……瀧はかんぬきに手をかけた。長い歳月を経てきた木に特有の、すべすべした感覚。夜気に当たってひんやりとし、しっかり摑もうと思っても滑りがちになる。両手に力をこめて摑み、取り敢えず右の方へ動かしてみた。

びくともしない。

見えないだけで、どこかに鍵がかかっているのか？　しかし、目を凝らしてもそれらしきものは見えない。瀧も携帯のバックライトを使って周辺を照らしてみたが、灯りが頼りなさ過ぎる。舌打ちして、「制服組に懐中電灯を借りてきてくれ」とあかねに頼んだ。

「分かりました」と言って踵を返したあかねが、ほどなくまた悲鳴を上げる。少し甲高く、可愛いと言っていいぐらいだったが、瀧は無視した。どうせまた、蜘蛛の巣だろう――いや、まさか目を覚ました勝村がいきなり家から出て来たとか。慌てて振り向くと、あかねは一人だった。やはり蜘蛛の巣か何かが引っかかったようである。吐息をつき、瀧はまたかんぬきに取りかかった。

やはり動かない……どこかが引っかかるような仕組みになっているのだろうか。試しに、引くのではなく回してみる。「ゴリ」と何かがこすれるような音が響き、かんぬきは奥の方へ軽く回った。続いて右へ引いてみると、今度は動く。かんぬき自体が簡単な鍵になっていたのだと分かった。かなりの重さがあるかんぬきを完全に抜き切り、音を立てないように地面に下ろす。すぐに、鉄の扉に手をかけた。かなり錆びついているかと思ったら、案外軽く、音も立てずに開いた。ということは、この扉は頻繁に開け閉めされているのだろう。

あかねを待つか……いや、ここまで来てしまったのだ、突入しよう。

しかし、扉の向こうはさらに深い暗闇だった。もう一度携帯のバックライトを使って照らし出してみると、目の前がすぐに階段になっているのは分かったが、上までは見えない。バックライトが弱くなってきたので、慌ててまた何かのキーに触れ、明るさを回復させる。どこかに照明のスウィッチがあるはずだと思ったが、何も見つからなかった。

意を決して、暗闇の中、階段を上り始める。頼りになるのは、携帯のバックライトだけ。ぼんやりとした白色光はいかにも弱々しく、先を照らし出すどころか、自分の足下もおぼつかない。仕方なく、壁面に手をついて体を支え、一歩一歩踏みしめるように進んだ。階段がかなり大きな軋み音を立てる。木製の階段は相当古びていて、何となく滑るような感じがした。それだけ長い年月が経ち、階段の端の部分まで丸くなっているのだろう。

それにしても埃っぽい。鼻がむずむずしてきたが、きつくつまんで何とかくしゃみを堪える。中に誰かいるとして、自分の存在は階段の軋み音で既に知られてしまっていると思うが、それでもこれ以上騒ぎを大きくしたくなかった。

途中で立ち止まり、耳を澄ませる。鉄の扉を開け放しにしてしまったので、外の騒音がかすかに聞こえてくるが、他には何も耳に入らない。おかしい……人の気配が感じられない。しかし間違いなく、誰かが上階の窓を開けて皿を投げたのだ。おそらく、助けを求めて。

瀧は前進を再開した。相変わらず、階段の軋み音が耳障りである。五感全てを使わなければならないのに、聴覚が当てにならない状態だ。いや、嗅覚も……埃のせいで鼻がむず痒く、今にもくしゃみが飛び出そうである。また鼻をきつくつまみ、くしゃみを我慢しながら階段を上り続けた。それにしても、どこまで続くのか。単純な二階建て形式ではないと思ったが、どういう構造なのだろう。

階段は急で、梯子を上っている感じだったが、ほどなく、瀧は一番上に辿りついた。屈みこむ格好になり、手を伸ばして床に——おそらく床だ——触れてみる。板張りの床のようで、かなり埃が溜まっているのが感触で分かった。

どこからか光が射しこんでいる。斜めに細く空間を切り取った光は、床に小さな丸い水溜りのような模様を作っていた。これが先ほどの窓か……多少周りの様子が見えるようになったので、しばらくその場にとどまり、観察してみる。階段が終わったところから、広いスペースになっているようだった。あちこちに暗い山が見えるのは、物置代わりに使っているからだろう。光が照らし出す範囲はごく狭く、全体の様子は把握しようもない。

瀧は階段を完全に上がり切り、床に膝立ちになった。乏《とぼ》しい灯りを元に、何とか目を馴らそうとする。あちこちにある黒山……一つだけ、違う。布団を丸めて横倒しにしたような影——人だ。鼓動が高鳴り、喉から心臓が飛び出すような感覚を覚える。ここまで一言も発せずに来たが、こうなっては声をかけざるを得ない。

「長崎さん？　長崎恵さんですか？　警察です」

黒い影がぴくりと動いたように見えた。瀧はゆっくりとそちらに近づき、さらに何度も声をかけた。その度にかすかに動くのだが、返事はない。揺らしてみるか……屈みこんで腕を伸ばした瞬間、背後に殺気を感じた。振り向く間もなく、頭に何か鈍器が振り落とされる。空気が切り裂かれるような音がしたと思った次の瞬間には、激しい衝撃を頭に受けていた。うめき声が漏れたが、どうしても我慢できない痛みではない。アドレナリンが噴出し、むしろ痛みは感じられなかった。

瀧は反射的に体を左へ投げ出した。もう一度、空気を切る音。瀧は相手の正体を見極めようとしたが、暗闇の中で影が動くようなもので、顔はまったく見えない。クジ、このままではまずい。自分の背後には、恵らしき人間もいるのだ。勝村か？　ジジイにやられっぱなしでは、メンツも丸潰れだ。何か武器は……いろいろありそうなのだが、探している暇がない。素手で戦うにしても、瀧は逮捕術にはあまり自信がなかった。

その時、懐中電灯の灯りが煌《きら》めいた。相手の動きが一瞬止まる。次の瞬間、相手が床に叩きつけられていた。あかね？　あかねだ。こんなに動きが速かっただろうか、と驚く。

それ以上に驚かされたのは、相手が女性の声で悲鳴を上げたことだった。

勝村ではない？

恵は、死んではいなかった。だが、ひどい状態にあるのは間違いない。全体に衰弱が激しく、まともに話もできなかった。瀧の問いかけに、自分が長崎恵だと認めるのが精一杯だった。埃だらけの部屋にいたせいで服は汚れていて、顔も真っ黒だった。そして何より、足首の傷が痛々しい。窓に近寄って木皿を投げた時に、かなり無理して足かせを引きずったのだろう。血だらけになり、しかも足首がおかしな方向に曲がってしまっていた。長時間、まともに食べていないのも間違いなく、直ちに治療が必要な状態だった。

狭い蔵の上階は、あっという間に警察官で埋め尽くされた。鑑識の係官が一センチ単位で床を調べ始め、呼び出された刑事課の連中も、それを手伝っている。瀧は頭の右横を殴られ、耳の上を少し怪我した。大した出血ではないが、鈍い痛みが残って鬱陶しい。だが、取り敢えず治療は拒否した。

勝村の家を調べなければならなかったから。

その前に、まずあかねを褒めなければならなかった。もう少し早く来てくれたら怪我しなくて済んだのに、と多少恨めしい思いもあったが、彼女が来なければどうなっていたか分からない。相手は小型の鉈《なた》を持っていたのだ。

埃に耐え切れず、瀧はあかねを蔵の外へ連れ出した。少し湿った空気を吸いこみ、何とか生き返った感じになる。何度か深呼吸を繰り返し、敷地から出た——正門から、堂々と。

外には、パトカーが大挙して押しかけている。パトランプの赤い光が、これほど頼もしく見えたことはなかった。煩い課長の姿は見当たらない。この隙にと、瀧はあかねから話を聴いた。いつものピンク色の眼鏡をかけていないので、違和感を覚える。

「眼鏡、どうした」

「上で落としたみたいです。見つからなかったんで」

「そりゃ結構だね。みっともない姿は見せたくない」

意味が分からなかったようで、あかねが首を傾げる。眼鏡がないと、何歳か若く見えた。瀧は咳払いをして、礼を言った。

「助かったよ、ありがとう」

「いえ。遅れまして……懐中電灯をなかなか渡してもらえなかったんです」

「しょうがないな」

「あの……犯人は……勝村さんじゃないんですか」

「少なくとも、俺を襲った人間は勝村じゃない」

「誰なんですか？　まさか、女性なんて……」

「奥さん、じゃないかな」

七十歳を過ぎた女性に不意を突かれ、怪我させられたと思うと、またがっくりくる。この精神的ダメージは、後々まで尾を引きそうだ。

「何で奥さんが？　奥さんが監禁していたんですか？」

「その辺の事情は、本人から聴くしかないな」

「あ、でも、しばらく無理かもしれません」バツが悪そうにあかねが言った。

「何で？」

「ちょっと、関節を……」

「外したのか？」

「非常時ですから」

瀧は天を仰いで溜息を押し殺した。気を取り直し、あかねに向かって微笑みかける。

「大丈夫だろう。頭を打ったわけじゃないし、痛みが引けば話は聴けるさ。それより、勝村はどこへ行ったんだ？」

「分かりません。会合とか……出張とか？」

「榎が知ってるはずだ」

「秘書の人ですね」

瀧は携帯を取り出し、住所録をスクロールした……が、榎の名前は、当然入っていない。彼の携帯電話の番号を割り出すまでにはいたらなかった。

「君は、榎の携帯か自宅の番号を割り出してくれ。俺は家の捜索を手伝う」

「分かりました」

あかねが踵を返し、近くのパトカーに向かって走って行った。背中を見送る瀧に、嫌な声がかかる。

「おい、瀧！」

課長の田沢だった。瀧は肩を二度上下させてから、突進してくる彼を止めるように、両手を前に突き出した。

「説明は後でします。とにかく、長崎恵を保護しました」

「監禁されていたのか？」

「そうです。やることが山積していますから……説明は、後でまとめてします」繰り返し言ってから、瀧は門に向かって走り出した。手当もしていない頭の傷が痛んだが、田沢から逃れられるなら我慢できる。

何より今は、やらねばならないこと、考えることが多過ぎる。最大の問題——勝村はいったいどこにいる？


勝村は自宅にいなかった。古い家なので、隠し部屋でもあるのではないかと、捜索は徹底して行われたが、手がかりはなし。榎はすぐに摑まり、勝村の家まで駆けつけてきた。パトカーと警察官の大群を見て、瀧に向かっていきなり怒鳴り散らす。

「何なんですか！　人の家で何をやっているんですか？」

「それどころじゃないんです！」瀧は怒鳴り返した。それで互いに少し冷静になったが、勝村の行方について、榎は何も知らない様子だった。秘書が把握していない時間。いかに政治家とはいえ、プライベートはある、ということか。

本当に？　嘘をついてでも庇《かば》おうとするのが秘書の性癖ではないか？

これまで、仕える政治家のために命さえ絶ってしまった秘書や運転手は、何人もいた。極めて日本的な解決方法、と揶揄《やゆ》されるのだが、それなりの覚悟があってのことだろう。彼らは当然、秘密を守るために死んだわけだが、その秘密は大抵、金絡みである。時には「疑獄」と言われるほどの、大きな政治事件。かかわる人間が多数に及ぶ上、下手をすると一つの内閣が倒れる可能性もある——一人の人間の死で何とか隠《いん》蔽《ぺい》できるなら、という考えは分からないでもない。

許せるものではないが。

しかしこの件は、性格がまったく違う。おそらく勝村の個人的な性癖に起因するものであり、どう考えても庇いようがない。破廉恥な犯罪であり、発覚した時点で、勝村の政治生命——あるいは普通の社会人としての人生——は絶たれたも同然だ。

瀧は、榎をパトカーの後部座席に押しこめた。数時間前に会った時に比べ、明らかに憔悴《しょうすい》して恐怖を覚えている。車内に入りこんでくる赤色灯の赤が額の汗に映り、血を流しているようにも見えた。彼に同情すべきかどうか——一切必要ない、と判断する。一人の女性が、ここで死ぬかもしれなかったのだ。

「勝村はどこにいますか」

敬称を飛ばして質問をぶつける。榎は無言だった。何も知らないのではなく、話していいかどうか迷っている、と解釈する。

「若い女性が、この家の蔵に監禁されていました。足かせまで用意して、周到に準備をしていたと思われます。計画的犯罪ですよ。女性は衰弱しきっていて、助かるかどうか分からない。こんなことが許されると思いますか?」一気に喋って、彼の方に身を寄せる。榎が体を硬くするのが分かった。「私の怪我が見えますか」瀧は体を捻って、頭の右側の傷を見せた。未だに痛みが残る……どの程度の傷なのか、自分でも分からないのが怖かった。鏡を見る気にもなれない。「あの蔵の中で、奥さんに襲われたんですよ」

「……蔵に勝手に入ったら問題じゃないんですか」静かな声で、榎が反論する。「捜索の令状とか、そういうものは……」

「そういう問題じゃない!」瀧は思わず強い言葉を叩きつけた。「あの蔵から、必死の思いで助けを求めてきたんです。緊急事態でした。令状もクソも関係ないんだ! 勝村が監禁していたんですか?」

「それは……」

「何も知らなかったとは言わせませんよ」

「私は……」

「勝村はどこなんですか? あなたも共犯になる可能性がある。それをよく考えて下さい」

沈黙。外のざわざわした気配は伝わってきたが、瀧は音のない世界に取り残されたように感じた。飛行機が急上昇した時のように耳が痛くなり、何も聞こえなくなる。

榎は沈黙を守っていた。話すタイミングを考えているのかもしれないが、こちらには時間がない。監禁されていた恵を無事に救出したからといって、事件は終わらないのだ。むしろ捜査はこれからである。

「出してくれ」瀧は運転席に座る制服警官に声をかけた。「署まで頼む」

榎がはっと顔を上げた。瀧は構わず、真っ直ぐ前を見詰めたまま低い声で告げる。

「取調室で話を聴きます。時間はいつまでかかるか分かりませんから、ご家族に何か連絡があるなら、今のうちに電話でもしておいて下さい」

誘導されるように、榎が携帯電話をワイシャツの胸ポケットから取り出す。開いて、親指をキーに乗せようとして、動きが止まってしまった。結局何もしないまま電話を畳み、ポケットに落としこむ。

揺れている。もっと揺らせば落ちる。瀧は確信し、腕組みをした。こうなったら、どんな手を使っても吐かせてやる。次第に激しさを増す頭の痛みに耐えながら、瀧は決意を固めた。

しかしその決意は、署についた瞬間に断ち切られた。携帯が鳴り……長崎だった。しまった、と思わず舌打ちする。一番最初に連絡すべき人間に、何も言っていない。

「今、病院なんだが……」長崎の声には戸惑いが感じられた。

「すまん、どこから連絡があった？」

「署の方から……それで慌てて病院に飛んできたんだが、会えないんだ」

「衰弱が激しいんだ」

「だけど、顔も見れないのはどういうことなんだ」長崎の声に怒りが滲む。

「すまん。俺がついているべきだった。今からすぐ病院に行くから待っていてくれないか？　どこに搬送されてる？」

「赤十字病院」

武蔵境駅の南口か……署からだと少し遠いのだが、一応市内の病院であり、搬送にはそれほど時間はかからなかっただろう。一刻も早い治療が必要だったのは間違いなく、あそこに運びこまれただけで、恵が助かる可能性は高くなるだろう。

「分かった。すぐ行くから待っててくれ」

瀧は署の一階で、当直の連中に榎を引き渡した。取り調べを担当すべき刑事課の人間はほとんど現場に出払ってしまっているから、しばらくは放置せざるを得ない。それを意識して、瀧はわざと大きな声で言った。

「俺が戻るまで、よく見張っていてくれ」

見張る、という言葉に反応して、榎の顔から血の気が引く。

「あなたは容疑者じゃない。ただ、容疑者に近い人物です。話す気になったら、いつでもいいからその辺にいる警察官に声をかけて下さい」

本当は徹底して叩くべきなのだが、任せる相手がいないのだから仕方がない。だが、そこで援軍が現れた。援軍と言っていいかどうか……あかねが署に飛びこんできて、刑事課に向かう階段の方へ走り始める。

「野田！」叫ぶように呼びかけると、あかねが一瞬で踵を返す。サッカーの選手がステップを踏むような素早い動きも、普段の彼女からは想像できないものだった。もしかしたら俺は、彼女を見くびっていたのかもしれない、と反省する。

「長崎さんが収容された病院に行ってくる。君は、この人から話を聴いてくれ。ポイントは一つだ。勝村がどこにいるか知りたい」

「分かりました」

あかねが体の脇で両手を拳にかためる。ぽきり、と指が鳴る硬い音がやけに大きく響いた。榎の喉仏が大きく上下する。

「丁寧にやってくれ」暴力の気配を感じ取り、瀧は慌てて命じた。

「何でですか？」

「いや、だから……」

「よく聞こえません」あかねが右耳の後ろで掌を立てた。

まさか、本気でこんなことを言っているのか？　暴力沙汰は、全ての捜査努力を台無しにしてしまう。そんなことは、駆け出し刑事の彼女でも分かっているはずなのに……しかし、ここで縷々《るる》説教して、「暴力は絶対に駄目だ」と彼女を納得させられる自信はなかった。

「とにかく……」何とか言葉を紡ぎ出そうとしたが、口が自然に閉じてしまう。「まあ、頑張ってやってくれ」

あかねがにやりと笑う。想像もしていなかった本性が覗いた。俺は、若い連中のことをまったく分かっていなかったな、と瀧は猛省しながら外へ飛び出した。

長崎は、緊急外来の受付付近でうろうろしていた。ベンチがあるのに座る気にもなれないのだろう、廊下の幅一杯を使って、行ったり来たりを繰り返している。制服警官が一人、受付の中から出て来た。瀧は長崎に声をかける前に彼を摑まえた。

「捜索願を出した人なんだ。会わせるぐらい、できるだろう」

「病院の方で、面会謝絶の判断なんです」若い制服警官が顔を曇らせた。

「そんなに悪いのか？」瀧は思わず声を低くした。

「衰弱が激しいようで……何とも言えないそうです」

「まずいな」舌打ちして、長崎をちらりと見る。瀧の存在に気づいていない様子で、うつむきながら往復を繰り返していた。「医者はいるか？」

「今、受付の中で話を聴きました」

「分かった。俺が交渉する」

うなずいて制服警官を解放し、瀧は長崎へ声をかけた。長崎がはっと顔を上げ、駆け寄って来る。

「遅くなって申し訳ない」

「いや……」長崎が右手を盛んにズボンに擦りつけた。「どうなってるんだ？」

「無事に保護はしたんだ。ただ、衰弱が激しい。病院の方では、会えないという判断なんだ」

「そんな……」長崎ががっくりと肩を落とした。

「今、交渉してみる」

「俺も行く」

「お前はちょっと、ここで待っててくれ」動揺した長崎が何を言い出すか分からない。この場でトラブルは厳禁だ、と瀧は思った。「な、俺がちゃんと話してくるから。そこのベンチに座って待ってろよ」

ようやく長崎をベンチに座らせたが、その瞬間、受付から医師が出て来てしまった。四十歳ぐらい、少し太り気味だが、それがかえって患者に信頼感を与えるようなタイプである。瀧は医師に駆け寄り、バッジを示した。医師が顔を曇らせる。

「何とも言えない状況です。先ほども警察の方には説明したんですが」

どんな質問をぶつけていいのか分からず、瀧は頭の中で言葉を転がした。生き延びますか？　死にませんか？　どんな言葉も、この場に相応しくない気がする。長崎が側にいる、この状況では……瀧の困惑を察したのか、医師が自ら進んで説明した。

「どういう状況に置かれていたのか分かりませんが、衰弱が激しいんです。しばらく、輸液で栄養補給をしながら回復を待つことになります。あとは足首の骨折……その部分の外傷もひどいようですが、どういう状況だったんですか？」

「足かせをはめられていたんです」

医師の顔が歪む。「だいぶ無理したみたいですね」と感想を述べてから、「回復には時間がかかるかもしれません」と告げた。瀧はそれを、「一生足を引きずるかもしれない」という推測の遠回しではないかと想像した。

「今は……」

「集中治療室にいます。そこは万全の治療をしていますから、安心していただいて結構です」

「一目だけでも会えませんか？　家族はずっと心配していたんです」

「話はできませんよ」

医師が、ふっと体の向きを変えた。長崎に背を向ける格好になる。警察官には話せても、家族には聞かれたくない話なのだな、とぴんときた。

「精神的な影響が心配なんです。何も喋らないのは、衰弱しているせいもあるかもしれませんが、精神的なショックもあるかと……それは、専門家にフォローしてもらわないと、どうしようもないですね」

「分かりました。その辺は、医療機関と調整しながら……それにしても、顔ぐらい見られないんですか？」

医師が瀧の顔をまじまじと見た。それから体を捻り、長崎に視線を向ける。もう一度瀧の顔を見て、「見るだけなら」とぽつりと言った。

「ありがとうございます」

瀧は長崎に駆け寄り、「取り敢えず、顔だけは見られるから」と告げた。長崎が肩を大きく上下させる。その瞬間、両目から涙がこぼれた。

数床のベッドが並ぶ集中治療室には、恵の他に患者はいなかった。長崎が動揺しないよう、体を押さえなければならないと思ったが、病室に足を踏み入れた瞬間、携帯電話が鳴ってしまう。医師に睨まれ、瀧は慌てて病室の外に飛び出した。あかね。

「何だ」病院にいると言ったのに電話をかけてくるとは……気がきかないにもほどがある。

「勝村の居場所が分かりました。というか、いそうな場所が分かりました。榎が喋ったんです」

「どこだ」瀧は携帯を握り締めたまま救急の出入り口に駆け出そうとしたが、まだ外に出るわけにはいかない、と思った。長崎の面倒を見なければ。

「公園です」

「公園って」

「吉祥寺で公園って言ったら、井の頭公園しかないじゃないですか」

「あんなところで何してるんだ」

「それは分かりません。今から急行します」

「ちょっと待て。お前一人で行くつもりじゃないだろうな」

「課長が指揮を執ってますので、それに乗ります」

「それならいい」瀧は胸を撫で下ろした。思いもよらなかった暴走癖に、これ以上引っ掻き回されたらたまらない。「俺もすぐそっちへ向かう」

「被害者は……」

「何とも言えない。危険な状態であるのは間違いないんだが」

「いったい何があったんでしょう」

「それは、俺たちがあれこれ想像しても仕方がない。一刻も早く勝村を摑まえて聴くんだ」

既に手遅れになっているのでは、という一抹《いちまつ》の不安を瀧は呑みこんだ。どうして井の頭公園に……自殺、という考えが頭に浮かぶ。武蔵野市で生まれ、この街を愛していた勝村が、死に場所として市の象徴である井の頭公園を選ぶのは、ごく自然の行動のように思えた。

だが、死なせない。

長崎に一声かけるために歩き出し、集中治療室が近づいてきたところで、瀧の足は停まってしまった。慟哭《どうこく》。一度も聞いたことのない、長崎の悲鳴のような泣き声が耳を突き刺す。そんなに心配していたのか……いかに姪で、自分が東京の親代わりとはいえ、ここまで悲痛な泣き声を出せるものだろうか。

かすかな違和感を覚え、結局声をかけられないまま、瀧は病院を飛び出していた。

井の頭公園は確かに武蔵野市の象徴で、外から訪れる人も多いのだが、吉祥寺駅の南側に住む人にとっては、実は邪魔な存在でもある。広大な公園が広がっているせいで、最短距離で駅と自宅の往復ができない人も少なくないのだ。そういう人たちは、公園の中をショートカットするのだが、話を聞くと必ずしも評判はよくない。昼間は明るい印象の強い公園なのだが、夜になるとかなり暗くなる。緑豊かなので、鬱蒼とした雰囲気が強いからだろう。実際、暗くなってから一人で公園の中を歩いていると、瀧でも些細な物音や動く影にぎょっとすることがある。

しかし今日は、そんなことは言っていられなかった。かき集められた署員、さらには機動捜査隊員らが公園のあちこちに散り、勝村を捜している。瀧はあかねと組み、井の頭池の北側の捜索を担当した。売店が並び、駅の南口から歩いて来る人が、一番最初に公園に足を踏み入れる場所だが、この時間になるとさすがに人気《ひとけ》はない。五月の木々は勢い良く枝を広げ、公園を完全に暗闇で覆っている。そして、探さなければならないのは、木立《こだち》の中の方なのだ。

あかねが、躊躇なく木立に足を踏み入れる。強力な懐中電灯を持っているが、足下を何とか照らし出せるぐらいで、光はすぐに闇に呑みこまれてしまう。森、というほど木の密生度は高くないが、昼間でも陽光が地面まで届かないぐらいには、葉が生い茂っている。瀧も彼女の後につき、懐中電灯の光を投げかけながらゆっくり前進したが、少しだけ斜面になっているせいもあってひどく歩きにくい。足下の土も柔らかく、気を緩めると足を取られそうになってしまう。

瀧は無意識のうちに、あかねに追いついた。

「自殺するとしたら、理由は何でしょう」

「追っ手が迫っているのが分かって、諦めたのかもしれない」

「でも、上に圧力をかけてきたんですよね？　そんな人間が、自殺なんかしますか？」

「榎は何か言ってなかったか？」

「何かって……」

「勝村の意を受けて、あいつが勝手にやったとか」

「すみません、それは聴いていません」

「いや、まあ……おいおい確認しよう。それにしても榎は、勝村がここで何をするつもりだったと言ってるんだ？」

「それは本人も、はっきり聞いていないようです。『今日の夜は井の頭公園にいるから』と言われただけのようで」

それにしても、井の頭公園全体を捜索するには大変な時間がかかる。池の周辺だけでも、木立の面積は大変なものだ。あるいは池の中も捜索しなくてはならないのか……今頃、勝村の遺体は池の底に沈んでいる可能性もある。

次第に汗ばんできた。瀧は上着を脱いでワイシャツ一枚になり、袖で額を拭った。薄く血がついてきてぎょっとする。そういえばまだ、傷の手当もしていない。埃だらけの部屋で怪我を負って、感染症は大丈夫だろうかと心配になったが、今は怒りが病原菌さえ叩き出しているようにも感じた。

並んで歩きながら、懐中電灯の光をあちこちに投げかける。小さな光の輪があちこちに生じたが、見えるのは枯れ葉や木の枝ぐらいだ。木立のすぐ向こうには市街地が広がっていて、家々の灯りはぽつぽつと目に入るのに。

トイレの横まで来てしまい、二人は一時的に木立を離れた。念のため、男女別のトイレを覗いてみる。異状なし。何となく暗い疲労感を覚えて、瀧は遊歩道を渡り、池が見える場所まで歩を進めた。植え込みの向こうが池……そうか、こういう植え込みも探さなければならない。昼間ならともかく、暗くなると、植え込みに隠れることは難しくないのだ。背高く生い茂った下草は、人一人ぐらい何なく隠してくれるだろう。

植え込みの切れ目から、かすかに池が見えている。幼い頃から何度となく通い、すっかり馴染みになっている池なのだが、今夜ばかりは普段とまったく違う表情を見せていた。もしかしたらこの池は、今夜、死体を呑みこんでいるかもしれない。

伸びをすると、右側頭部に痛みが走る。思わず顔をしかめ、振り返ってあかねに訊ねる。

「俺の怪我の具合、どんな感じだろう」

「死なないとは思います」

「そりゃ死なないだろうけど、ひどいか？」

「あまり綺麗な傷じゃないですね」

「そうか……」どこかで治療しておかないと。それは分かっているのだが、今夜はそんな暇はなさそうだった。

「あれ」あかねが間抜けな声を上げた。

「どうした」

「向こうの……橋のところに誰かいませんか」

「お仲間じゃないのか」警察官は、公園一帯に散っているのだ。

「何か、違う感じが……」あかねがハンドバッグを漁り、眼鏡を取り出した。常に予備を持ち歩いているのか。だったらさっさとかけておけばいいのに。「様子がおかしいです」

言うなり駆け出す。瀧は慌てて後を追った。無線を摑んだが、周囲に何を教えていいか分からない。あかねは足が速く、瀧は引き離されないように必死で足を動かした。一歩進むごとに、側頭部に痛みが生じる。ぎゅっと目を瞑り、それで痛みを封じこめた気になって、走り続けた。実際には、痛みは激しくなる一方だったのだが。

井の頭公園には、池の西側に半島のように突き出た部分と、井之頭辨財天《べんざいてん》のある小さな島がある。それらへ渡る橋が何本かあるのだが、二人が向かっているのは、その中で一番長い橋だった。「半島」部分へ渡る橋で、渡り切ったところに売店があり、その先がボート乗り場になっている。橋の中央付近が左右に少しずつ張り出しており、訪れた人はそこから少しだけ池に近づける。

問題の人物は、その中央部分に立っていた。左手にボート乗り場が見える付近。先を走るあかねの足音——スピードはあるのだが効率が悪い走り方で、どたどたと足音が響く——に気づいた人物が、こちらをちらりと見た。

勝村。

瞬時に瀧は、この男には死ぬつもりなどない、と判断した。本気で死ぬ気だったら、こんな目立つ場所にいる意味がない。声をかけたらどうなる？　その場にへたりこんで、黙って両腕を差し出して手錠を受けるのではないだろうか。

「勝村さん！」あれこれ考えるよりも先に、言葉が口を衝《つ》いて出てしまった。それで瀧は、肺に残っていた空気を全て使い果たしてしまい、走るスピードががっくりと落ちた。勝村がゆっくりとこちらを向く。次の瞬間には、柵に両手をかけ、七十歳を超えているとは思えない身軽な動きで飛びこえた。直後、大きな物体が水に落ちる音が派手派手しく響く。

「クソ」一声つぶやいて、瀧は脇に抱えていた上着を放り捨てた。泳ぎにはあまり自信がないが、仕方がない。

しかし瀧より先に、あかねが動いた。バッグを橋の上に放り出すと、左手を柵に伸ばし、腕一本で体を支え、高飛びでもするような格好で乗り越えた。直後、水に落ちる激しい音。瀧は慌てて、手すりにぶつかるように突進し、中を覗きこんだ。あかねが、背後から勝村の首に手を回していたが、助けようとしているのか、動きを封じているかは分からなかった。橋から水面まではそれほど高さがあるわけではない。しかし、水深はどうだ？　足はつかない様子で、あかねは左腕一本で水をかき、何とか浮いている様子だった。

「足をつけ！」瀧は怒鳴った。

あかねは状況が把握できていない様子だったが、瀧がもう一度叫ぶと、体勢を変えた。辛うじて足がつく感じだが、小さな波が顔にぶつかっては消える。あかねとさほど身長が変わらない勝村にしても、同じようだった。上から手を伸ばして、二人を同時に助けるのは難しい。

制服警官たちがわらわらと寄ってきたので、瀧は「ボートを出せ！」と命じた。この時間だとボート乗り場の鍵は閉まっているだろうが、連中なら何とかするだろう。橋を逆戻りしてボート乗り場に戻ろうとした制服警官の中に、一人図抜けて背が高い——軽く百九十センチはありそうだ——男がいるのに気づき、瀧は「飛びこめ」と命じた。制服警官はすぐに事情に気づき、無線や拳銃などの装備を外して、軽々と柵を乗り越えた。そのまま足から飛びこむと、一度頭まで沈んだものの、すぐにぬっと顔を出す。水深は胸の辺りまでしかなく、これなら楽に二人を救出できそうだ。

制服警官が二人に近づき、まず勝村の腕を摑んだ。瀧を見上げて「どうしますか」と困惑気味な顔で質問をぶつけてくる。

「押さえておいてくれ」手錠をかける理由がない。申し訳ないが、この警官とあかねには、もう少し冷たい思いをしてもらわなければならない。「野田、大丈夫か！」

「何とか」そう答える声が、水の流れに消されそうになる。しまいにはあかねは、橋げたに摑まって、何とか自分の身の安全を確保した。勝村はというと、巨体の制服警官に動きを封じられてしまい、もはや抵抗する意思もなくしてしまったようだった。

やはり死ぬ気ではなかったのだ、と瀧は悟った。それなのに水に飛びこむ……自分がやったことを後悔して、自殺しようとするほど反省しているというポーズを示そうとしたのだろうが、そんなことは刑事なら誰でも見抜いてしまう。

ボートが出動して、ようやく三人を引き上げた。小舟で岸へ向かう容疑者候補と二人の警察官というのは相当間抜けな構図だが、瀧は笑っている余裕もなかった。本当の捜査はここから始まる。

ボート乗り場に先回りして待つ。「ボート乗り場」の緑色の看板、その先にある通路から、全身ずぶ濡れになった三人、それに刑事たちが何人か、のろのろと歩いて来た。あかねの顔は真っ白になり、唇も震えている。瀧はまず、真っ先に彼女に上着を渡してやった。

「上着、濡れちゃいますよ」

「風邪をひくよりはいい」

瀧は、勝村と正面から対峙した。ずぶ濡れで、白い髪はぺったりと頭蓋に張りつき、威厳のようなものは完全に消え失せている。すぐにも署に同行して事情を聴かなければならないのだが、その前にどうしても確認しておきたかった。いったい、何がどうなっているのか——周囲を見回し、井の頭自然文化園の入り口前に、ベンチが並んでいるのを見つける。勝村を両脇から抱えた二人の刑事に、そこへ座らせるよう、指示した。勝村は力なく引っ張られて行き、ベンチに腰を下ろした。正確には倒れこんだように見えた。瀧は彼の前に立ち、口を開こうとしたが、それより一瞬早く、勝村が震える声で懇願した。

「女房だけは助けてくれ」

「どういう意味ですか？」

「全て私がやったことだ。女房は可哀想な女なんだ」

第11章　陰にいた者

深夜……瀧は取調室で勝村と向き合った。池にしばらくはまっていた勝村は、いかにも具合が悪そうだったが、怪我はない。そして本人が、「朝まで待つ必要はない」と強く言い張ったので、夜中を過ぎての異例の取り調べになったのだ。落ちる——いや既に喋る覚悟はできていると瀧は悟った。

瀧は、熱い緑茶を用意させた。乾いた服に着替えた勝村は、お茶を一啜りすると吐息を漏らし、背筋をぴんと伸ばした。いつも丁寧に撫でつけられていた髪はくしゃくしゃになっているが、わずかながら威厳を取り戻した様子である。ただし瀧の目には、体が一回り小さくなっているように映った。

「あなたの自宅で私を襲ったのは、奥さんのようですね」瀧は耳の上の傷にそっと触れた。幸い、傷は深くない。仕事を続けるのに何の問題もなかった。

「その件については、まことに申し訳ない」額がデスクにつくほど深く、勝村が頭を下げた。

「それはひとまず置いておきましょう……蔵の二階に、女性が監禁されていました。長崎恵さん、私が探していた女性です。あなたも聞いたはずですよね？　何故、あんなところに監禁していたんですか」

返事はない。全部話すつもりだと思っていたのだが、まだ決心が固まらないのだろうか。うつむき、じっとデスクを見詰めていたが、やがてのろのろと顔を上げる。しかし、言葉は出てこなかった。

「どういうことなんですか。あなたが監禁していたんですか」

「……そうです」絞り出すように勝村が言った。いつもの含みのあるいい声ではなく、かすれた感じである。目は虚《うつ》ろで、唇は震えていた。

「何故？」

こちらから言うこともできたが、彼の口から聞きたかった。しかし勝村は何も言おうとせず、重苦しい沈黙が取調室に満ちる。記録係として入っているあかねの背中が、痙攣《けいれん》するように震えるのが分かった。

「長崎恵さんは、あなたの事務所で働いていた。以前から目をつけていたんですか」

勝村が唇を嚙む。ひどく喋りにくそうなのは、やはり決心が固まっていないからか、それとも体調が悪いからなのか。

「お茶、どうぞ」

少しでもリラックスさせようと、瀧はお茶を勧めた。勝村が遠慮がちに手を伸ばしたが、指先が震え、上手く湯呑みを摑めない。結局諦め、右手をだらりと体の脇に垂らしてしまった。

瀧はふと、公園で勝村が震える声で懇願した言葉を思い出した。「女房は可哀想な女」。あれはどういう意味だったのだろう。勝村は、瀧が恵の救出に向かった時には家にいなかった。自分の妻が瀧を襲ったことなど、知る由もなかったのではないか。だったら何故妻を庇った？　ある可能性に思い至って、瀧は愕然とした。

「もしかしたら、恵さんを監禁していたのはあなたではなく、奥さんだったんですか？」

勝村の肩がぴくりと動く。当たりだ、と瀧は確信した。それで少しだけほっとしたが、むしろこの事件の異常性は高まったとも言える。性的な目的で、七十歳の男性が二十歳の女性を監禁するならまだ理解できなくもないが、女性が女性を……しかも孫であってもおかしくない年齢の女性を監禁する動機は何だ？

「私たちには娘がいた」

「……ええ」それは初耳だったが、娘がいてもおかしくはない。しかし瀧は、勝村の家族構成をきちんと調べておかなかったことを後悔した。

「あなたと同じぐらいの年齢だったかな……亡くなったんだ」

「そうなんですか」

自分は、勝村の娘を知らないだろうか？　同い年だったら、学校が同じでもおかしくないのだが……覚えがない。

「事情があって、娘は養女に出していた。私の実家、兄の家だったんだが、それで縁が切れたわけではない。ずっと行き来していて、娘にすれば両親が二組いるような感じだったと思う」

「どういう事情だったんですか」

「兄夫婦には子どもができなくてね。うちには、娘の上に男の子が二人いた。政治家の家では、男の子が二人いれば問題はない。万々歳なんだ。兄夫婦には子どもができず、しかしどうしても子どもが欲しいと……両方の家を行き来するという条件で、娘を養子に出したんだ」

「その娘さんは……」

「亡くなった。二十歳の時だ」

瀧は、鼓動が一瞬跳ね上がるのを感じた。不思議な一致。想像が走り、頭の中が熱くなる。

「いつですか？」自分の年齢に照らし合わせる。「一九八〇年頃ですか？」

「ああ、一九八一年だ」

「それが、全てのきっかけだったんですね」

「そうだ。妻は、その一件で壊れた。私は……仕方がないことだと割り切れた。交通事故だったからな。しかし妻は、納得も理解もできなかった。元々養子に出す時も、娘を手放したがらなかったんだ。古い女だから、『嫌だ』と言えなかっただけで、あれの中では、いつまで経っても自分の娘だったんだよ」

「衝撃を受けたんですね」

「そうだ。妻の中では……娘は死んでいなかった」

「一九八三年に、井崎冬子さんという女性が失踪しています。福島県出身で、当時二十歳でした」

「ああ」勝村の喉仏が大きく上下する。

「当時、神隠しと言われていました」

「それは私も知っている」

「その女性を拉致したのは……」

「妻だ」

「あなたではないんですね？」

「妻だ。しかし、妻には責任はない」

責任能力の話か……この件については議論の余地はある。しかし瀧は、後回しにすることにした。今は事実関係の確認が先だ。

「どういう経緯で、拉致したんですか」

「私は、まったく知らないんだ。気づいたら、その娘《こ》は蔵の中にいて……死んでいた」

瀧も唾を呑んだ。同じ家で暮らしていて気づかない？　そんな馬鹿げた話はないと思ったが、必ずしもそうとは言えない。あの蔵は、一種の密室である。敷地外からはまったく様子が窺えないし、近づかなければ、家の中にいても気づかない可能性は高いだろう。

「奥さんが何らかの方法で拉致して、監禁していたんですね。何のためですか？」

「娘の代わりだ」

勝村は、妻を「壊れた」と評していた。確かに、何の関係もない若い女性を拉致・監禁し、しまいには殺してしまうのは、「壊れて」いるからかもしれない。動機を真面目に考えるのも馬鹿馬鹿しいし、裁判で使える材料とも思わなかったが、瀧は一応、彼女の心理状態を推し量ってみた。

初めての娘。母親と娘の関係には、男親とのそれとは異なった強さがある。彼女にとっては大事な、命と引き換えにしても惜しくない存在だっただろう。その娘が、義兄の家に養女に入る。古い家のこととて、逆らえるわけもなく、たまに会うことで満足していなければならなかった。会うのが許されたことで、喪失感は「一時的」なものに止まっていたかもしれないが……その娘が、交通事故で二十歳で死ぬ。守れなかった、大事なものを失ってしまったという「最終的」な喪失感は、言葉では言い表せないほどだったに違いない。

娘は死んでいない。どこかで生きている——そんな風に思いこみ、街をうろついて娘に似た女性を探す。言葉巧みに誘いこみ、蔵の中に監禁して、母と娘を演じる——震えがきた。理屈として心理状態を推測することはできるが、それが実際に犯行に結びつくまでには、大きな壁がありそうなものだ。ただ、犯罪者は、そういう壁を時に易々と飛び超えてしまう。

「保井和佳子さん。御園友里さん。そして今回の長崎恵さん。いずれも地方出身で、顔立ちがよく似ていました。年齢も二十歳前後です。もしかしたら、これまでに行方不明になっている四人は、全員、あなたの娘さんに似ていたんじゃないですか」

「そう……かもしれない」

「最初の井崎さん以外は、あなたが拉致したんじゃないですか？　三人とも、あなたの仕事とかかわりのあるバイトをしていた。娘さんによく似たタイプの女性を奥さんにあてがった、そういうことですね」

勝村が無言でうなずく。瀧は、体から力が抜けていくのを感じた。椅子に座っているだけでも面倒になる。何とか姿勢を立て直した瞬間、あることを思い出した。

「奥さんは、拉致されてきた女性を、自分の娘さんだと思いこんで、世話をしていたんですね？」

「ああ」

「服を買い与えたりして」

「そうだ。二十歳の時のままのイメージで……あなたは、そこまで調べていたんですか」

「たまたま耳に入ったんです」植田祥子から聞かされた愚痴、というか雑談。彼女が言っていた「変な女の人」というのは、間違いなく勝村の妻だろう。面通しで確認できるはずだ。今現在も二十歳の娘——停まってしまった時間の中で生きている勝村の妻は、「娘」のために新しい服を買っていたのだ。偶然だが、この事件は小さな街の中で完結していたのだと改めて意識する。

「一つ、不思議なことがあります」

勝村が顔を上げた。生気はなく、目が落ち窪んでいる。取調室にいるわずかな間に、生命力を失いつつあるように見えた。

「奥さんは、普段はどうしていたんですか？　選挙の応援もされていたんじゃないんですか」立派に「政治家の妻」として振る舞っていたではないか。

「女房がいなければ、私はここまで頑張れなかったと思う」勝村が急にしみじみとした口調で言った。

「つまり、普段はまったく普通に生活できていたんですね？　どうして十年に一度、こんなことになったんですか？」

「その理由は分からない。ただ、急に調子が悪くなるんだ。調子が悪いというか、死んだようになってしまって……うわごとで、ずっと娘の名前を呼び続けるようになる。そうなったら、とても外には出せない。ただ、どうすればいいかは、私には分かっていた」

「娘さんの代わりの女性をあてがうんですね」

「ああ……間違ったことだとは分かっていた。前の三人の女性は……最後には亡くなった」

「奥さんが殺したんですか」

「それは……私には言えない」

「一番大事なことですよ。拉致監禁だけなのか、殺人も加わるのか。あなたが奥さんを大事に思う気持ちは理解できますが、行為自体は許されません」

「それは分かっています。女房の責任じゃない。私がやったことです」

「それは、これから明らかにします。当然、奥さんにも話を聴くことになります」

「それは無理だ」勝村の顔が蒼褪める。「女房は今、話ができる状態じゃない」

「それは、警察が判断しますから」

勝村が妻を思う気持ちは純粋だと思ったが、結果は重大な犯罪が重なっただけである。勝村の中でも、倫理観や常識は崩れてしまっていたとしか言いようがない。妻のためなら、若い女性を一人、犠牲にするぐらいは何ともないとは……失踪後も生きていると信じた家族の想いを考えると、息が詰まるようだった。

「奥さんが大事だったんですね」

「それはそうだし……私は養子なんだ」

「ええ……」父に聞いたのを思い出す。

「妻の父親も武蔵野市議だったが、跡継ぎがいなかった。家を残すために、私はあの家に入ったんだ」

「分かりますが、それがどうしたんですか」

「私はもともと、武蔵野市の人間ではない。外からこの街に来て、妻の実家の資産と影響力を手に入れて、この街のために尽くしてきた。何かあれば、そういう物を失うことになる」

東京で、そんな土着的な話が——ある。父を見てきた瀧はよく知っていた。吉祥寺には二つの水流があるのだ。上には「住みたい街」として外部の人間を惹きつける、上品な水流。しかしその下には、この地で長年暮らして来た人たちが作った、土着的な水流があるのだ。政治的にも、保守は弱くない。勝村は、上の水流から下の水流に移り、街の実力者として君臨してきた。育て上げてきたものを捨てるわけにはいかなかったのだろう。

この男はある意味、俺と同じだ、と瀧は思った。同じようにこの街を大事に思い、「守護者」としての役割を任じている。

「恵さんはひどく衰弱していました。他の女性はどうだったんですか」瀧は話を元に引き戻した。

「……同じような状況だった」

「衰弱死、でしょうか」

「それは、私には分からない」

「分からない？」瀧は声を荒らげた。「亡くなった人たちは……遺体はどうしたんですか」

勝村が黙りこんだ。瀧はまたも嫌な予感に襲われ、目をきつく瞑った。遺体の処理は難しい。海へ沈める、山へ捨てる——地理的な問題もあって、この街では簡単なことではない。海も山も遠いのだ。それに、勝村一人で遺体を遠くへ運ぶのは難しいだろう。誰かが——例えば榎が手伝った可能性も否定できないが、それよりも瀧は、もっと目立たない場所を知っていた。

勝村の自宅。

外からはほとんど覗くことができず、関係者しか出入りしない。広い庭には、いくらでも遺体を隠すスペースがあるだろう――庭に埋めてしまえばいいのだ。そして上に新しく事務所を建てたりすれば、隠蔽工作としては完璧だ。

「自宅に事務所ができたのはいつですか？　あそこだけ、後から増築してますよね」

「七年前だ」

「つまり……十年前までの遺体は、あの下にあるんですね」

「ああ」

「事務所を壊さないといけないかもしれませんね」

「――ああ」

「その際には立ち会いをお願いすることになると思います」

瀧もこれまで、埋められた遺体の捜索には何度もつき合った。しかし今回の場合、「捜索」だけではなく「解体工事」も必要になるだろう。こんな経験は初めてだった。

「明日朝から、捜索を行うことになります。今夜はもう休んで下さい」

勝村が深々と頭を下げる。瀧ももう、限界だった。タンクは空寸前。十分な睡眠は取れないだろうが、明日からの本格的な捜査のために、少しでも休まなければ。しかし一つだけ、気になった。

「どうしてこんなに簡単に喋る気になったんですか」

勝村がゆっくりと顔を上げる。話していいものかどうか迷っている様子で、唇に舌を這わせて湿らせた。唇に、かなり大きなひび割れができているのに気づく。

「うちの署に圧力までかけてきたじゃないですか。そうやって逃げ切るつもりだったんでしょう」

「あれは……私ではない」

「榎さんですか」

勝村が顔を背ける。腹心の部下を切るつもりはないようだ。いずれは分かってしまうことなのだが……彼自身は、瀧が最初に訪ねて行った時に、既にある程度覚悟していたのかもしれない。

「榎を責めないで欲しい。あの男はずっと私を支えてくれた」

「どんな風に支えたんですか」瀧は皮肉をぶつけた。「警察に圧力をかけたこと？　それとも——」ふいにある可能性に気づき、瀧は言葉を呑んだ。しかしこれは、確認しなければならないことだ。「榎さんも、拉致や遺体の処理に関係していたんですか」

勝村は無言を貫いた。喉仏が上下し、こめかみを一粒、汗が流れ落ちる。当たりだ、と瀧は確信した。この件については、榎に直接ぶつけよう。彼の忠誠心が本物ならば、勝村の罪を少しでも軽くするために、「自分も協力した」と言い出すかもしれない。

「一つ、確認させて下さい。どうして私に会いに来たんですか」

「もう……無理だと思っていた。最初からそう思っていたのかもしれない。武蔵野市議として、人の役に立ちたい、街を守りたいと思っていたのに、この三十年、私が何をしていたかと言えば……」

若い女性を拉致監禁して、遺体を処理していた――表の顔と裏の顔の差が激し過ぎる。

「逃げ切れないと思ったんですか」

無言。しかし瀧は、もう少し早く恵を救出できていたかもしれない、と悔いた。勝村はあの時、告白するつもりでいたのかもしれない。もっと突っこんで聞いていれば、事件の真相に早く辿りつけていたかもしれない。

「しかしあなたは、逃げ切ることもできたはずだ」

「あなたから逃げるのは難しい、と分かっていた。刑事としての評判は聞いていたからね。いや……」一度言葉を切り、瀧の顔を真っ直ぐ見詰める。「あなたたちから、と言った方が正確かもしれない」

「どういう意味ですか」

「あなたたち、だ。瀧の家からだ」

異例の家宅捜索が始まったのは、翌朝午前十時だった。遺体を掘り起こすために事務所棟を壊さねばならず、その手配の時間が必要だった。しかも重機が揃っても、すぐには始められない。中の荷物を外に出さなければならなかったからだ。一部は自宅へ、一部は庭へ。制服、私服にかかわらず大勢の警察官がその作業に従事したが、さながら大がかりな引っ越しのようになった。重機が敷地内に入り、解体作業が始まったのは、午後になってから。実際に遺体が確認されるまでには、かなりの時間がかかりそうだった。

勝村は解体作業に立ち会う必要があり、その場を動けない。その間は取り調べもできないわけで、ぽっかり時間が空いてしまった瀧は、病院へ行くことにした。昨夜の長崎の異様な様子が心配だった。恵は何とか一命を取り留めそうなのだから、少しは落ち着いて回復を待って欲しかった。

勝村は、解体の様子を凝視していた。両手に手錠をはめられた様子は、もはや単なる犯罪者である。長年、市議としての拠点だった建物が壊されるのは、彼の「表の顔」の終焉を意味する。

何か声をかけておくべきかもしれない。しかし、「残念だ」という一言さえ許されないのだと思った。どんな事情があれ、彼が拉致監禁事件にかかわったのは間違いなく、それは許されるべきことではないのだから。

一人の人間——そして一つの家族の崩壊を、瀧は黙って嚙み締めた。

いや、勝村の人生はとうに——三十年も前に崩壊していたのだろうが。裏では取り返しのつかない犯罪に手を染め、一方表では地元の人たちに尊敬される権力者として振る舞う。人間というのは、何と複雑な生き物かと思った。しかも、強い。致命傷に近い傷を抱えていても、しっかりやっていけるのだから。

長崎は、集中治療室の前のベンチでうなだれていた。眠っているのかもしれないと一瞬思ったが、瀧の足音に気づいてはっと顔を上げる。顔面は蒼白で髪はぼさぼさ、顔の下半分が髭で青くなっているのが分かった。立ち上がろうとしたが、足に力が入らない様子で、一瞬浮いた腰がすぐにベンチに落ちてしまう。

どうしたものか……横に座っていいのか、立ったまま話すべきか迷った末、瀧は少し距離を置いて腰を下ろした。こういう時、相手が横にいると話しにくいのだが、正面に立って見下ろすのもよろしくない。

「淳さん……お兄さんは？」

「まだ前橋にいるんだ」

「どうして」瀧は目を細めた。娘が見つかったのに、どうしてすぐに飛んでこない？前橋からだったら、車を飛ばせば一時間ほどではないか。恵が発見されてから、既に十数時間が経っているのに……何かあったのだ、と分かった。

「奥さん……義姉さんの容態が急変した」

「まさか」

「二度目の発作だったんだ」

「入院してるのに、そんな馬鹿なことがあるのか？」

「稀に、そういうこともあるらしい」長崎が溜息をつき、広げた両手の中に顔を埋める。くぐもった声で続けた。「危ない状況らしいんだ。こっちへ来るのは難しい」

「何てこった……」瀧は壁に背中を預けた。ひんやりした感触が背広越しに伝わり、一気に眠気が遠ざかる。

「それは、まあ……しょうがないよ」諦めたように長崎が言った。

「お前、寝てないのか」

「寝てない。眠れるわけがない」

「分かるけど、今お前が倒れたら、大変だぞ」

「分かってる」長崎が両手で顔を擦った。「今倒れるわけにはいかないよな……おい、コーヒーを飲みに行かないか？」

「俺が言ってるのは、眠れってことなんだけど」

「分かってるけど、今はそうもいかないだろうが」長崎がのろのろと立ち上がる。背中を壁に押しつけたままなので、背広が奇妙に歪んでしまった。「とにかく、もう少し意識をはっきりさせておきたいんだ」

「恵ちゃん、どうなんだ」

「大丈夫だ。命に別状はない。衰弱しているし、あちこち怪我しているけど、何とか回復するよ」

「そうか」瀧はゆっくりと息を吐いた。少し配慮が足りなかったな、と思う。真っ先に恵の容態を聞くべきだったのに。「だったら本当に医者に任せておいて、お前は少し休んだらどうなんだ？　会社の方は大丈夫なのか？」

「会社なんか、どうでもいいよ。それより大事なこともある。恵が意識を取り戻すかもしれないから、その時に側にいてやらないと」

「だったら、コーヒーを仕入れてくる。お前はここにいた方がいいだろう」

「ああ……悪い」長崎が、壁に背中を預けるようにして、ずるずるとへたりこんだ。

「病院の中にコーヒーショップがあるはずだ」

「思い切り濃くしてもらうよ」

「いや、それは……」長崎が悲しげな笑みを浮かべた。「薄めにしてくれ。全然食ってないから、濃いコーヒーなんか飲んだら、一発で胃をやられる」

瀧はうなずき、踵を返した。長崎とは話せない——少なくとも今の状況では。休養は無理にしても、少し甘い物でも食べて、エネルギーを補給する必要がある。しかし、集中治療室の廊下で菓子を頬張るわけにはいくまい。せめてコーヒーに、ミルクと砂糖をたっぷり入れなくては。

大きいサイズのコーヒーを二つ仕入れ——瀧にもカフェインがたっぷり必要だった——砂糖とミルクを大量に摑んで集中治療室の前に戻る。長崎は後頭部を壁に預け、斜め上を向いていた。寝ているようにも、じっと集中しているようにも見える。いや……目の前にある集中治療室を凝視しているのだと分かった。ガラス張りになっていて、中が覗ける。

「ほら、とにかくコーヒーを飲めよ」

「すまん」

カップを受け取った長崎が、ブラックのまま一口飲む。ゆっくりと目を閉じてコーヒーを味わっていたが、すぐに砂糖とミルクのパックを受け取り、コーヒーに加えた。また一口飲んで、顔をしかめる。

「砂糖を入れ過ぎたな」

「今のお前には、糖分が必要だ」

「分かってる」

二人は、しばらく黙ってコーヒーを飲んだ。瀧は疲労と眠気がゆっくり消えて行くのを感じていた。考えてみれば、これが今日初めてのコーヒーである。

「犯人は、勝村だった」

「勝村って、市議会議員の？」

「正確には、勝村と勝村の奥さん、二人が犯人ということになると思う」

「どういうことだ！」長崎が声を張り上げた。その拍子にカップが揺れ、熱いコーヒーが手に飛んだが、気にする様子もない。

「落ち着いて聞いてくれ」瀧は一瞬目を瞑り、頭の中で筋を整理した。依然としてあり得ない話に思え、今でも釈然としないのだが。

できるだけ途中経過を省略して、勝村の家を襲った不幸、そして崩壊した妻の行動について説明した。長崎は途中から、カップをベンチに置いてしまった。柔らかいカップを、怒りのあまり握り潰してしまうとでも思ったのかもしれない。

「そんなおかしな奴がこの街にいたのか？　吉祥寺は、そんな街じゃないと思ってたよ」

「どんな街にも危険人物はいる。何も起きないようにするのが、警察の仕事なんだけどな」

「だけど、起きた」

「それについては、俺たちの力不足でもある」瀧は認めた。本当は、三十年前の最初の事件の時に、何とかする手があったはずなのだ。あの時、もう少し詳しく突っこんで調べていたら……少しでも異常の芽が見えていたら、同じ事件は繰り返されなかったはずだ。

「他にも犠牲になった人がいたのか……」

「おそらく。今調べている」

「……何だか、この街が嫌いになりそうだよ」

「そんなこと言うなよ」

「だけど、事件が起きた街だぜ？　今までと同じ目で、吉祥寺を見られるとは思えない」

寂しい話だ。この街で生まれ育った瀧にすれば、外の人にもできるだけ吉祥寺を好きになってもらいたい。生まれ故郷にいいイメージを持ってもらえるのは、誇らしいことだから。しかし長崎の言うことももっともで、彼の目に映る吉祥寺は、これまでとはまったく違った姿になってしまうだろう。悲しい話だが、吉祥寺は、これまで愛を注いでくれた人間を一人失うかもしれない。そのきっかけを作ったのが、吉祥寺を守るべき人間の一人である勝村というのは、皮肉な話である。

「動機……って言っていいのかな」長崎がぽつりと言った。「娘さんが交通事故で亡くなったことがきっかけなんだよな？」

「ああ。勝村の供述だけだから、裏を取らないといけないんだが」

「それは……憎むのは難しいかもしれない」

「なあ、そんな風に納得しなくてもいいんだぜ」瀧は説得にかかった。「被害者には、犯人を憎む権利があるし、憎んだ方がいいんだ。そうすることで、精神的なバランスが取れる。もちろん、個人的な復讐は許されないけど」

「そうかもしれないけど、気持ちが分かるだけにさ……俺だって、恵に何かあったら、壊れると思う」

「一つ、聞いていいか？」

「何だ？」

「お前、入れこみ過ぎじゃないか」

「何が」

「こういう言い方は変かもしれないけど、恵さんはお前の姪だろう？　実の子どもじゃない。姪っていうのは、ちょっと距離がある存在じゃないか。俺だってそうだ」

「姪なら、な」

「どういうことだ？」

長崎が立ち上がる。ベンチの柔らかい座面が揺れ、コーヒーが零れそうになったので、瀧は慌ててカップを摑んで押さえた。長崎はそれにも気づかない様子で、ゆっくりと廊下を横断し、集中治療室の窓ガラスに張りつく。右手をガラスに当てて、鼻もくっつかんばかりにした。

瀧も横に並んだ。恵が寝ているベッドは、ほぼ正面の位置にある。ここからは足下しか見えないので、どんな様子なのかは分からない。つながれたモニターが見えるわけでもなく、本当に回復するかどうか、確証は持てなかった。

「恵は、本当は俺の娘なんだ」

「何だって？」突然落とされた爆弾に、瀧は頭の中をかき回されるような思いを味わった。「だってお前……俺は初耳だぞ」

「誰にも言ってなかったから。それに、お前とだって四六時中会ってたわけじゃない」

確かに。ずっとこの街に住んでいると言っても、自分も長崎も、昼間は吉祥寺にいるわけではない。下手をすると、会う間隔が数年も空いてしまったことも珍しくなかった。それにしても、女の子が生まれたことも知らなかったのは、妙だった。

「言いたくないかもしれないけど、どういう事情なんだ？」

「馬鹿みたいな話なんだ」長崎の口調には、自嘲的な響きがあった。

「話せるなら、教えてくれ」

「兄貴のところ、子どもができなかったんだよ」

「できなかったって……いるじゃないか」

「順番が狂ったっていうのかな……兄貴は結婚が早かった。二十二歳の時で、でもずっと子どもができなかったんだ。不妊治療も受けたんだけど、難しいという話で……うちは、結構古い家なんだよ」

「そうなのか？」

「兄貴が家を守ってるわけだけど、このままだと本家筋の血が途切れる。男でも女でも、とにかく子どもがいないと大変なことになる——そんな風にうちのオヤジが騒ぎ始めてね。実はオヤジも婿養子なんだ。自分を犠牲にして家を守ってきた実感もあるから、どうしても家系を絶やしたくなかったんだろうな。結婚して十年経っても子どもができなかったんで、うちの子どもを養子に取ったんだ」

「それが恵さんなのか？」

「ああ」長崎がうなずくと、額がこつんとガラスに触れた。「馬鹿みたいだと思うだろう？　田舎の家なんか、どうなってもいいのにな」

「いや……そういうのを大事にする人がいるのは分かる」考えてみれば、勝村も同じようなものだった。そしてそれが、悲劇の引き金にもなっている。

「ところが、そこから先がまた馬鹿みたいな話で、恵が養子に行ってから、兄貴のところには子どもができたんだよ」

「ああ……」

「うちには、恵の上に男の子が一人いたけど、向こうに子どもが生まれたからって、恵を返してくれってわけにはいかないよな」

「だろうな」

「結局恵は、兄貴の子として育てられた。でも兄貴は、恵にきちんと事情を話していたんだよ。それで……」

「恵さんにとっては、お前も親か」

「そういう気持ちでいてくれたと思う。だから吉祥寺が好きだったんじゃないかと思うし。こっちへ出て来るっていう話を聞いた時は、嬉しかったな。親子ごっこかもしれないけど、近くで暮らせるんだから。本当は、うちに住まわせてもよかったんだけど、本人が一人暮らしも勉強のうちだからって言ってね」

「恵さんは、そういう状況を喜んでいたのか？」

「ありがたいことに、そうだった。だからこそ、今回こんな事件に巻きこんでしまったのが申し訳なくてね」

「お前の責任じゃない」

「そう考えようとしたんだけど、無理だった。だって俺は、やっぱり恵の親だから」

瀧は顎に力を入れて引いた。顎先が胸に埋まるような格好になる。

「だから、最初からむきになってたんだな」

「ああ」

「それならそうと、言ってくれればよかったのに」

「言ってたら、何か状況が変わったか？」長崎が、ゆっくりと瀧に顔を向けた。「もっと早く見つかったか？」

「それは――」

「すまん」長崎が頭を下げた。「今さらこんなこと言っても、何にもならないよな。それにお前は、ちゃんと恵を見つけ出してくれたんだから」

「恵さんが、自分で頑張ったんだよ。あそこで力を振り絞らなかったら、まだ見つかっていなかったかもしれない」

「そうか……」

長崎が窓を離れた。のろのろとベンチに腰を下ろし、コーヒーを一口飲む。瀧は廊下の反対側から、その様子を見守った。背中を丸めてカップに口をつける長崎の姿は、人生に疲れ切った老人のようにも見える。

「何だか、気持ちがはっきりしない」長崎がぽつりと漏らした。

「そうか？」

「勝村を憎めればいいんだけど、昔の事情を聴いてしまったら、そんなわけにもいかないよ。同情すべき点はある」

「しかし、犯罪者なんだぞ」

「でも、親でもある……もちろん、家族の間でもっときちんとフォローできていたら、こんなことにはならなかったかもしれないけど、何だか納得できないよ。俺、どうしたらいいのかね」

憎め、というのは簡単だ。今自分は、「親」の目ではなく「刑事」の目で事件を見ている。それなら、勝村を許せないと思う気持ちの方が強いのは当然だ。だが長崎は「親」である。年齢は離れていても、同じ親として勝村がひどく苦しんだことは理解できるだろう。理解を超えて、同情も……今はそれでいい。もしも勝村を憎む気持ちが生じたら、それを生かせばいい。悪意や憎しみが、人間の拠《よ》り所になることもあるのだから。

携帯が振動し、メールの着信を告げた。ここではまずいだろうと思いながら、つい取り上げて確認してしまう。あかねからだった。文面を見た瞬間、目が細まり、顎に力が入ってしまう。

「白骨死体を一つ確認」

瀧は携帯を畳み、長崎に歩み寄った。

「すまん。捜査がまだ終わってないんだ」

「ああ……わざわざ悪かった」長崎がようやくという感じで立ち上がる。「いろいろ世話になって」

「すぐにまた連絡する。お前は、とにかく少し休んだ方がいい」

「それは……俺の好きにさせてくれないか？」

無理はさせられない。お前が倒れたら、もっとひどいことになるのだ——しかし瀧は、そうは言えなかった。彼以外にも苦しんでいる人間がいる。長崎の妻——つまり恵の本当の母親。長崎よりも、彼女の方が心配になってきた。

「奥さん、大丈夫なのか？」

「ああ」長崎が薄い笑みを浮かべた。「こういう時は、女の方が強いよな。生きてさえいたら、それでいいと思ってるみたいだ。何か美味しい物でも作ってあげなくちゃ、なんて言ってる」

「確かに、女は強いな」瀧は微笑んだが、すぐに訂正した。「母親が、と言うべきかもしれないが」

「ああ」

「大丈夫か？」

「大丈夫、じゃないだろうな」長崎が寂しそうな笑みを浮かべる。「簡単には乗り越えられないと思う」

「俺で助けになれば……」

「お前は、街を守るのが仕事だろう」

「街っていうのは、俺やお前みたいな一人一人の人間から成り立ってるんだぜ。人を守れない人間に、街は守れない」

「それはただの理屈だ」長崎の笑みが少しだけ明るくなった。「気を遣ってもらって悪かったな。自分たちで何とかするよ。どうしようもなくなったら、相談するかもしれないけど」

瀧はうなずいた。実際には、こちらから長崎に接触することになるだろう。彼は「被害者の保護者」なのだ。どうしても事情を聴かなくてはならない場面が出てくるし、長崎にはそれを拒否する権利が基本的にない。

今はただ、ショックが薄れるのを待つだけか……時の流れは大抵の悪夢を消し去ってくれるが、今回ばかりは時の力を信じていいかどうか、瀧には分からなかった。

捜査は、武蔵野中央署始まって以来の大規模なものになった。供述通りに敷地内から見つかった三つの遺体――DNA型鑑定など、様々な方法で、それぞれが行方不明になった三人の女性だと断定された。家族への通告、司法解剖の後の遺体の引き渡し。それだけでも大変なストレスになったのだが、その上に瀧は、勝村を調べるという仕事を任されていた。勝村は基本的に全面自供していたが、それでも動機を理路整然とまとめるのに苦労した。やはりどうしても、「理」では理解できない部分が残る。

一方、勝村の妻の取り調べはさらに難航していた。まず、怪我のことがある。あかねが投げ飛ばした時に肩を脱臼《だっきゅう》し、年のせいもあって治りが遅かった。入院を余儀なくされ、任意の事情聴取を続けるしかなかった。しかしこの事情聴取が……話すことは話すのだが、内容が支離滅裂になることも多く、まともに供述調書が作れない状態だった。この事件に際して設置された特捜本部の中では、精神鑑定が必要だ、という意見が大勢を占めるようになった。検察も、同じ方向で動いている。榎に関しても、「死体を埋めるのを手伝った」という供述が得られており、こちらも確実に起訴できそうだった。警察に圧力をかけてきたのは榎だったが、勝村を守ると同時に、自分も罪から逃れるためだった、と打ち明けている。

榎は、共犯者がいれば勝村の罪が軽くなるかもしれないと思っている節があるが、そうはならない。犯行の責任は、大部分が勝村に帰せられるだろう。

ある日、瀧は勝村にその旨、水を向けてみた。この男はこれまで、妻ではなく自分の責任、というニュアンスの供述を貫いている。心に傷を負い、年老いた妻を庇うのは夫婦愛ということなのかもしれないが、それでも瀧は納得できなかった。真実が別のところにある気がしてならない――拉致・監禁していたのは基本的に妻で、勝村は後始末をしていただけでは、という読みだった。

しかし勝村は、瀧がいくら叩いても首を横に振るだけだった。

「最初はともかく、その後三人の女性たちを誘って拉致したのは私ですから」

その証言を変えようとしない。一方で、亡くなった三人の女性に対しては「衰弱死したらしい」というスタンスを変えようとしなかった。もしかしたら勝村は、ずっと前から計算をしていたのかもしれない。殺人でなければ、罪は一段階下がる。この場合は、遺棄致死になる可能性が高い……最終的には検察の判断だが、捜査幹部の中で「殺人の適用は難しい」という声が出ているのを瀧も聞いている。

異様な事件ではあるが、殺人ではない。

そういう方向へ流れていくのだろうか……瀧も、強硬に「殺人」を主張し、勝村を追いこむ気にはなれなかった。

先行きの読めない、暗い捜査の中で、恵が順調に回復していることだけが救いだった。救出された二日後に長崎たちと言葉をかわすと、そこからは急速に回復し、すぐに一般病室に移された。前橋からは長崎の兄もかけつけ、親子の対面もできた……この複雑な親子関係の中で、どんな会話がなされたかは、瀧も知ることができなかったが。知る必要もないと思った。恵は被害者で、いずれ供述調書が必要になるのだが、彼女のバックボーンは直接は関係ない。表に出さないように——特にマスコミに漏れないように、徹底した情報統制がなされた。こういう下世話な、事件と関係ない周辺情報ばかりを、よろこんで報じるメディアもあるのだ。

六月。まず勝村が起訴された。起訴事実は恵を監禁したこと。誘拐の適用も検討されたが、今回の一件は、刑法二二四条から二二八条に至る全ての項目で当てはまらない。具体的には恵は「未成年」ではなく、誘拐の目的が「営利、わいせつ」でも「身代金目的」でもないからだ。「自分の娘代わりに手元においておくため」では、略取・誘拐罪に問うのは難しいというのが、検察の最終判断だった。

これで捜査が終わったわけではなく、むしろこれからが本番だった。過去に監禁されていた三人に対しては、「遺棄致死」が適用されるだろう。しかし古い事件は三十年も前のもので、立件は困難が予想される。

ただし、苦労するのは科学的捜査を担当する鑑識や科捜研、それに裏づけ捜査のために街を歩き回る刑事たちだ。取り調べ担当の瀧としては、ひたすら勝村と対峙するだけである。もっともそれはそれで、ストレスが溜まる仕事なのだが。

数日遅れで、榎も死体遺棄で起訴された。これでひとまず、事件の概要は固まったことになる。

梅雨入りが宣言された日、瀧は自転車を署に残して、歩いて帰宅することにした。傘をさして自転車には乗れないし、何となく、少しだけ一人になりたかった。歩いて帰宅することで、貴重な一人の時間を捻出《ねんしゅつ》できる。

じめじめして、しかも少し肌寒い。ゆっくり考えてみるつもりだったのに、完全に失敗だと悟った。梅雨寒の夜、一人歩きは気分が滅入るだけである。しかも井ノ頭通りに出た瞬間に雨脚が強くなった。傘を叩く雨の音が煩く、次第に苛立ちが募ってくる。傘を握る手が冷え、歩くのも面倒になってきた。これから十数分の道程が、ひどく長く思える。だいたい井ノ頭通りは、武蔵野市内の住宅街を貫いて東西に走っているので、見るべきものもないのだ。瀧には、他人の家を見て、デザイン的にあれこれ評価するような趣味はない。九時か……夕飯を食べ損なっているので、一刻も早く家に帰りたかった。家で温かい物にありつけるだけでありがたいと思う。

人間の望みは、環境に応じてどんどん下がっていくものだ。

自宅へたどり着く前に、実家の前を通り過ぎる。ぽつんと灯りが灯っているのを見て、立ち寄ってみようかと突然思いついた。ある言葉を思い出したが故に……その言葉は、勝村の口から飛び出した後、瀧の記憶の深いところに住み着いた。折に触れては思い出してその意味を考えるのだが、どうにも上手く解釈できない。その答えは、父が持っているのではないか、という疑念がいつの間にか生まれていた。

父はまだ起きていた。朝刊と夕刊のスクラップ作りに精を出している。相変わらず不自由な足は真っ直ぐ投げ出したままだが、それ以外には特に「病後」という雰囲気はない。恵の母――育ての母が、二度目の発作でほぼ植物状態になってしまっているのとは対照的だった。

「いろいろ大変みたいだな」

「大変だね。こういう事件は初めてだ」

「まさか、吉祥寺でこんな事件が起きるとはな」父がスクラップブックを閉じ、顔を上げた。床に直に置いた湯呑みを取り上げ、音を立てて茶を啜る。

「ここも、特別な街じゃないんだ」

「どういう意味だ？」

「どんな街にも、一定の割合で悪い奴はいるんだよ。それがたまたま、勝村という、この街を代表するような人間だったということだ」

「しかし、悪い噂は前からあったからな」

「若い女性の問題で？」

父は無言だった。何か言いたそうにしていたが、意思の力で口を閉じているようにも見える。

「お前、こっちに異動してきてよかったのか？」

「どうかな。はっきり言って、もっと介護が大変だと思っていたけど……」

「子どもに介護してもらうようになったらおしまいだ」父がにやりと笑う。「そのためだったら、異動してくる必要はなかったぞ」

「ああ、そう」少しむっとして素っ気なく答えた。人が本気で心配していたのに、何のつもりなのか……。

「しかし俺は、お前が地元に戻ってきてよかったと思う」

「どうして」

「お前なら、この街の守護者になれるからな」

「そんな大袈裟なものじゃない」自分でもそのつもりだったのだが、他人に指摘されるとくすぐったい気分になる。「守護者」は大袈裟だ。だいたい自分は、守護者になれないのではないか——自分が武蔵野中央署に来てすぐの事件とはいえ、一人の女性がひどい目に遭うのを防げなかったのだから。

「いや、お前は守護者なんだ。危険人物を排除したのは間違いないんだから」

その言葉を聞いた瞬間、瀧の頭の中でかちりと音がした。「瀧の家から」。あの会話の文脈は……「あなたから逃げるのは難しい」「あなたたちから、と言った方が正確かもしれない」。そして「瀧の家から」。

「勝村さんは、逃げられないと思っていたみたいだ。いつかばれて、捕まると恐れていたようなんだ」

「そうか」

「しかも、俺たちに——瀧家から追いつめられるように思っていたらしい」

「お前が刑事だからだろう」

「違う。俺だけじゃないんだ。瀧の家、だ」

「確かに勝村と俺は、いいライバルだったが——」

「本気で追い落としたいと思ってたんじゃないのか？」瀧は父に迫った。「考えてみれば、この事件の最初のヒントをくれたのはオヤジ、あなただ。昔の事件を思い出させてくれて、それで事件の様相が変わってきたんだから。勝村の女性に対する性癖についても教えてくれた」

「あれはあくまで噂だ」父が苦笑した。

「でも、それで俺は、捜査の方向を決めることができた。要するに、勝村さんに狙いを定めるように俺を誘導したんじゃないのか？　もしかしたら、勝村さんが若い女性を監禁していたことも具体的に知っていたとか？」

「それはない」父が即座に否定した。「確かに噂はあった。しかし、そんな噂は簡単には口にできない。下手をすると名誉毀損になるからな。しかし、市議会関係者の多くは、疑っていた」

「だから？」

「我々は証明できない。ただし、警察ならできる。しかも今回、絶妙のタイミングで新しい事件が起きたからな」

「そのために俺を利用した？」

「何か問題でもあるのか？　お前は警察官としての役目をきちんと果たした。悪が取り除かれた。いいことだらけじゃないか」

「だったら、最初からそう言ってくれればいいじゃないか。勝村さんが怪しい、あいつがこれまでも拉致事件を起こしていた――」

「失言で政治生命を失う、馬鹿な政治家はたくさんいるだろう。賢い政治家は、余計なことを語らないものだ」

「これは政治じゃない！」瀧は思わず声を張り上げた。「事件なんだ。犠牲者も犯人も――多くの人の命がかかっている。勝村が犯人だと分かっていたら、すぐに言うべきだった。それとも俺を試したのか？」

「そんなことはない」父がゆっくりと首を振る。「お前は刑事としては優秀だ。俺はその能力を信じたんだ。何も問題ないだろう」

「私怨《しえん》じゃないのか」

「まさか」父が喉の奥で笑った。「確かに俺と勝村は長年のライバルだ。それこそ、殺してやりたいと思ったこともある。もちろん、政治家の『殺す』は、政治的に抹殺するという意味だがな。残念ながら俺の方が、病気で降りざるを得なくなった」

「だから勝村を、もっとひどい方法で引き摺《ず》り下ろそうとした？　俺は、政治家同士の意地の張り合いに利用されただけなのか？」

「そんなことはない」

「だけど――」

「お前の仕事は何だ」

「それは――犯罪を捜査して、被害者を救うことだ」

「今回、それができたと思うか？」

「……ああ」

「だったら、余計なことは気にしなくていいだろう。お前は自分の仕事を果たした。それで十分じゃないか」

「そういう問題じゃない！」

「えらく感情的になるんだな」

父の口調は冷ややかで、瀧は頭から冷水をぶっかけられたような気分になった――しかしその冷水は、怒りで一気に蒸発してしまう。

「あなたこそ、自分の感情で、勝村を陥れようとしたんじゃないか」

「それは違う」

「何が――」

「政治家としての勝村は、きちんとした人物だった――それを認めるのは悔しいがね。政治家としての勝村を追い落とそうとしたら、きちんとした手を使わなくてはいけない。それこそ選挙とか、仕事のミスを探すとか」

「だから、選挙戦でも妨害工作みたいなことをしたのか」真希が苦笑混じりに話してくれたのを思い出す。

「法に触れるようなことはしていない。単なるマナーの問題だ……とにかくこれは、家庭人である勝村が起こした事件だろう」

「……ああ」

「だったら完全に警察マターだ。俺はお前にヒントをやった。お前はそれを元に、事件を仕上げた。何の問題がある？」

結果的に自分を利することになったではないか。長年のライバルが、とんでもないスキャンダルで政治生命――社会人としての生命を絶たれるのを見て、溜飲《りゅういん》を下げているのではないか？　しかし父の顔は、まったくすっきりしていなかった。まるでまた病気の苦しみを抱えこんだように顔色は悪く、表情も歪んでいる。

正義感なのか、エゴなのか。ここでいくら父を追及しても答えは出てこないだろう。父も、未だに政治家である。政治家は本音を呑みこみ、あらゆるタイプの人間を演じ分ける。それもまったく意識せずに。そしてその人間を演じている時は、自分でもその人間になりきっていると信じて疑わない。今、父が「正義のためにやったのだ」と言えば、心底そう考えていることになる。いくら攻撃しても、彼の気持ちには傷一つつかないだろう。

瀧は父を一睨みして立ち上がった。何も言えない自分が情けなくもある。父は結局、自分の望みを果たしたのだ。それに加担してしまった自分……正義を執行したのが事実だとしても、割り切れないものが残る。

数日後の非番の日、瀧は久しぶりに真希と一緒に街に出た。ざわついている……普段も吉祥寺は賑わっているのだが、土日ともなれば、外からも人が流れこんで、観光地のようなざわついた雰囲気になる。今は、駅前を中心に再開発が進んでいるせいもあるだろう。

東急百貨店の九階に入っているまつやで蕎麦を食べ、買い物を済ませて、雨が降り出した中、自宅へ向かって歩き出す。駅から真っ直ぐ続く吉祥寺通りにも人が溢れ、歩きにくいことこの上ない。体がひどく重く、冷えきっていた。捜査は一段落しても、この疲労感は絶対に解消されないだろう。今の自分は、過去の自分とは違う。悪いことをしたわけではないのに、どうしても気分がすっきりしなかった。

真希が傘をさしかけてくれた。今日は特に明るく振る舞っている。食事の時も他愛もない会話で瀧を笑わせてくれた。瀧は、傘を受け取り、少し真希の方に傾けた。

「お義父《とう》さんと喧嘩したんだって？」真希がいきなり言い出した。

「知ってたのか」

「お義母《かあ》さんから聞いたわ」

「喧嘩じゃなくて意見の相違だな」

「私が言っても無駄かもしれないけど、気にしない方がいいわよ」

「それは分かってる」

「帰って夕飯の準備でもしようか」

「……そうだな」

やはり真希は、やけに饒舌だった。普段、こんなにお喋りではないのだが……職場の話題を延々と続け、息子たちのことで愚痴り、夕飯のメニューについて説明する。

わざとやっているな、と分かった。これは日常を取り戻す儀式なのだ。明日になれば自分はまた、非日常的な事件の捜査に叩きこまれる。妻ならではの気遣い——自分にはまだ、この街の守護者になれるチャンスがあるかもしれない。しかし自分の守護者はこの女なのだ、と瀧は確信していた。

解説

郷原 宏
（文芸批評家）

ポオの『モルグ街の殺人』（一八四一）の昔から、ミステリーは「街」の文芸である。近代的な都市の発生と同時に生まれ、都市とともに発展し、都市の住民によって読まれてきた。地方を舞台にした作品もなかったわけではないが、それはあくまで例外であり、その例外的なケースにおいてさえ、探偵のフランチャイズは都市に置かれていた。その都市型探偵の第一号がパリ郊外に住むオーギュスト・デュパンであり、それを典型として確立したのがロンドンのシャーロック・ホームズだったことはいうまでもない。

ミステリーの都市は、ふたつの顔を持っている。ひとつは隣人の名前も知らぬ「他人の街」、もうひとつは犯罪の多発する「汚れた街」である。都市のこのふたつの顔は、盛り場のイルミネーションのようにめまぐるしく表情を変えながら、近代ミステリーの性格を規定してきた。「他人の街」パリが「運命の修繕人」ジュール・メグレを呼び出し、「汚れた街」ロサンジェルスが「白馬の騎士」フィリップ・マーロウを登場させたのだといえば、比喩としてはわかりやすいだろう。

日本のミステリーも無論、例外ではない。江戸川乱歩が『D坂の殺人事件』（一九二五）で東京・本郷の団子坂《だんござか》を思わせる坂の街に名探偵・明智小五郎を誕生させて以来およそ九十年、ミステリー作家はさまざまな街にさまざまな探偵役を登場させ、さまざまな人生の悲喜劇を描いてきた。

古来、悲劇の三要素はエロス（愛）とタナトス（死）とトポス（場所）だといわれるが、ミステリーの「街」はまさしくそのトポスである。トポスの地霊が主人公の個性と合体して物語のエクスタシーを呼び寄せるとき、私たちはそれを名作と呼ぶ。「汚れた街」新宿の闇を描いた大沢在昌《ありまさ》の「新宿鮫」シリーズ、「他人の街」池袋を青春物語の舞台に変えた石田衣良《いら》の「池袋ウエストゲートパーク」シリーズはその典型である。

そしてまたひとつ、「街」ミステリーの名作が生まれた。堂場瞬一の『埋れた牙』（二〇一四）である。堂場氏はもともとトポスの働きに敏感な作家で、「刑事・鳴沢了」シリーズの第一作『雪虫』（二〇〇一）では新潟・湯沢の地霊と、『長き雨の烙印』（二〇〇七）に始まる「汐灘《しおなだ》サーガ」シリーズでは汐灘という架空の土地の地霊と交信しながら感動的で刺激的な物語のエクスタシーを作り出した。「警視庁失踪課・高城賢吾」「警視庁追跡捜査係」「警視庁犯罪被害者支援課」などの警視庁シリーズにも、しっかりと桜田門の地霊が取り憑いているのが感じられる。

しかし、これらのシリーズ作品では、事件の現場が多岐にわたり、主人公の行動範囲が広すぎて、物語の柱となる地霊の姿がよく見えないという恨みがあった。そこへいくと、この『埋れた牙』のトポスは東京・吉祥寺とその周辺部に限られているので、「街」と合体した物語のエクスタシーを心ゆくまで堪能することができる。アーバン（都市型）ミステリーのファンにとっては、待望久しき名作といっていいだろう。

吉祥寺は不思議な「街」である。もともとは「振袖火事」で有名な明暦の大火（一六五七）で焼け出された江戸・吉祥寺の門前町の住人たちが武蔵野の原野を切り拓《ひら》いて作った農村だったといわれるが、関東大震災（一九二三）のあと宅地化が進み、第二次世界大戦の終戦（一九四五）後、急激に人口が増えた。

それでも昭和三十年の半ばまでは、東京のベッドタウンともいうべき静かな住宅地だったが、高度経済成長とともに吉祥寺駅周辺の再開発と商業地化が進み、気がつけば「ジョージ」と呼ばれる若者の街になっていた。

吉祥寺には吉祥寺という名の寺はなく、単に吉祥寺という名の町も存在しない。駅の南側から時計回りに南町、本町、北町、東町と、いずれも頭に「吉祥寺」の付く町があり、武蔵野市の面積のほぼ四割を占めるこの地域を総称して吉祥寺と呼ぶ。このうち本町一、二丁目と南町の一部が商業地になっていて、これが狭義の吉祥寺。ここには若者向けの小じゃれたカフェやレストラン、ファッションや輸入雑貨の店などと並んで、昔ながらの居酒屋、ジャズ喫茶、ロックバーなどが混在し、世代を超えて楽しめる街になっている。そして残りの約八割が「日本一住みたい街」として知られる緑の多い住宅地である。

武蔵野市には、東京側から順に吉祥寺、三鷹、武蔵境《むさしさかい》とJR中央線の駅が三つある。真ん中の三鷹駅北口から青梅《おうめ》街道へと延びる三鷹通りの沿道がいわば官庁街で、警察署、郵便局、保健所、市役所などがある。ちなみに武蔵野市に「武蔵野中央署」という警察署は存在しない。この作品に出てくる警察署は、立地から建物の形状まで実在の武蔵野警察署にそっくりだが、これはあくまで架空の存在だと思わなければならないだろう。

主人公の瀧靖春《たきやすはる》は五十歳。警視庁捜査一課の敏腕刑事として鳴らしたが、脳梗塞で倒れた父親の介護をするために、志願して地元の武蔵野中央署に異動した。階級は警部補。所轄では刑事課長（警部）の下の係長である。瀧のように吉祥寺で生まれ育った人間を地元では「吉祥寺っ子」と呼ぶ。最近は「キチジョージアン」と自称する人も増えたが、瀧の世代ではさすがにそんな恥ずかしい名乗りはしない。

作家の三浦朱門《しゅもん》は、こうした土着の住民を「武蔵野インディアン」と名づけた。急激な都市化によって地方出身のサラリーマン層に父祖の地を奪われた人々を、白人開拓者に侵略される西部劇のインディアンになぞらえたのである。瀧はその「武蔵野インディアン」のひとりだが、自分もサラリーマンのせいか、「白人」に対する憎しみはなさそうだ。土着民も新住民も遠来の客もひっくるめて、この街の安寧《あんねい》を願い、「守護者」をもって任じている。堂場氏の十指を超える警察官ヒーローのなかでも、瀧は最も地味で真面目でトポスの地霊に祝福された男といえるだろう。

この街は本来静かな住宅地なので、犯罪の発生が少なく、敏腕刑事も腕の揮《ふる》いどころがない。つまり、吉祥寺はすでに「他人の街」になりつつあるが、まだ「汚れた街」にはなっていないのだ。退屈を噛みしめているところへ、地元に住む大学時代の同級生から小さな（と最初は思われた）事件がもたらされる。武蔵野中央公園の近くに住む姪の女子大生がアルバイト先の学習塾を無断欠勤したまま行方不明になった。失踪する理由はまったく見当たらないというのである。

失踪事件は年間約八万件。警察は書類を作るだけで実質的には何もしないのが普通だが、瀧はたまたま暇だったこともあって、課長に断わって聞き込み捜査を始める。最初はひとりでやるつもりだったが、課長から新人の野田《のだ》あかねを相棒として付けられる。あかねはこの春、交番勤務から引き上げられたばかり。やる気は満々だが、刑事としては頼りにならない。つまり瀧は体のいい教育係を押しつけられたわけである。

このコンビは「警視庁失踪課」シリーズの高城賢吾《たかしろけんご》と明神愛美《みょうじんめぐみ》に似ているが、瀧は高城ほどマッチョではなく、あかねは愛美ほど反抗的ではない。ただし、最初はぎくしゃくしながらも、結局は息の合った名コンビになるところはよく似ている。その意味で、この作品は新米女性刑事の成長過程を描いたビルドゥングス・ロマン（教養小説）だといえなくもない。

ふたりの地道な捜査を通じて、過去にも似たような事件があったことがわかる。今回と同じように、市内に住む地方出身の若い女性がほぼ十年おきに姿を消していたのである。古い捜査記録を調べた瀧は、そこに重要な接点があったことに気づき、上からの圧力に抗して単独で捜査を進めていくのだが、ここでこれ以上事件の内容に立ち入るのは、ミステリー読者の「知らされない権利」を侵害することになるだろう。

堂場氏は読売新聞社会部の出身である。新聞記者出身の作家は、一般に取材が行き届いて舞台や背景の描写に嘘がないのが特徴だが、なかでも警察と警察官の描写が正確で信頼がおける。最近は本庁の部長刑事（巡査部長）が所轄の刑事課長（警部）をお前呼ばわりしたり、警視庁の刑事が令状も持たずに地方へ出かけて容疑者を逮捕するような警察小説が横行しているが、この作家に限って、その心配はまったくない。

瀧もあかねも、したたかな生活実感と職業的なリアリティを身につけていて、武蔵野警察署前のロータリーに立っていれば、そういうコンビにいつでも出会えそうな親近感と実在感がある。

さらにまた堂場氏は、かつて吉祥寺で仕事をしていたことがあるという。小説はすべてフィクションだから、作者がその土地に住まなければならないという理由はないが、よく知っている土地を舞台にすれば、トポスの地霊が主人公に乗り移りやすいのは確かである。おそらくはそのせいで、この作品に描かれた吉祥寺は、数ある堂場作品のなかでも最も生彩に満ちた「街」のひとつとなった。トポスの生彩は、とりもなおさず作品の生彩であることはいうまでもない。

日本文学には昔から国木田《くにきだ》独歩《どっぽ》の『武蔵野』や大岡昇平《しょうへい》の『武蔵野夫人』に代表される「武蔵野文学」の伝統がある。吉祥寺を警察小説のトポスとして描き切ったこの作品は「新しい武蔵野文学」と呼ばれるにふさわしい資格と風格を具《そな》えている。

本書は、二〇一四年一〇月に小社より刊行した単行本の文庫版です。

|著者|堂場瞬一　1963年茨城県生まれ。2000年『８年』で第13回小説すばる新人賞受賞。警察小説、スポーツ小説などさまざまな題材の小説を発表している。著書に「刑事・鳴沢了」「警視庁失踪課・高城賢吾」「警視庁追跡捜査係」「アナザーフェイス」「刑事の挑戦・一之瀬拓真」などのシリーズのほか、『八月からの手紙』『Killers』『虹のふもと』など多数。2014年８月には、『壊れる心　警視庁犯罪被害者支援課』が刊行され、『邪心』『二度泣いた少女』と続編を発表し、支援課シリーズとして人気文庫書き下ろしシリーズとなっている。近著に『黒い紙』『メビウス1974』『ノスタルジー1972』（アンソロジー、共著）『under the bridge』『社長室の冬』がある。

埋《う》れた牙《きば》
堂場瞬一《どうばしゅんいち》

講談社文庫
定価はカバーに
表示してあります

2016年12月15日第１刷発行

発行者――鈴木　哲
発行所――株式会社　講談社
東京都文京区音羽2-12-21　〒112-8001
電話　出版（03）5395-3510
　　　販売（03）5395-5817
　　　業務（03）5395-3615
Printed in Japan

デザイン―菊地信義
製版――凸版印刷株式会社
印刷――凸版印刷株式会社
製本――加藤製本株式会社

ISBN978-4-06-293559-3

講談社文庫刊行の辞

二十一世紀の到来を目睫に望みながら、われわれはいま、人類史上かつて例を見ない巨大な転換期をむかえようとしている。

世界も、日本も、激動の予兆に対する期待とおののきを内に蔵して、未知の時代に歩み入ろうとしている。このときにあたり、創業の人野間清治の「ナショナル・エデュケイター」への志を現代に甦らせようと意図して、われわれはここに古今の文芸作品はいうまでもなく、ひろく人文・社会・自然の諸科学から東西の名著を網羅する、新しい綜合文庫の発刊を決意した。

激動の転換期はまた断絶の時代である。われわれは戦後二十五年間の出版文化のありかたへの深い反省をこめて、この断絶の時代にあえて人間的な持続を求めようとする。いたずらに浮薄な商業主義のあだ花を追い求めることなく、長期にわたって良書に生命をあたえようとつとめるところにしか、今後の出版文化の真の繁栄はあり得ないと信じるからである。

同時にわれわれはこの綜合文庫の刊行を通じて、人文・社会・自然の諸科学が、結局人間の学にほかならないことを立証しようと願っている。かつて知識とは、「汝自身を知る」ことにつきていた。現代社会の瑣末な情報の氾濫のなかから、力強い知識の源泉を掘り起し、技術文明のただなかに、生きた人間の姿を復活させること。それこそわれわれの切なる希求である。

われわれは権威に盲従せず、俗流に媚びることなく、渾然一体となって日本の「草の根」をかたちづくる若く新しい世代の人々に、心をこめてこの新しい綜合文庫をおくり届けたい。それは知識の泉であるとともに感受性のふるさとであり、もっとも有機的に組織され、社会に開かれた万人のための大学をめざしている。大方の支援と協力を衷心より切望してやまない。

一九七一年七月

野間省一

講談社文庫 最新刊

上田秀人　**参勤**〈百万石の留守居役(八)〉
藩主綱紀《つなのり》のお国入り。道中の交渉役を任された数馬に思いがけぬ難題が!?〈文庫書下ろし〉

松岡圭祐　**水鏡推理V**〈ニュークリアフュージョン〉
文科省内に科学技術を盗むシンカー潜入か? 現役キャリアも注目の問題作!〈書下ろし〉

堂場瞬一　**埋れた牙**
女子大生の失踪、10年ごとに起きていた類似事件。この街《吉祥寺》に巣くう〈牙〉の正体とは?

五木寛之　**青春の門**〈第八部　風雲篇〉
青春の証とは何か。人生の炎を激しく燃やす青年、伊吹信介の歩みを描く不滅の超大作!

堀川アサコ　**幻想温泉郷**
今度の探し物は〝罪を洗い流す温泉〟!? 大ヒット『幻想郵便局』続編を文庫書下ろしで!

馳星周　**ラフ・アンド・タフ**
向かうは破滅か、儚《はかな》い夢か? 北へ逃げるヤミ金取立屋と借金漬けの風俗嬢の愛の行方。

織守《おりがみ》きょうや　**霊感検定**〈心霊アイドルの憂鬱〉
高校生アイドルに憑いたストーカーの霊は何を訴えるのか。切なさ極限の癒し系ホラー。

周木律　**双孔堂の殺人**〈~Double Torus~〉
異形の建築物と数学者探偵、十和田只人《とわだただひと》再び。真のシリーズ化、ミステリの饗宴はここから!

森博嗣　**つぼみ茸《きのこ》ムース**〈The cream of the notes 5〉
森博嗣は軽やかに「常識」を更新する。ベストセラ作家の書下ろしエッセィシリーズ第5弾!

瀬戸内寂聴　新装版　**寂庵説法**
人はなぜ生き、愛し、死ぬのか、に答える寂聴〝読む法話集〟。大ロングセラーの新装版。

講談社文庫　目録

中嶋博行　第一級殺人弁護
中嶋博行　ホカベン ボクたちの正義
中嶋博行　新装版 検察捜査
中嶋博行　新検察捜査
中村天風　運命を拓く〈天風瞑想録〉
夏坂　健　ナイス・ボギー
中場利一　岸和田のカオルちゃん
中場利一　バラガキ〈土方歳三青春譜〉
中場利一　岸和田少年愚連隊
中場利一　岸和田少年愚連隊 血煙り純情篇
中場利一　岸和田少年愚連隊 望郷篇
中場利一　岸和田少年愚連隊 外伝
中場利一　岸和田少年愚連隊 完結篇
中場利一　純情ぴかれすく〈その後の岸和田少年愚連隊〉
中場利一　スケバンのいた頃
中山可穂　感情教育
中山可穂　マラケシュ心中
中村うさぎ 倉田真由美　うさたまのいい女になるっ！〈暗夜行路対談〉
中山康樹　リッスン〈ジャズとロックと青春の日々〉

中山康樹　ビートルズから始まるロック名盤
中山康樹　ジョン・レノンから始まるロック名盤
中山康樹　伝説のロック・ライヴ名盤50
永井するみ　防風林
永井するみ　ソナタの夜
永井するみ　年に一度、の二人
永井するみ　涙のドロップス
永井　隆　ドキュメント 敗れざるサラリーマンたち
中島誠之助　ニセモノ師たち
梨屋アリエ　でりばりぃAge
梨屋アリエ　ピアニッシシモ
梨屋アリエ　プラネタリウム
梨屋アリエ　プラネタリウムのあとで
梨屋アリエ　スリースターズ
中原まこと　いつかゴルフ日和に
中原まこと　笑うなら日曜の午後に
中島京子　FUTON
中島京子　イトウの恋
中島京子　均ちゃんの失踪

中島京子　エルニーニョ
中島京子　妻が椎茸だったころ
奈須きのこ　空の境界(上)(中)(下)
中島かずき　髑髏《どくろ》城の七人
内藤みか 尾谷幸憲　LOVE※(ラブコメ)
永田俊也　落語娘
中村彰彦　名将がいて、愚者がいた
中村彰彦　義に生きるか裏切るか〈名将がいて、愚者がいた〉
中村彰彦　知恵伊豆と呼ばれた男〈老中松平信綱の生涯〉
中村彰彦　幕末維新史の定説を斬る
中村彰彦　乱世の名将 治世の名臣
長野まゆみ　箪笥のなか
長野まゆみ　となりの姉妹
長野まゆみ　レモンタルト
長嶋　有　夕子ちゃんの近道
長嶋　有　電化文学列伝
長嶋　有　佐渡の三人
永嶋恵美　転落
永嶋恵美　災厄

講談社文庫　目録

2016年12月15日現在